星灯りの魔術師と猫かぶり女王

目次

登場人物紹介
アナスタシア
ロクサリス国の若き女王。
絶大な魔力と美貌を誇り
国民からの支持も高い。
優しく理想的な君主と
思われているが……？
ライナー
穏やかな性格の一等魔術師。
隣国フロッケンベルクに
留学していたが
つい最近、帰国した。
没落した伯爵家の一人息子。

ギュンター
アナスタシアに
しつこく言い寄る
貴族の一人。
ダリウス
魔術師ギルドの
一等魔術師。
ライナーを
毛嫌いしている。
エルヴァスティ伯爵
ライナーの父親。
官吏だったが、
不正により失脚した。
フレデリク
女王の愛人と
噂されていた宮廷魔術師。
通称『牙の魔術師』。
ウルリーカ
フレデリクの妻。
魔力がほとんどないため
『出来損ない令嬢』と
呼ばれている。
ヴィント
どこからともなく
ふらりと現れる
赤毛の猫。

星灯りの魔術師と猫かぶり女王

プロローグ

世界で魔力を持つ者が最も多く住む、魔法使いの国ロクサリス。

その頂点に立つのは、二十三歳の若き女王アナスタシアである。

十八年前。とある事件により、父王と異母兄二人が相次いで亡くなったため、彼女は五歳という幼さで戴冠《たいかん》した。

この異例の王位継承は意外な事にすんなりと周囲に受け入れられた。ロクサリス王家の血を引くのが彼女だけであったうえ、その身に宿す魔力が歴代の王の中でも群を抜いて強大だったからだ。

それまでアナスタシアの持つ魔力は異母兄たちよりも劣《おと》るとされていたが、それは異母兄たちの謀《はかりごと》だったと公表され、幼すぎる女王の即位は問題なく決まった。

母后《ぼこう》を早くに亡くしたアナスタシアは、陰惨《いんさん》な権力争いが繰り広げられていた当時の宮廷において、父王にさえ顧《かえり》みられず殆《ほとん》ど無視された存在だった。

廷臣《ていしん》たちも王位を継承する可能性が高い王子に取り入ろうと躍起《やっき》になっており、アナスタシアには目もくれなかったのだ。

彼女が王座につくなど誰も予想していなかっただろう。彼らは、アナスタシアが戴冠《たいかん》した時、仰天したものの、五歳の幼子《おさなご》ならば操《あやつ》るのは簡単と歓迎すらした。

王冠を授《さず》けられた幼い姫は、補佐官をつけられ、熱心に政務を学んだ。

そして時は流れ、補佐官に囲まれてあどけない笑みを振りまいていた可愛らしい少女は、廷臣《ていしん》たちを従わせ、国民から高い支持を得る立派な女王となった。

彼女が生まれ持っていたものは、強大な魔力だけではない。

昔から『可愛らしい姫様』と称された極上の容姿は、年齢が上がるにつれてその妖艶《ようえん》さを開花させた。

波打つ黄金色の豊かな髪とアーモンド型をした深い緑色の目。形の良い鼻と薄めの唇が実にバランスよく小さな顔に収まっている。小柄な肢体《したい》は女性らしい丸みを帯《お》び、肌はどこも真っ白く滑《なめ》らかでしみひとつない。

そんな彼女は、少女時代から、それはもう多くの男に口説《くど》かれてきた。

特にここ一年近くは、声をかけられない日は皆無《かいむ》と言っても過言ではない。

何かにつけて貴族の男たちが宮廷を訪れ、アナスタシアが政務の休憩時間に庭を散策しようものなら、たちまち駆《か》け寄ってくる。

貴女《あなた》は世間の評判通り、気高く、美しく、聡明で……善良な女性だと褒《ほ》めるのだ。

——アナスタシアが彼らにうんざりしている事や、壮絶な腹黒《はらぐろ》さを上手く隠した『猫かぶり女王』だなんて、欠片《かけら》も気がつかないで……

1　偽の愛人

うららかな春の昼下がり、ロクサリス国の王宮ではまもなく、女王の謁見《えっけん》が始まる時刻だ。

アナスタシアは謁見《えっけん》の間に向かうべく、宮廷の二階を繋ぐ渡り廊下を歩いていた。後ろには数人の大臣と文官がつき従い、周囲を近衛兵が守っている。

午後の柔らかな陽射しを受け、若き女王の髪が黄金のごとく煌《きらめ》く。

アナスタシアを称《たた》える口述に『髪は黄金のごとし、肌は雪花石膏《せっかせっこう》のごとし、瞳は最上級のエメラルドのごとし』というのがある。それを彼女自身は今一つ気に入っていなかった。

高価な貴金属類にたとえて褒《ほ》めようとしているのはわかるが、そこまで言うとギラギラしすぎているし、全体的に硬くて重そうだ。

とはいえ、他人からどう形容されても不利益にならないかぎり、禁じようとは思っていない。

豪奢《ごうしゃ》なドレスを揺らし渡り廊下をゆったりと歩きながら、アナスタシはふと窓の下へ目を向けた。

形良く刈り込まれた植え込みと春の花が盛りの花壇、それから白塗りのベンチが一つ置かれた小さな中庭が目に留《と》まる。王宮内に幾《いく》つもある中庭のうち、彼女が最も気に入っている場所だ。

「…………」

アナスタシアは一瞬だけ足の速度を緩めると、目を細めて唇に僅《わず》かに弧を描いた。

中庭へ視線を向けて微笑む彼女の姿は、傍目《はため》には春の日和《ひより》の風景を楽しんでいると映ったのだろう。

「本日は誠に心地良い天気でございますな、陛下」

「ええ、そうね」

声をかけてきた大臣に、アナスタシアは微笑みを浮かべたまま頷《うなず》いた。

しかし実のところ、春の景色を楽しんでいたのではない。心の中では穏《おだ》やかとはほど遠い画策をしていたのだ。

鬱陶《うっとう》しく言い寄る男に邪魔をされず、お気に入りの中庭でゆったり快適に過ごすために……なんとしても早急に、手ごろな偽の愛人——生《い》け贄《にえ》を手に入れよう。

そう思いながら、アナスタシアは謁見《えっけん》の間に入った。

元はといえば、このロクサリス王国の結婚制度が悪いのだとアナスタシアは考える。

ここロクサリス王国では、一定値以上の魔力を有する男性は三十歳までに妻帯《さいたい》する事が義務づけられ、さらに複数の妻を持つ事も可能。逆に、高い魔力を生まれ持ち爵位を継いだ女性は正式な結婚をせず、多くの男性と交遊し、法律上の父親が存在しない婚外子を生む事が推奨《すいしょう》される。

婚外子を生む女性は、多くの国では身持ちが悪いと非難されるし、この国でも大抵はそうだ。

それなのに、家督《かとく》を継いだ魔法使いの女性だけ婚外子が奨励《しょうれい》され、国が援助金まで出すのは、魔法使いの家系存続が最優先となるからだ。

そもそもこの非常識とも思える結婚制度は、高い魔力を持つ者ほど男女問わず子に恵まれにくくなるという、未《いま》だに原因が解明されていない問題に起因する。

何しろ、ロクサリスの支配階級は全て魔法使いである。爵位と家名を継ぐには、その家の血縁者である事ともう一つ、規定値以上の魔力を持つ事が必須となるのだ。よって、貴族の家を絶やさぬために、ロクサリスでは魔法使いに対してこのような結婚制度が定められているのだ。

国の頂点たる王家は、率先してその制度を厳守せねばならない。という訳で、歴代に何人かいたロクサリス女王も誰一人として王配を据《す》えず、気に入った男たちを家臣として傍《そば》に置いて跡継《あとつ》ぎづくりに励《はげ》んでいた。周囲も、この国の女王とはかくあるものと認識している。

現女王のアナスタシアにとっては、非常に迷惑な事だ。

彼女はまだ十五、六の少女の頃から、多くの男たちに口説《くど》かれてきた。

『私ごときが美しく賢い陛下から寵愛《ちょうあい》を受けられるなどとは思いませんが、ロクサリス女王たるもの、知る男性の数は多い方が宜《よろ》しいでしょう？　私の事もお試ししてみませんか？　なに、気楽な遊びで良いのですよ』などと囁《ささや》かれるたびに、お前は試供品になりたいのかと内心で苦笑したものだ。

もちろん本心であるはずがなく、遊び慣れている彼らが、一度抱かれれば若い女王は自分に夢中になると思っているのは見えすいている。

彼らは言葉を尽くして、アナスタシアの容姿や女王としての統治能力を褒《ほ》める。

自身を無闇《むやみ》に卑下《ひげ》する気はないから、それらの全てがまったくのお世辞という訳ではないとは承知していた。

己《おのれ》の容姿が上等な事は自覚している。また、家臣と国民の支持を得るべく政務には真剣に取り組んでいたから、真面目《まじめ》な賢い女王という自負もある。

それでも結局のところ、彼らはアナスタシア自身にではなく、ロクサリス女王の愛人という地位に魅力を感じているのはわかっていた。

自身に対する他人の感情に、アナスタシアはとても過敏だ。

彼らの語る求愛の美辞麗句《びじれいく》は、いつも薄気味が悪い。女王に気に入られて得をしたいという、下心の混じった不快な響きをまとっている。

うやうやしく手をとられれば、おぞましい虫にまさぐられているような気色の悪さを感じた。純粋な好意ではなく、利用したいという悪意を孕《はら》んでいるからだ。

他意のない相手の声は不快でないし、触れられてもそこまで嫌悪を覚えない。アナスタシアにしかわからぬ、歴然とした違いが確かにあった。

他人に触れられるのはもともとあまり好きではなかったが、不快な男に言い寄られるようになってからはさらに嫌いになった。どんなに見目麗《みめうるわ》しい色男に美辞麗句《びじれいく》を囁《ささや》かれようと、アナスタシアにとっては拷問《ごうもん》に等しい不快さを与えられるにすぎない。

ただ、女王が男性不信である事を公《おおやけ》にして弱みになっては困るので、至極冷静な素振《そぶ》りで追い払っている。

アナスタシアに言い寄る男が絶えないのは、過去の女王たちが寵愛《ちょうあい》した男たちを宮廷で厚遇し、彼らの親族を高官に取り立てたからだ。ロクサリス女王はパートナーを一人に絞《しぼ》らなくて良いので、何人もの色男たちが一人の女王に群がり甘い蜜《みつ》を吸っていたようだ。

アナスタシアも同じようにするべきだと、言い寄る男たちは思い込んでいる。女王として世継ぎをなす義務があるだろう、そのためにも自分を寵愛《ちょうあい》しろ、としつこく口説《くど》いてくるのだ。

そんな男と肌を合わせるなど、想像しただけで虫唾《むしず》が走る。手を握られるのさえ絶叫したくなるほどなのに、性交なんて絶対に無理だ。それよりもどこかから密《ひそ》かに養子を取って、その子が王家の血を引いていたと国全体を騙《だま》す方が、断然上手くできる自信がある。

何しろ、アナスタシアは生まれた時からずっと猫をかぶって自分を偽《いつわ》り、五歳の時には国中を騙《だま》す大芝居をしたのだから。

(――鬱陶《うっとう》しい男たちに毎日毎日寄ってこられるのも、もう我慢の限界だわ)

心の中でぼやきつつも表情と声には微塵《みじん》も出さず、アナスタシアは謁見《えっけん》を滞《とどこお》りなく済ませていく。

アナスタシアが王位を継いでから、謁見《えっけん》の間は新しく場所を移された。

前王の時代まで代々使われていた部屋は王宮で最も荘厳《そうごん》な造りだったが、今はその階ごと厳重に封鎖されている。

十八年前に前王がその部屋で殺害され、王位を争っていた当時の第一王子と第二王子がすぐ近くの部屋で決闘をし、相打ちとなって果てたので、不吉すぎるという訳だ。

新しい謁見《えっけん》の間は深緑と金を基調にした調度品で整えられ、女王と公《おおやけ》の会話をする場に相応《ふさわ》しい品格を備《そな》えているものの、以前ほど無駄にだだっ広くはなかった。

大昔と違い裁判所が別にあるので、陳情《ちんじょう》を持った平民や裁きを待つ罪人が謁見《えっけん》時間に行列をつくる事はない。これで十分なのだ。

たった今、子爵家を継いだ女性が挨拶《あいさつ》を終えて下がり、壮年の男性と二十代半ばと思《おぼ》しき青年の二人連れが入室した。

「エルヴァスティ伯爵と、ご子息のライナー魔術師です」

入口の兵がそう告げると、謁見《えっけん》の間に控えていた家臣たちの大半は一瞬妙な顔をした。

アナスタシアも内心、首をかしげる。

謁見《えっけん》予定のリストに記されていたのは、隣国フロッケンベルクの錬金術師ギルドへ留学して八年ぶりに帰国したライナー魔術師だけ。その父親、エルヴァスティ伯爵の名前はなかったはずだ。

壮年のエルヴァスティ伯は微妙な空気をものともせず、丈の長い上着とタイで正装した小太りの身体を揺すり、丸っこい顔中に媚《こ》びるような笑みを貼りつけて玉座の前へやって来る。

一方、ライナーは魔術師ギルドの正装である深緑色のローブを羽織《はお》っており、父の隣で礼儀正しく無表情を保っていた。

報告書によれば、彼は今年で二十五歳。伯爵家の一人息子だが、少年時代から魔術師ギルドに所属し、その高い魔力と知性、さらに柔軟な性格を買われて、隣国の錬金術師ギルドへの交換留学生に選ばれたという。

短く切った髪と瞳は父親と同じ胡桃色《くるみいろ》だが、その他の容姿は、いかにも小物じみた雰囲気の父親とまるで似ていなかった。

細すぎず厳《いか》つすぎない身体はそこそこ上背《うわぜい》があり、優しげな顔立ちはかなり整っている。

しかし、おそらく女性たちから騒がれるようなタイプではないだろうなと、アナスタシアは思う。

彼は非常に控えめで穏《おだ》やかな雰囲気をまとっている。

つまり、一言で言うと『地味』な青年であった。

他人の気配に酷《ひど》く過敏なアナスタシアでさえ、目の前にいても存在が気にならない。

(思い出したわ……八年前と変わらないわね)

アナスタシアは頭の中の引き出しから、ライナーが隣国への出立の挨拶《あいさつ》のために謁見《えっけん》しにきた、八年前の光景を引っ張り出す。自分はまだ十五歳の少女だったが、ようやくお飾りの補佐官をつけずに執務や謁見《えっけん》ができるようになった頃だ。

十七歳の少年だったライナーとの謁見《えっけん》はごく簡素なものだったが、印象に残らないほど物静かな彼の雰囲気が逆に印象的だったという妙な理由で覚えている。

異国に行っていた間に体格も顔立ちもすっかり青年らしくなったが、彼の静かな雰囲気だけは微《み》塵《じん》も変わらなかったようだ。

アナスタシアが短い回想に耽《ふけ》っていた間に、伯爵親子は玉座の前で片膝《かたひざ》をついて頭《こうべ》を垂れる。

「よく来ましたね。立ちなさい」

アナスタシアが声をかけると二人は立ち上がり、エルヴァスティ伯爵の方がいち早く口を開いた。

「お久しぶりでございます、陛下！　本日は我が息子がようやく帰国いたしましたので、こうしてご挨拶《あいさつ》に伺《うかが》わせていただきました！　それにしても、陛下とこうして直接にお会いするのは戴冠《たいかん》なさって以来ですが、なんとお美しく成長された事か！　我が領地でも、陛下の美貌《びぼう》はかように称《たた》えられております。髪は黄金のごとし、肌は雪花石膏《せっかせっこう》のごとし、瞳は……」

まくし立てられる言葉を、大臣の一人であるフラフス伯爵が大きな咳払《せきばら》いで遮《さえぎ》った。

わし鼻が特徴的な初老のフラフス伯爵は、いささか堅苦しく気難しいところがあるものの、真面目《まじめ》で周囲の人望も厚い廷臣《ていしん》だ。

「エルヴァスティ伯。本日の謁見《えっけん》リストに名の記されていない貴殿が、なぜここにいるのかご説明願えるかな？」

フラフス伯爵がこれ見よがしに書類を手で叩いて見せると、部屋の両脇に整列している文官たちがエルヴァスティ伯爵に侮蔑《ぶべつ》の眼差《まなざ》しを向け、小さな嘲笑《ちょうしょう》を上げた。

エルヴァスティ伯爵家は前王の時代まではそこそこの名家として名を馳《は》せており、伯爵自身も宮廷で役職を持っていた。

だからアナスタシアも彼の事をよく知っていた。中身のろくでなし加減も、よーく。

十八年前に前王が亡くなったあと、王家を軽《かろ》んじて宮廷を牛耳《ぎゅうじ》っていた魔術師ギルドへ不正調査が入った。その時、彼らと密《ひそ》かに癒着《ゆちゃく》していた伯爵の官費横領も明るみとなったのだ。

エルヴァスティ伯爵は解任され、領地と財産を王家に献上する事で、なんとか投獄を免《まぬか》れた。

爵位と一家で細々と暮らせるだけの田舎の領地を残したのは、夫の罪に衝撃を受けつつも素直に謝罪し捜査へ誠実に協力した伯爵の正妻に対する恩情だ。

あれから時が経《た》ち、夫人は亡くなったと聞いたが、伯爵自身は健在で、ろくでなし加減も相変わらずだったらしい。

エルヴァスティ伯爵は侮蔑《ぶべつ》を露《あらわ》にする文官たちを顔を赤黒く染めて睨《にら》んだあと、厳しい顔をしているフラフス伯爵へつくり笑いを向けた。

「フラフス伯、貴殿とは共に机を並べた親しい仲ではないか。自慢の息子がようやく帰国したのだから、陛下との謁見《えっけん》を見守りたいという親心をわかってもらえぬか？」

引き攣《つ》った笑みを向けるエルヴァスティ伯爵にフラフス伯爵は冷ややかな態度を崩さなかった。

「貴殿と親しくした覚えはないが、公私混同をするその呆《あき》れた態度ならばよく覚えている。許可もなく謁見《えっけん》に割り込むとは、陛下に対して大変な無礼であろう。それとも、貴殿の自慢の息子とやらは、付き添《そ》いなしには謁見《えっけん》もこなせぬ臆病者なのかな」

「な……こ、この石頭《いしあたま》が……っ」

痛烈な嘲《あざけ》りに、エルヴァスティ伯爵の顔がさらに赤黒くなる。

彼の手が上着の脇に差した魔導の杖《つえ》の辺りをそわそわとさまよいはじめた。

（あ～らあら、ここで大ゲンカでも始める気かしら）

女王の前――しかも謁見《えっけん》の間でケンカなど言語道断《ごんごどうだん》だが、アナスタシア個人としては、退屈な政務の合間に面白い騒ぎが見物できるのは大歓迎だ。

止める気など微塵《みじん》もなく、内心でワクワクしながら高みの見物を決め込んでいた。

「父上、フラフス伯のおっしゃる通りです。どうかご退室ください」

不意に、ライナー青年がそっと父親の片手を押さえ、大きすぎも小さすぎもしない声で諌《いさ》めた。

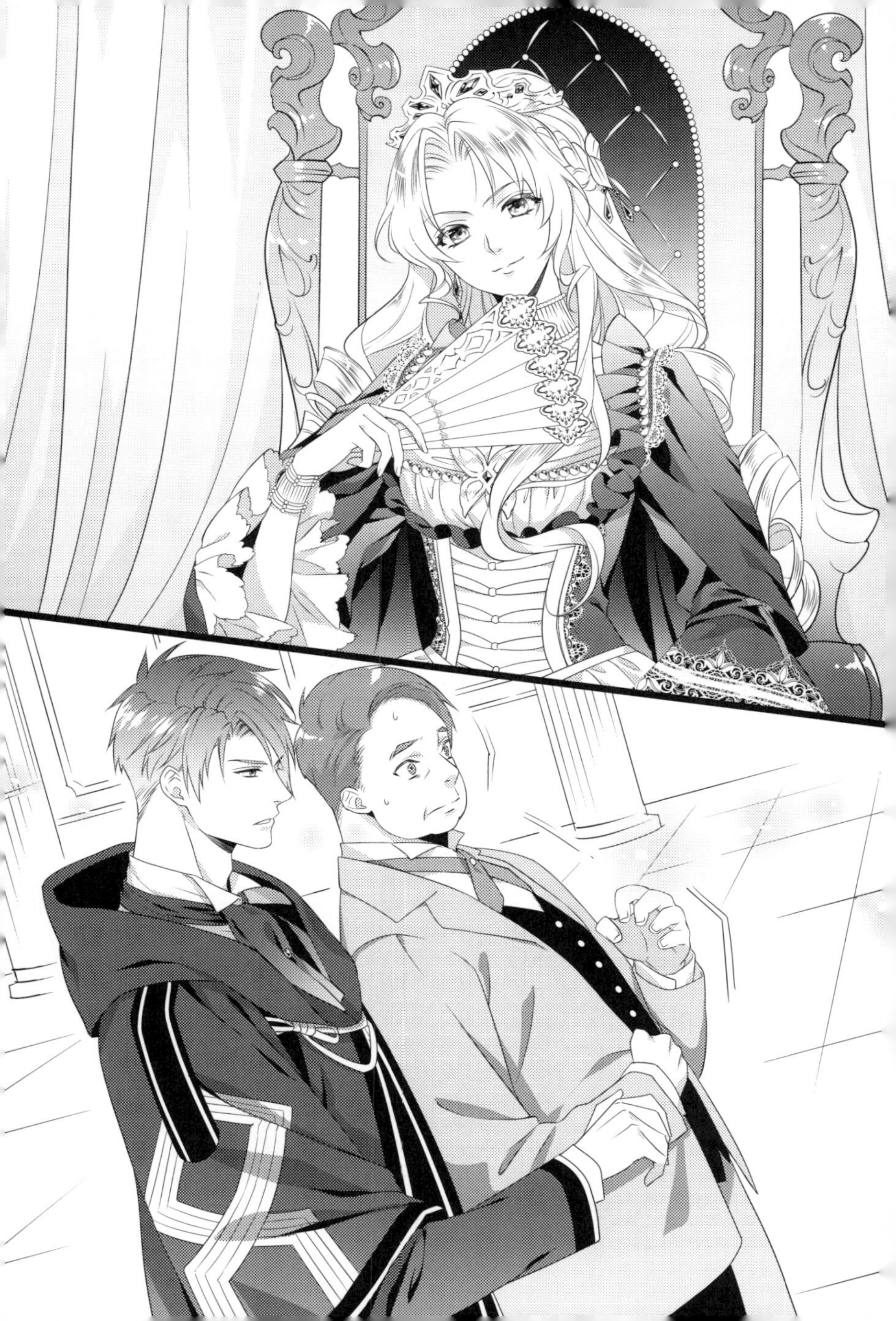

そして、彼が素早くエルヴァスティ伯爵の耳元で何か囁《ささや》くと、ビクンと伯爵が身体を強張《こわば》らせる。まるで声が出なくなったように、無言で口をハクハクと開け閉めした。

「申し訳ございませんが、父を医務室で休ませていただけますでしょうか」

顔を上げたライナーが扉の側《そば》にいた衛兵たちへ声をかける。慌《あわ》てて駆《か》け寄った兵が痙攣《けいれん》しているエルヴァスティ伯爵の両脇を掴《つか》んで部屋の外へ引き摺《ず》っていった。

扉が閉まると、ライナーはアナスタシアへ深々と礼をする。

「陛下。頼りない息子を案じての行為とはいえ、父が大変な無礼をいたしました。責任は全て、原因となった私にあります。いかような処罰も受けますので、どうか父はお許しください」

穏《おだ》やかで温和な声音に、緊迫して張り詰めていた室内の空気が和《やわ》らぐ。

文官たちがそっと息を吐き、フラフス伯爵も表情から険《けわ》しさを消した。

(へぇ……面白い魔法を使うわね)

なかなか興味深い男だと、アナスタシアは微笑みながら玉座の正面に立つライナーを見据《みす》える。

ライナーが父親の耳元へ囁《ささや》いた時、微《かす》かに魔力の揺らぎを感じた。

彼は、素早く声封じと痺《しび》れの魔法を父親にかけたのだ。

それは、とても奇妙なやり方だった。

魔法は発動と同時に光が出る。それが見えないほどライナーの魔法は弱かった。だから、彼が魔法を使ったと気づけたのは、かけられた伯爵自身の他にはアナスタシアくらいだろう。

あの微弱さなら謁見《えっけん》の間を出てすぐに効果が解《と》けるはずだ。

けれどそれはライナーの魔法が下手だという訳ではない。

その逆だ。

発音を少し変える事で、魔法は通常とやや違う形に応用する事ができる。そのためには十分な魔力を完璧に使いこなさなければならない。

しかも、声封じも痺《しび》れも高度な魔法なのに、彼は魔法の補助となる魔導の杖《つえ》さえ使わなかった。

「わかりました。この件に関する貴方《あなた》の処罰は、後ほど私が検討します。夜の九時に、私の執務室へ来るように。……フラフス伯も、それで宜《よろ》しいですね？」

アナスタシアが声をかけると、フラフス伯爵は深々と腰を折った。

「陛下のお心に従います。また、先ほどは私の振る舞いも不適切でした事をお詫《わ》びいたします」

それからフラフス伯爵はライナーにも向き直り、非礼を詫《わ》びた。

「ライナー殿に対して申し訳ない発言だった。どうか許されよ」

「とんでもありません。こちらこそ……」

ライナーが少々慌《あわ》てた様子で答える。

フラフス伯爵は、己《おのれ》にも他人にも厳しい事で有名だ。だからこそ文句なしに礼儀正しいライナーの態度に感心し、親子を一緒に侮蔑《ぶべつ》した自《みずか》らの非を認めたのだろう。

これによって、他の者たちのライナーに対する目も一気に好意的なものに変わった。

そもそも、エルヴァスティ伯爵が無断で謁見《えっけん》に割り込んだのは確かだし、ライナーは父がここに入る前に止めるべきだった。

だが、騒ぎの責任を細かく追及していけば、許可されていない者を謁見《えっけん》の間に通した兵だって悪いし、口論が始まってもすぐに動かず傍観していた近衛兵も、彼らを教育している上司も問題である。フラフス伯爵の挑発的な発言も褒《ほ》められたものではなかった。

その全てを、ライナーは自分が引っかぶる事で収めたのだ。

とはいえ、それだけなら単に身内の愚行《ぐこう》を止められなかったお人よしの贖罪《しょくざい》にすぎないが……

ライナーが父親の行動をあえて止めなかったのは明らかである。最初こそ大人《おとな》しげで自己主張などまったく無縁な印象を受けたが、なかなかどうして、思い切った事をする度胸もあるようだ。

(ライナー・エルヴァスティ。この騒ぎが起きるのを貴方《あなた》が狙った真意は、あとでじっくりと聞かせてもらいましょうね。……その返答で、貴方《あなた》の利用価値を決めるわ)

アナスタシアは心の中で、ほくそ笑む。

「では、ここから正式な貴方《あなた》の謁見《えっけん》を始めましょう」

アナスタシアは扇《おうぎ》をパチンと鳴らし、場を仕切り直した。

「はい」

ライナーが軽く礼をし、本来の目的であった留学経験の報告を始める。

彼の口述は、見事なものだった。

八年間の留学で得た経験を、最も重要な部分だけ厳選して理路整然とわかりやすく報告していく。

さすが、魔術師ギルドが威信をかけてライバルギルドに送り込んだ選《え》りすぐりだ。

アナスタシアは感心しつつ、同じ魔力を使いながら対立している、二つのギルドの事を考える。

生まれつきの才能である魔力を持った者たちだけで形成され、その力を自分たちのために研究し高めてきたロクサリスの魔術師ギルド。同じく魔力を持った者で形成されながら、魔力のない者が使っても同じ魔法効果が得られる品――魔道具を造りつづけてきたフロッケンベルクの錬金術師ギルド。これら二つのギルドは、昔から非常に仲が悪い。

錬金術師ギルドの魔道具は、魔法使いの矜持《きょうじ》を安売りする恥ずべき品だというのが魔術師ギルドの言い分である。

しかしこれはおかしな主張だ。

魔術師ギルドも、回復薬や動植物の成長剤といった魔法薬を開発しては、魔力のない平民階級へ売りさばいている。魔法薬だって魔道具の一部だ。

けれど、長らく魔術師ギルドの傀儡《かいらい》となっていたロクサリス王家はその考えを国民に強《し》い、隣国フロッケンベルクとは険悪な仲だった。

その二国の関係を一変させたのが十八年前の事件だ。

当時五歳だったアナスタシアは、フロッケンベルク王と密《ひそ》かに契約を結び、数少ない協力者たちと共に父王と二人の異母兄を暗殺して王位を奪い取った。

仲が悪くて有名だった異母兄二人を、決闘で相打ちになったとみせかけるのは簡単だった。

さらに、王家を陰から操《あやつ》っていた魔術師ギルドの幹部たちに国王殺しの罪をなすりつけ、魔術師ギルドのやっていた数々の悪事を暴露してから一切の政権を握ったのだ。

そのあとも、表向きは補佐官頼りの無邪気な幼い女王を装《よそお》いながら、しつこく残る敵を踏み消しつづけた。魔術師ギルドの新たな幹部には王家に協力的な人物が選ばれるように裏から可能なかぎりの手を回している。そして、隣国との関係を改めたいと国中に宣言し、二国間の険悪の原因である魔術師ギルドと錬金術師ギルドの交流を承知させたのだ。

フロッケンベルクでは昔から国王の発言力が非常に強いので、あちらの国王が希望すると錬金術師ギルドも同意した。

もちろん双方のギルドは心から交友を望んだ訳ではない。自国の王の顔を立ててしぶしぶである。それでも最も大きな友好の証《あかし》として交換留学の制度がつくられ、互いに優秀な若者を送り込んでは相手の技術を吸収させる事となった。

ちなみに留学生といっても決して呑気《のんき》な学生扱いではなく、衣食住の保証と給金が出る代わりに、一人前のギルドメンバーとして研究や仕事を任される。

そこで大した結果を出せなければ、祖国が笑いものにされるのだから責任重大だ。

互いに相手ギルドへ敵対感情を抱《いだ》いている事もあり、留学生は陰湿ないじめを受ける事が多く、大抵が一年で音を上げて帰ってきた。魔術師ギルド側も、錬金術師ギルドの留学生をことごとく追い払っている。最大任期の八年を勤め上げたのは、両ギルドでライナーが初めてだ。

穏《おだ》やかな空気を全身から滲《にじ》ませている青年はそんな背景には微塵《みじん》も触れず、報告を終わらせた。

「——誠に実りの多い八年でした。錬金術師ギルドと友好を結び、素晴らしい機会を与えてくださった女王陛下には、感謝の言葉もございません」

深々と礼をし、ライナーはそう締めくくる。

「大変に興味深かったわ。魔術師ギルドでは、魔法薬の開発部に入るそうね。貴方《あなた》の吸収してきた隣国の技術によって我が国の魔法薬がさらなる発展を遂《と》げれば、大変嬉しく思います」

文句なしの上出来な報告をアナスタシアは褒《ほ》め、最も周囲に受けの良いとびきりの微笑で労《ねぎら》った。

二つのギルドが相手国からの留学生をせっせと追い払いつつ、自国から学生を送り込むのをやめないのは、たとえ短い期間であっても学ぶ事は多いと思い知っているからだ。

実際に、魔術師ギルドのつくる魔法薬の種類は錬金術師ギルドから得た知識によって倍増したし、向こうでもこちらで学んだ魔法を使って新しい魔道具を次々と開発しているらしい。

ライナーの得てきた八年分の知識は、魔術師ギルドにとって黄金よりも価値のあるものだ。それは結果的にロクサリス国を富ませる。

満足したアナスタシアは、そのまま彼の退室を許可しようと思ったのだが……

「陛下。私から、彼に一つ質問をお許し願えますでしょうか？」

学務省に所属する、壮年の文官が手を上げた。

「質問を許します」

アナスタシアが頷《うなず》くと、やせぎすの文官は咳払《せきばら》いをして、ライナーをじろじろ眺《なが》める。

「君の報告は魔道具研究に関する事ばかりだったが、フロッケンベルクでの生活環境はどうだったかね？　異国の暮らしは、何かと不便も多かったと思うが」

何か含むような目つきで文官は尋ねる。

きっと他の留学生と同じく、ライナーにも留学中に酷《ひど》い扱いを受けたと言わせたいのだろう。

この文官は、旧時代を代表するような隣国嫌いだった。表向きはおべっかを使ってくるものの、陰では女王のせいでフロッケンベルクとの交流が始まったと文句を言っている。

ただ、自分の仕事はそこそこなすし、大した妨害ができる男でもないので、放ってあるのだ。反発する者を全て除去しては、単なる暴君になってしまう。

期待を籠《こ》めた視線を向けられて、ライナーは記憶をたどるように少し考えたあと、口を開いた。

「皆様もご存じの通り、フロッケンベルクとは言語もほぼ同じですし、料理もロクサリスと似たものが多くありましたから、特に不便は感じませんでした。ただ……」

「何か、不満があったのだね!?」

明らかに文官の声が弾《はず》んだ。

だが、文官の思惑《おもわく》などまるで気づかないかのように、ライナーは穏《おだ》やかに首を振る。

「いえ、不満というほどではありませんが、寒さはかなり厳しかったです。山を一つ挟んだだけで、こうも気候が違うのかと驚きました。かの国の防寒設備が素晴らしく発達しているのも頷《うなず》けます」

「あ、いや……私が聞きたいのは、そういう事ではなくてだね……」

平然と斜め上の返答をしたライナーと声を引き攣《つ》らせている文官を前に、アナスタシアは笑いを噛《か》み殺すのに必死だった。

この青年は鈍《にぶ》いのか、それともわざとやっているのだろうか。

「つまりだね、人間関係の面で困った事はなかったかと、聞きたかったのだ！」

苛立《いらだ》たしげに文官が言うと、ライナーは「ああ」と、納得したように軽く目を見開いた。

「失礼しました。あちらのギルドでは友人もたくさんできましたし、職場外でも多くの方から親切にしていただきました」

「なるほど……それは結構。しかし、他の留学生たちは皆、錬金術師ギルドで不愉快な目に遭《あ》わされたと言っているが。君には、まったくなかったというのかね？」

もはや、婉曲《えんきょく》な言葉を選ぶ余裕もなくなったらしい文官に、ライナーがニコリと微笑んだ。

「錬金術師ギルドにも様々な方がいますので、あまり気の合わない方もおりました。ですが、意見の食い違いも大抵は上手く折り合いをつけられましたし、私の力が至《いた》らない部分ではあちらの友人たちに手助けをしていただきました。総じて、順調だったのではないかと思います」

「……わかった、もう結構。貴殿ならどこでも快適に暮らせそうだ」

力なくうな垂れた文官が下がり、アナスタシアは広げた扇《おうぎ》の陰で、噴き出すのを懸命に堪《こら》えた。

十八年の在位期間中で、間違いなく一番愉快な謁見《えっけん》だ。

（これは、期待できそうね）

退室するライナーを眺《なが》めつつ、アナスタシアは胸中でニンマリと笑った。

ライナーはかなり使えそうな男だから、宮廷魔術師に登用すれば何かと便利な手駒《てごま》になるだろう。

だが、今のところ有能な宮廷魔術師は必要な数が揃《そろ》っている。だから、そちらはいらない。

アナスタシアが現在、最も必要としている求人は鬱陶《うっとう》しい男たちの目を逸《そ》らさせるための防波堤――見せかけだけの、偽の愛人である。

アナスタシアは去年まで、とても良い防波堤を持っていた。

宮廷魔術師の一人であるフレデリク・クロイツ——通称『牙《きば》の魔術師』だ。

花形職業の宮廷魔術師で容姿も良いフレデリクに寄ってくる女は多かったが、彼は誰かと恋愛する気なんて欠片《かけら》もなかった。おまけに彼はアナスタシアの密偵も務めており、しつこい女にまとわりつかれると仕事がやりにくくて困ると辟易《へきえき》していた。だから互いに利害が一致した訳だ。

二人で示し合わせ、アナスタシアが誰よりも彼を寵愛《ちょうあい》しているように見せかけていた。

傍《はた》からはどれほど親密に見えても、二人が互いを異性として愛する事は決してない。

何しろフレデリクは、公式には存在すら知られていないが、前王の第三子。つまり、アナスタシアの異母兄なのだ。もっとも、その真実を知る者は極僅《ごくわず》かで、表向きフレデリクはアナスタシアと仲の良い幼馴染《おさななじみ》となっている。そのため、自然に恋仲と見せかける事ができた。

加えて、彼は顔だけの男ではなく、自分の身を危険から守るだけの能力も十分にある。

アナスタシアは心置きなく『弱い男は嫌いなの。私を口説《くど》きたければ、まずフレデリクを倒してから来なさい』と、他の男たちをけしかけられたのだ。

その途端、フレデリクは魔法での決闘を次々と申し込まれるようになり、それを全て正面から撃退した。すると、今度は夜道や人気《ひとけ》のない場所で連日、襲撃されたらしい。

凄《すさ》まじい騒ぎは三ケ月ほどで落ち着いた。アナスタシアがフレデリクを愛人と見せかけながら一切の特別待遇をせず、むしろ積極的にこき使ったからだ。

『お互いに身の回りが片づくのは結構ですが、俺の負担だけ大きい気がします』と、愚痴《ぐち》を言いつつも偽の愛人役をしていたフレデリクだが、彼はある貴族令嬢に恋をしてその役を降りた。

人生にすっかり不貞腐《ふてくさ》れていたフレデリクが誰かに恋をするなんて最初は信じられなかったが、驚いた事に彼は本気だった。それはもう呆《あき》れるほどの浮かれぶりだったのだ。

だからアナスタシアは、彼に偽の愛人役を続けさせようとはしなかった。

それに彼が愛人役を務めていたせいでその令嬢との結婚に支障が出たため、アナスタシアとの恋仲は周囲が勝手に思い込んでいただけで、本当は何もなかったとも明かした。

よって、フレデリクが無事に愛妻とイチャイチャ新婚生活を送りはじめると、アナスタシアのもとには邪魔者がいなくなったと大喜びする男たちが再び押し寄せるようになったのである。

むしろ以前より増えた気がする。

フレデリクを愛人だと思わせていた頃、彼を酷使する事でどんな相手も特別待遇はしないと意思表示をしていたが、彼が本当の愛人ではなかったと知り、また愚《おろ》かな期待を抱きはじめたらしい。

ここ一年ばかりは、寄ってくる男たちを辛抱強くあしらっていたが、もう我慢の限界だ。

今日みたいな良い天気の日にうっかり中庭を散策しようものなら、たちまち気味の悪い男につきまとわれる。お陰で休憩時間もずっと執務室に籠《こ》もりっぱなし。

女王だって、宮廷内だけでもいいから、たまには一人で気ままに歩きたいのだ。

ちなみにフレデリク以外の宮廷魔術師たちは、アナスタシアへ言い寄るような真似はしない。

そのため未婚の宮廷魔術師に新しい偽の愛人役を頼もうと思った事もあったが、上手くいかなかった。

非常に優秀なうえに女王と行動を共にする事が多い宮廷魔術師の面々は、世間で思われているよりずっとアナスタシアが狡猾《こうかつ》だと知っているし、慎重に隠している恐ろしさまでも薄々感じ取っているのだろう。彼女が『個人的なお願い』をしようとすると不穏《ふおん》な気配を素早く察知して、全力で逃げる。

文武両道な猛者揃《もさぞろ》いなだけあり、彼らは逃げ足も実に一流であった。

女王に忠誠を誓い真面目《まじめ》に職務をこなしてくれるが、個人的に深くかかわるのは怖すぎるので勘弁願いますと、切実な思いをヒシヒシと伝えてくる。

仕方なく宮廷魔術師は諦《あきら》めて、使えそうな相手を見つけたら警戒心を抱《いだ》かれる前にすみやかに捕獲しようと決意していたのだ。

（ライナー。貴方《あなた》が執務室に来るのが楽しみだわ……）

アナスタシアは謁見《えっけん》の間をあとにし、次の会議に向かいながら、楽しい計画を練りはじめた。

その日の午後いっぱい、アナスタシアはとてもご機嫌で執務を片づけた。

夕食を済ませてから自室に引っ込み、湯浴みの代わりに浄化魔法で身を清める。

浄化魔法は術者と相性が合わねば使えない使用者が限定される魔法だが、一瞬で身体と衣服の汚れが落とせるので、とても便利だ。

もっとも、手間こそかからず汚れも隅々《すみずみ》まで落ちるが、身体を擦《こす》って洗うようなさっぱりした感覚はまるでない。普通に入浴した方が身体も温まるし、香油や花を入れて楽しんだりもできるので、浄化魔法を自在に使いこなせる魔法使いも普段は入浴を好む。

裕福な女性貴族は特に、美容目的で召使にマッサージをさせながら入浴する者が多い。

アナスタシアとて美容にまるで無関心ではないし、専用の浴室を持っている。

ただ、それほど暇がないので、浄化魔法で済ませる事が多い。

そして仮にゆっくり湯に浸《つ》かる事があっても、侍女に洗うのを手伝わせはしなかった。

言い寄ってくる男に感じる壮絶な不快感ほどではないが、無防備な入浴時に素肌を他人に触られるのは、あまり落ち着かない。

権力を巡る骨肉《こつにく》の争いがドロドロと渦巻《うずま》き、気を抜けばすぐ暗殺されかねなかった王家に生まれたせいかもしれない。

今は亡きアナスタシアの異母兄二人と彼らの母親は、それぞれ魔術師ギルドの幹部と親族で、特殊な毒薬を手に入れる事ができた。送り主を偽《いつわ》って部屋に届けられた菓子やほんの少し無人になった部屋に置かれていた水差しの中身など、あらゆるところに毒が仕込まれていたのだ。互いに隙《すき》あらば相手やその息子を殺して王位を奪おうと、毒殺を企《たくら》み合っていた。

あの頃の王宮はまるで、おぞましい毒虫たちが生き残りをかけて互いを貪《むさぼ》り殺し合う、蠱毒《こどく》という呪術の壷のようだった。

他人に気を許す事などできない。

アナスタシアは寝室に入り、最低限だけ侍女に手伝わせながら豪奢《ごうしゃ》な重いドレスを脱ぐ。

寝衣ではなく、薄手の室内用ドレスに着替え、それから複雑に結い上げた髪を解《ほど》いた。葡萄酒《ぶどうしゅ》色のドレスの背中が波打つ黄金色の髪で隠される。

「あとは自分でやるから、もう下がって良いわ」

アナスタシアが声をかけ、侍女はドレスと髪飾りを持って退室する。

扉が閉まると、身軽な姿で一人きりになった女王は軽く息を吐き、鏡台の前で髪を自分で梳《す》いた。

女王らしい威厳を出すためにと少し濃くしている化粧を浄化魔法で落とし、宝石の髪飾りを全て外すと、鏡に映る自分は記憶にある母親にかなり似て見えた。

そう似てもいないはずなのだが、アナスタシアと二人きりの時の母は大抵、化粧を落とし髪も解《ほど》いた気楽な姿だったし、ちょうど年齢も今のアナスタシアと同じくらいだったからだろう。

側妃《そくひ》の一人だった母はアナスタシアが一歳の時に毒殺されたが、その顔も声もはっきり覚えている。

(お母様、今日はとても面白い男と会ったわ。好ましいかどうかは、これから判断するけれど)

鏡に向かい、心の中で母に話しかける。

アナスタシアが生き残って王座につけたのは、一般的な人間よりもかなり賢く生まれたお陰だ。

運の良い事に彼女は、魔法使いの家系に時おり生まれる『異能者』というものだったらしい。

生まれてすぐに言葉と周囲の状況を理解し、普通なら一から学ばねばならぬ魔法の数々を極《ごく》自然に使えていたのだ。

いち早くそれに気づいた母は、慎重に力を隠すよう娘に教えた。

凄《すさ》まじい魔力と異様なほど高い知性を持っていても、アナスタシアの身体は普通の赤子だったたからだ。魔法を駆使《くし》すれば様々な事ができるが、自分の足ではまだ歩く事もできず、すぐに眠くなってしまう。この状態で異母兄やその母后《ぼこう》たちに目をつけられたら、きっと殺される。

確実に相手を噛《か》み砕《くだ》ける牙《きば》を手に入れるまで弱くて可愛い子猫を装《よそお》いなさいと、母は言ったのだ。

アナスタシアも自分を愛してくれる母の事が大好きだった。

その母が何者かに毒殺されたのは、自分の力が足りなかったせいだと今も痛感している。

第一王子、第二王子と彼らの母たちの誰が首謀者かはわからなかった。

ならば、全員に償《つぐな》わせようと決めた。

彼らの手先だった魔術師ギルドの幹部、そして側妃が明らかに不審な死を遂《と》げたのにロクに調査もせず、新しい女に夢中だった王も含めて。

毒壷の王宮に巣食う毒虫共を残らず食い殺し、蠱毒《こどく》の勝者になってやると誓ったのだ。

多くの寵妃《ちょうひ》を持つのはロクサリス国王としての義務だと、父はのたまっていたそうだが……

(ふざけるな。節操なく女漁《おんなあさ》りをした結果が、あの毒壷と化した王宮だろうが)

勝ち残った最強の毒虫である自分の唇が、鏡の中で皮肉たっぷりに歪《ゆが》む。

こうして見ると、やっぱり母には全然似ていない。あの人は、こんなに毒々しくはなかった。

敵の多い王宮で、気位が高く狡猾《こうかつ》な女性のように振る舞っていたけれど、アナスタシアと二人きりでお喋《しゃべ》りする時は、少女みたいに明るく笑って冗談を言ったりし……今思えばとても『可愛い』本性を持つ人だった。娘とは、正反対だ。

櫛《くし》を置き立ち上がったアナスタシアは、続き部屋に繋がる扉を開いた。

隣室は安楽椅子《あんらくいす》や長椅子《ながいす》に低いテーブルなどが設置された女王の私室となっている。

そのさらに向こう隣の部屋は、アナスタシアの執務室だ。

アナスタシアは執務室の机に着く。

壁にかけられた精巧《せいこう》なねじまき式の時計は、そろそろ夜の九時を指そうとしていた。

ちょうど時間通りに扉が叩かれ、よく通る衛兵の声が響いた。

「失礼いたします、陛下。ライナー魔術師が入室許可を求めておりますが」

アナスタシアは「入りなさい」と、機嫌良く答える。

「失礼いたします」

深緑のローブを着た青年魔術師は、アナスタシアのくつろいだ装《よそお》いに一瞬驚いたような表情となったが、すぐに神妙な顔つきに戻った。

アナスタシアはまず部屋に防音の魔法をかけ、執務机の向かいに立った彼をあらためて見上げる。

「では、エルヴァスティ伯爵家の次期継承者であるライナー一等魔術師。貴方《あなた》の行動に幾《いく》つか疑問を感じましたので、処遇を決める前に質問をします」

あえて家名まで交えた長々しい呼び方をすると、ライナーが僅《わず》かに身構えた。

それには触れず、アナスタシアは彼に微笑みかける。

「謁見《えっけん》の間で貴方《あなた》がエルヴァスティ伯にかけた魔法は、とても興味深いものでした。強い効果を発揮できるように練習する人は多いけど、その逆はあまり一般的ではないわ。誰に教わったのかしら？」

視線を上げて返事を促《うなが》すと、ライナーはやや躊躇《ためら》いがちに口を開いた。

「独自に練習いたしました」

「何か、必要でもあったの？」

ほがらかな口調で突っ込めば、彼は先ほどよりも言いづらそうに答えた。

「陛下もご存じの通り、父の評判は良くありません。私が昔、魔術師ギルドに入った際にも、我が家を快《こころよ》く思わない人と何度か諍《いさか》いが起こり……自衛のために身につけました」

「まぁ」

アナスタシアは口元に手を当ててさも驚いたような仕草をして見せたが、彼の返答はだいたい予想していた通りだ。

優《すぐ》れた能力を持つ者は、嫉《ねた》まれる事が多い。

ライナーは高い魔力と優秀な頭脳を持つだけでなく、周囲の人間と上手くやれそうな性格に見える。そんなに色々と備《そな》え持つ彼を、かえって疎《うと》む者もいただろう。

そういう輩《やから》にとって、不正で王宮を追われた父親は、格好の攻撃材料となったに違いない。

「あれでは足止め程度にしかならないでしょうに。あれほど高度な魔法を使いこなせる貴方《あなた》なら、もっと別の手段があったのではなくて？　相手が手出しを控えてくれるような、効率の良い手段が」

暗に『二度と手出しをする気が起きないほど徹底的に叩き潰して、思い知らせてやればいい』と言うと、ライナーは微苦笑した。

「父が不正を働いたのは事実ですし、暴力で強引に口を噤《つぐ》ませても、我が家の評判がさらに下がるだけです」

「それもそうね」

「周囲と良好な関係を築きたければ、最初は拒絶されても相手との信頼を地道に積み重ねていく方が良いと考えました。ただ、多人数で来た場合は、話し合いの余地がない時もありますので、こうした手段で逃げていたのです」

どこまでも柔和で辛抱強い返答に、今度はアナスタシアが微笑した。

「貴方《あなた》が錬金術師ギルドで上手くやっていけた理由がよくわかったわ。でも、もう一つ気になる事があるのよね……」

彼女はライナーの目を見据《みす》え、本命の質問に入った。

「家思いのご立派な貴方《あなた》が、なぜ謁見《えっけん》の間に入る前に父親を止めなかったのかしら？　エルヴァスティ家は今度こそ、爵位も領地も完全に剥奪《はくだつ》されてもおかしくなかったのに。父親が騒ぎを起こして不興を買うのを待っていたようにしか思えなかったわ」

辛辣《しんらつ》な指摘をすると、ライナーが僅《わず》かに顔を強張《こわば》らせ、息を呑んだ。

アナスタシアは彼のローブに刺繍《ししゅう》されている一等魔術師の階級章を片手で示し、ニコリと笑う。

「貴方《あなた》自身は一等魔術師ですもの。愚《おろ》かな父親と汚名にまみれた家に見切りをつけ叩き潰したかったというなら、理解できなくもないわ。苦労話も聞いた事だし、少しなら同情してあげてよ」

黙りこくっているライナーに、アナスタシアは皮肉たっぷりな笑顔を向けた。

魔力の量に限らず魔法を使える素質を持つ者は全て「魔法使い」と称され、その中でも魔法を専門とする職業についていれば「魔術師」と呼ばれる。

魔術師の中でも細かくランクづけはされているが、一等魔術師なら爵位相応の身分とみなされる。

ライナーは伯爵家の跡取り息子といっても、その爵位は父親の悪評にまみれた不良物件だ。

一等魔術師は爵位と違い子孫に引き継げない一代限りの地位であっても、魔法の才が極めて重視されるこの国なら、そんな家を継ぐよりも魔術師ギルドで地位を高める方が遥《はる》かに良いだろう。

「否定はしません。父は陛下にお目通り願う事に夢中で冷静な判断を欠いておりましたが、私はこうなるだろうと予想しながら、父を止めませんでした。ですからどうか、個人的な処罰は父ではなく、騒ぎを仕組んだ私にお願いいたします」

ライナーは表情も変えずに淡々と答えたが、そんな表面だけの言葉で許してやるつもりはない。

「あっさり認めるのね。けれど、それならなぜ今さら父親を庇《かば》うの？　貴方《あなた》の言葉や行動は矛盾だらけ。これ以上の誤魔化《ごまか》しは許しませんよ。洗いざらい全て白状なさい」

ワクワクしながら畳みかけると、彼は観念したように一瞬目を瞑《つむ》り、苦しげな声を吐き出した。

「申し訳ございません。この騒ぎで家が潰され、私も陛下から処罰されれば、さすがに父も自身の行《おこな》いを反省して、王宮官吏《かんり》に返り咲く野心など諦《あきら》めてくれるかと思ったものですから……」

ため息をつかんばかりのライナーを前に、アナスタシアは媚《こ》びへつらっていたエルヴァスティ伯爵の様子を思い出した。

幾《いく》ら昔より人数が少ないとはいえ、全ての謁見《えっけん》が許可される訳ではない。伯爵は以前にも何度か謁見《えっけん》願いを出していたが、どれも意味のない挨拶《あいさつ》や役所からの対応で十分な内容だったため、却下していた。

　それでも、あそこまで強引にライナーについて謁見《えっけん》の間へ来たのは、単なるご機嫌とりが目的という訳でもなさそうだ。欲深い伯爵なら、息子をもっと利用するはず。

「もしかして貴方《あなた》の謁見《えっけん》について来たのは、自慢の息子を宮廷魔術師へ引き抜くよう私へ売り込み、あわよくば自分も王宮勤めに復帰するためかしら？」

　アナスタシアは自信満々に尋ねた。

　魔術師の職の最高峰ならば、魔術師ギルドの幹部である『老師《ろうし》』だ。しかし、宮廷魔術師の方が高官の知り合いが多くできる。宮廷に繋がりを持ちたい伯爵なら、息子をそこに据《す》えたがるだろう。

「え、ええ。それもそうなのですが……」

　ライナーは言葉尻を濁《にご》し、やけに気まずそうな顔になる。

「まだ他にあるのなら、はっきりおっしゃい」

　アナスタシアが促《うなが》すと、ライナーは躊躇《ためら》いがちに視線をさまよわせたものの、すぐに観念したらしい。意を決したように拳《こぶし》を握り締め、口を開いた。

「父は、ぜひとも宮廷魔術師に志願しろと私に命じ、それが叶《かな》ったら……その、なんとしても陛下を口説《くど》き落とせと……」

　一瞬、部屋の中がシンと静まりかえった。

「なるほど。私の愛人希望という訳ね。それにしても大した自信だこと。貴方《あなた》は、私を落とせると思っていたの？」

アナスタシアが冷ややかな目を向けると、ライナーの顔が見る見るうちに赤くなる。

「まさか！　ただ父は、牙《きば》の魔術師の結婚で陛下が受けた傷が治らぬうちに、皆もお声をかけているのだからと言って……」

「え？　待ちなさい！　私が、フレデリクの結婚で傷心ですって？」

その言葉は、本日で一番アナスタシアを驚かせた。

「っ！　あ……いえ、その……そういうお話が、一部で流れていると……」

ライナーが、しまったとばかりに片手で口を押さえる。

「……あら、そう」

腹立たしさに、アナスタシアの声が三段階ばかり低くなった。

フレデリクを愛人と周囲に思わせながら、彼もアナスタシアも自分の口からはっきりとその噂《うわさ》を肯定した事はない。

だからこそ彼の結婚の時に、ロクサリスの結婚事情——女王は伝統的に王配を持たず、反して高い魔力を持つ男は妻帯義務がある事——から、アナスタシアがフレデリクに名目だけの妻を持つよう命じたなどというバカげた話を否定できたのだ。

それに、フレデリクが妻を溺愛しまくるので、その件は無事に解決した。

……はずだったが、さらにそこから突拍子《とっぴょうし》もない邪推《じゃすい》をする者がいたらしい。

（フレデリクの結婚以来、以前にも増して大勢の男からしつこく声をかけられたのは、失恋の傷につけ込もうと狙われていたからだったのか！　つまり私は、本当は好きだった男の結婚を、強がって泣く泣く祝福したフラレ女だと思われていた⁉︎）

ヒクヒクと頬《ほお》が引き攣《つ》りそうになったが、アナスタシアは気を取りなおし、咳払《せきばら》いをする。

「フレデリク魔術師が一年前に結婚したのは事実だけれど、私がそれを祝福しているのも本当よ。どこからそんなデタラメが出回ったのかしら」

「そうでしたか、大変申し訳ございません」

「いいわ。貴方《あなた》がここ数年の出来事に疎《うと》いのは無理もない事ですしね。話を続けなさい」

ライナーは恐縮した様子で頭を下げたが、俯《うつむ》いたまま言葉を続けた。

「……私が一人で謁見《えっけん》の申し込みをした事を知ると、父は謁見《えっけん》の直前に兵に賄賂《わいろ》を渡してまで押しかけてきました。陛下のおっしゃる通り、家の存続を考えるならば力ずくでも止めるべきだったのでしょうが……」

彼の声は、僅《わず》かに震えていた。

謁見《えっけん》の直前に父親が不正な手段を使った事で、ライナーは苦渋の決断をしたのだろう。

息子の帰国を機にまた野心を芽吹かせてしまった父は、この先何度でも手段を選ばぬ行動に出ると目に見えていたから、自《みずか》らの手で父に煮え湯を飲ませたのだ。

野心だけ殺して父の身柄《みがら》を守るために、彼自身も火傷《やけど》を負うのを承知で。

彼はとても強く、そして優しい……なんて呆《あき》れるほどにお人よしだと、アナスタシアは内心でニタリとほくそ笑んだ。

(宜《よろ》しい。貴方《あなた》は、非常に理想的な逸材だわ)

失恋女に認定云々《うんぬん》はともかくとして、ライナーの事情はアナスタシアにとって都合の良い話だ。すっかり気を取り直したアナスタシアは、机に肘《ひじ》をついてゆったりと組み合わせた両手に顎《あご》を乗せる。そして肝心な点を聞く事にした。

「よくわかったわ。……ところで貴方《あなた》は、恋人か好きな相手でもいるのかしら？　父親の要望を真っ向から拒否したのは、その相手を捨てて私に言い寄れと強制されたから？」

唐突《とうとつ》な話題の転換と、打って変わって砕《くだ》けた調子になった女王に驚いたのだろうか。ライナーは一瞬、意味を掴《つか》み損ねたように目を見開いたが、すぐにかぶりを振った。

「いえ。そのような相手はおりません。ただ、父の意図があまりにも透《す》けて見えましたので……陛下を不愉快にさせる結果となってしまい、申し訳ございません」

生真面目《きまじめ》な青年はまた丁寧に頭を下げたが、アナスタシアは内心ニヤニヤが止まらなくなっていた。

(ますますもって宜《よろ》しい。完璧だ。これで、この男が断る理由は全てなくなった)

アナスタシアはわざと表情を引き締め、ライナーの神妙な顔を見上げる。

「そうね、謁見《えっけん》に乱入した理由がよりによってそんな下心だったなど不愉快だわ。ライナー魔術師、貴方《あなた》に科す処罰を決めました」

「はい。いかようにも覚悟はできております」

「貴方《あなた》には今日から一年間、私のために、偽の愛人役を演じる事を命じます」

一分近くは、沈黙があっただろうか。

「あら、返事はどうしたの？」

アナスタシアは手を伸ばし、瞬《まばた》きすらせずに硬直しているライナーのローブを指先でつついた。

途端にライナーが飛び跳ねるようにビクンと身震いする。

「っ！　あの、何か聞き間違いをしたようで……」

「では、もっとわかりやすく言ってあげるわ。貴方《あなた》に一年間、女王の愛人として周囲を騙《だま》せと命じたの。フレデリク魔術師が演じていたのと同じようにね」

「……フレデリク魔術師が？」

「その辺りはあとで詳しく説明するわ。とにかく私は煩《うるさ》く言い寄ってくる男たちへ、貴方《あなた》を倒してから来いとけしかけるから、四六時中つけ狙われるでしょうけれど、頑張って生き残りなさいな」

「生き残……っ!?　いえ、ですが、陛下、失礼ながら……」

蒼白《そうはく》となって額に冷や汗を滲《にじ》ませているライナーに、アナスタシアは口の端を上げてみせた。

「私に対する無礼の処罰なのだから、拒否は許しません。ちなみにフレデリクの時もそうだったけれど、私は貴方《あなた》もいっさい特別扱いする気はないの。エルヴァスティ伯が来ても、穏便《おんびん》に諭《さと》してあげるわ。伯爵家を潰すより、悪い話ではないと思うけれど？　他に何か質問はあるかしら？」

「……ございません。かしこまりました、陛下」

自分が、女王につきまとう男たちを追い払うための生け贄《いにえ》となったのを理解したのだろう。

やや虚《うつ》ろな目になったライナーに引き換え、アナスタシアは最高にご機嫌だった。

彼を捕獲する気はあったが、ここでの受け答え次第であまりに使えなさそうなら、短い謹慎《きんしん》でも言い渡してさっさと追い出す選択肢もあった。ライナーにとっては不幸な事に、そしてアナスタシアにとっては幸いながら、そうしなくて済んだという訳だ。

アナスタシアは椅子《いす》から立ち上がり、隣室に続く扉を開いてライナーを手招《てまね》きする。

「せっかく来た愛人がすぐに帰るのは不自然でしょう？　これから貴方《あなた》に上手く動いてもらうために話しておく事もあるしね。こちらにいらっしゃい」

ライナーが入室してからまだ二十分と経《た》っていない。アナスタシアは防音の魔法を解《と》き、廊下の衛兵に声をかけた。

「隣の部屋に行くけれど、声をかけないで頂戴《ちょうだい》ね。彼とゆっくりお話がしたいの」

かしこまりました、と衛兵の返事が聞こえる。これで仕上げだ。

あとは彼らが噂《うわさ》を広め、嘘を真実と思い込ませてくれる。夜遅い時間に女王の部屋へ誰かが訪ねてきたなんていう情報の買い手は大勢いるだろう。

今日の着替えを侍女に手伝わせる時も、一番口の軽い者をさりげなく呼んだ。女王は愛人と寝てもおかしくないような姿だったと、彼女はまくしたてるに違いない。

このために、お喋《しゃべ》りで信用のおけない衛兵や侍女を少し残しているのだから、せいぜい役に立ってもらおう。

鼻歌でも歌いたい気分で、アナスタシアは困惑するライナーを連れて隣室へ移り、パタンと大きく音を立てて扉を閉めた。

2　女王の大失敗

私室に入ったアナスタシアはお気に入りの安楽椅子《あんらくいす》に腰をかけ、テーブルを挟んだ向かいの長椅子《ながいす》に座るようライナーを促《うなが》す。

「まず、貴方《あなた》の前任者フレデリクについて話すわ」

ライナーは八年間も隣国にいて、ここ数年の国内事情には少々疎《うと》い。

女王の愛人として有名だった『牙《きば》の魔術師』フレデリク・クロイツの事は、帰国後初めて聞いたらしい。

フレデリクが異母兄であるのは秘密だ。だから、アナスタシアは彼が信頼のおける幼馴染《おさななじみ》で、恋愛感情はないが信頼しており、互いに身辺が煩《うるさ》いから恋人関係を装《よそお》っていたのだと説明する。

そしてフレデリクがある令嬢に恋をし、この役を降りて彼女と結婚した時、彼が女王と関係を持ちつづけるため飾り物の妻を娶《めと》ったのだと噂《うわさ》が流れた事など、一連の騒動も話した。

「――そういうご事情でしたか」

納得がいったというライナーに、アナスタシアは満足して頷《うなず》く。

「ええ。だから今後は、誰かに聞かれたら貴方《あなた》を愛しているとはっきり公言するわ。貴方《あなた》もそう言いなさい。一年の契約期間中はここへ何度も呼ぶけれど、そのあとは一切呼ばないし皆にも別れたと言う。その方が、一過性の熱が冷めたと思われやすいでしょう？　宮廷勤めでない貴方《あなた》とは、それから顔を合わせる必要もなくなるのだしね」

そして、少し考えてから付け加えた。

「でも、そうね……フレデリクのような目に遭《あ》いたくなければ、誰かに正式な結婚を申し込むのは、完全に熱が冷めたと周囲が思う頃まで待つか、私が次の役者を手に入れてからになさいね」

ライナーも規定値以上の魔力を持っているのだから、三十歳までに妻を娶《めと》らなければならない。

しかし彼はまだ二十五歳。アナスタシアとの契約期間が終わってから、結婚相手を探すのに四年近くは猶予《ゆうよ》がある。ほとぼりがすっかり消えるのを待っても、焦る事はない。

「ご配慮に感謝いたします」

ライナーは丁重《ていちょう》に言ったものの、どこか複雑そうな顔をして、アナスタシアをじっと見つめた。

「陛下。少々、差し出がましい意見を述べても宜《よろ》しいでしょうか？」

「受け入れるかどうかは保証できないけれど、聞くだけならなんでも聞いてあげるわよ」

アナスタシアは、ニッコリと微笑んで答えた。

あまり図々《ずうずう》しい男でもないと思うが、フレデリクの話を聞いて何か要望でも思いついたのだろうか。

しかし、彼の紡《つむ》いだ言葉は意外なものだった。

「陛下が本当にお好きな相手を選んで王配に据《す》えられれば、心穏《おだ》やかに過ごせるのではないですか？　伝統を破る事に非難が湧くでしょうが、理解を示してくださる方もいるでしょう。何より、陛下がこのような手段を繰り返すおつもりならば、古き慣習が害悪となっているのは明らかです」

あまりにもバカげた提案に、アナスタシアは思わず安楽椅子《あんらくいす》の肘置《ひじお》きに爪を立ててしまった。

ビロード生地に、赤く塗った爪が食い込む。

「あらあら、名案ね。言い寄ってくる男には不自由しないもの。でも問題は彼らが、口先では私を褒《ほ》めそやしていようとも、所詮《しょせん》は女王に気に入られれば優遇されると勘違いしている愚《おろ》か者ばかりという点だわ。貴方《あなた》の父親同様にね。そんな輩《やから》には指一本触れられたくないから、こんな手段をとる事にしたのを理解してもらえなかったかしら？」

皮肉たっぷりに睨《にら》んでやったが、ライナーは怯《ひる》む様子を見せずに再び口を開く。

「はい。お考えは承知しておりますし、一年間はお約束通りに務めさせていただきます」

アナスタシアをまっすぐに見つめ、彼は穏《おだ》やかに微笑んだ。

「ただ、陛下はとても美しく、統治者としても優《すぐ》れた方なのですから、中には本当に下心なく陛下自身に惹《ひ》かれている方もいらっしゃると思います。騒がしさの中に霞《かす》んで見えなかっただけかもしれません。陛下がそのような方を見つけましたら、私も微力ながら協力させていただきますので、どうぞお申しつけください」

さらなる彼の言葉に、アナスタシアはいっそう呆《あき》れ、ため息を呑み込んだ。

使えそうな男だと思っていただけに、期待を裏切られて落胆したし、それ以上に腹が立った。

「……まぁ、随分《ずいぶん》と褒《ほ》めてくれるのね」

苛々《いらいら》とした感情を押し隠し、アナスタシアは一番見栄えが良いと思う微笑みを浮かべた。

そして安楽椅子《あんらくいす》から立ち上がり、ライナーの座る長椅子《ながいす》に移る。

長椅子《ながいす》は、小柄なアナスタシアなら楽に横たわれるほど広い。

二人で間をあけて座っても十分な余裕があったが、わざと密着する寸前の位置に座った。

「私からこれだけ色々と聞かされても、そんなに優しい事を言ってくれるなんて嬉しいわ。貴方《あなた》になら、抱かれても平気かもしれないわね」

「陛下!?」

うろたえるライナーを見上げ、アナスタシアは胸のうちで苦々しく呟《つぶや》く。

(どんな奇麗事も、口で言うだけなら簡単よ。本心から私に好意を持つ人間が身内以外いないから、苦労しているというのに。貴方《あなた》も醜《みにく》い本性を晒《さら》すといいわ)

わかったような口を利くなと、腹が立って仕方ない。

「陛下。失礼ながら、ご自分をもっと大事になさってください」

しかし、不意にライナーが表情を険《けわ》しくし、低い声を発した。

「魅力的な女性に言い寄られて、悪い気がする男はいません。陛下が本気でないと承知していても、私が許可を得たとつけ込んで、押し倒すかもしれないではありませんか」

丁重《ていちょう》な口調だが、まるでタチの悪い悪戯《いたずら》をお説教するような調子だ。

「構わなくてよ。それに、気に入る王配を見つけろと私に提案したのは貴方《あなた》なのだから、責任持って付き合ってもらうわ」

アナスタシアは極上のつくり笑いを顔に貼りつけたまま、身を乗り出して、いっそうライナーに上体を近づける。

『美しい』とか『優《すぐ》れている』という言葉は、言い寄ってくる男たちから不快な下心混じりの音色で告げられてきた。けれど、ライナーの言葉には微塵《みじん》もそうした響きがない。

それはきっと、彼がアナスタシアを口先では賞賛しても、手に入れたいとは欠片《かけら》も思っていないからだ。猫をかぶった理想的な女王からいきなり腹黒《はらぐろ》い本性を見せられ、他の男を追い払う生け贄《にえ》として一年間も拘束される事になったのだから、アナスタシアに好感を抱《いだ》くはずもない。

そう思えば、愚《おろ》かな奇麗事を言うのも自分を誘うなと窘《たしな》めるのも、納得がいく。

上手くおだてて他の男を探させるつもりだろうと、アナスタシアは内心でひねくれた笑い声を上げる。

「言い寄られて悪い気はしないのでしょう？　私が嫌になってやめなさいと言うまで、どこでも好きなだけ触れる事を許可します。最後まで止めなければ、本当に抱いても構わないわ」

挑発的に言い放ち、ライナーが躊躇《ためら》いがちに手を伸ばすのを嘲《あざけ》りの気分で眺《なが》める。

ほら、触ってみるがいい。どれだけ口先で奇麗事を言っても、お前の手は触れた瞬間に私をどう思っているか素直に吐いてくれる。

（もういいわ。他の者を探す。貴方《あなた》の言う事なんか、所詮《しょせん》は理想にすぎないと思い知りなさい！）

アナスタシアは身じろぎもしないまま、強力な衝撃波の呪文を頭の中で組み立てはじめる。

ライナーの手から自分への嫌悪を感じた瞬間に、吹き飛ばしてやると決意していた。

魔法を使用するには基本的に呪文の詠唱、魔方陣の作成、魔道具の使用のどれかが必要となるが、体内の魔力が非常に多ければ、頭の中で呪文を念じるだけで魔法を使う事が可能だ。

もっとも、それが可能な魔力量を持つのは国内でアナスタシアくらいだろうし、こんな芸当ができる事を知る者は殆《ほとん》どいない。

いつでも魔法を発動できる準備を整えたアナスタシアは、長椅子《ながいす》の上で固く握り締めた手に他人の体温が触れるのを感じた……

「――陛下？」

ライナーに首をかしげられ、アナスタシアはハッと我に返る。

（な……ど、どうして!?）

驚愕《きょうがく》に目を見開き、唇を戦慄《わなな》かせる。

右手がとても温かい。青年の大きな両手に持ち上げられ、すっぽり包まれているからだ。

なのに、どうして気持ち悪くないのだろう。この男からは敵意や嫌悪をちっとも感じない。

触れられた瞬間に吹き飛んだのはライナーではなく、アナスタシアが頭の中で組み立てた呪文の方だったらしい。

「手が氷みたいに冷たくなっていますよ。お加減でも悪いのですか？」

温めるように軽く握り込まれても、やっぱり気持ち悪くない……どころか、その温《ぬく》もりが心地良いような気さえする。

「……いいえ。少し冷えやすいだけ。いつもの事よ」

深く息を吸い、声が上擦《うわず》りそうになるのを必死に堪《こら》えた。

呪文を唱《とな》えず念じるだけで魔法を使おうとすると、大量の魔力を消費するせいか、一気に体温が下がるのだ。先ほど使おうとした魔法は強力だったぶん、消費も激しい。

「そうですか」

ほっとしたようにライナーが微笑み、アナスタシアの手をあっさり離す。

(あ……)

手が離れると同時になぜか空虚《くうきょ》な気分になり、そんな自分にアナスタシアはいっそううろたえた。

(信じられない！　しかも、魔法までしくじるなんて……っ)

今まで、触られても嫌悪を感じない相手が一人もいなかった訳ではない。

早くに死に別れた母はもちろん、母の兄である伯父の侯爵やその下《もと》で育ったフレデリク、忠実な宮廷魔術師の団長夫妻など、信頼のおける者なら幾人《いくにん》かいる。

けれどライナーは初対面も同然で、長年の信頼関係を築いてなどいない。

それなのに指先が触れた瞬間、予想していた不快感がなかった。それに気づいた時、魔法の発動を止めようとしたのを微《かす》かに覚えている。

驚愕《きょうがく》して頭が真っ白になり、気づいたらしっかりとライナーに片手を握られていたのだ。

自分の意思で魔法を中断するのと失敗して霧散《むさん》させるのとでは、魔力の消費量が大きく違う。霧散《むさん》させれば、実際に使ったのと同じくらいの魔力を消費してしまう。きちんと中断させれば、これほど体温が下がって疲れるはずはないから、やはり失敗したのだろう。

魔法を失敗するなんて生まれてはじめてでそれこそ信じたくないほど屈辱《くつじょく》だったが、それ以上に今、目の前には信じられない存在の男がいる。

（この男はまさか、全部本気で言っていたの？）

アナスタシアは複雑な気分でライナーを見上げた。

彼がお人よしなのは承知していたが、その度合いはアナスタシアの理解を遥《はる》かに超えるほど桁違《けたちが》いだったらしい。

ライナーに触れられても平気だった理由は、考えうる限りでただ一つ。

あの奇麗事を本気で言っていたのだ。

腹黒《はらぐろ》な猫かぶりの女王に利用されるのが嫌だから、王配を据《す》えろと言いだしたのではない。

厄介事《やっかいごと》を押しつけられているのに、本気でアナスタシアの今後を心配し、女王の座とは関係なく貴女《あなた》に惹《ひ》かれる者はきっといると……この男はそれを信じているから、口にした。

（呆《あき》れるわ。どこまでお人よしの、甘い男なのよ！）

自分が腹黒《はらぐろ》く狡猾《こうかつ》な事をアナスタシアは恥じていない。そうでなければ生き残れなかった。

けれどこの本性が決して他人に好かれず、警戒されるのは当然だとも思う。アナスタシアが自分へつけ込もうとする他人の下心を決して好かないのと同じだ。

賞賛され愛されるのは、女王としての外向きの顔だけでいい。

宮廷魔術師たちのように、真っ黒い内側を警戒しつつもちゃんと仕《つか》えてくれる者だっているから、それで十分だ。内面を知っても「魅力的」だなんて簡単に言う相手は、かえって胡散臭《うさんくさ》い。

何かの間違いだという思いが消えず、アナスタシアはそろりと左手を持ち上げた。

自分から触ってみれば間違いがはっきりわかるだろうと思ったからだが、胸の中にはチラリと別の感情が覗《のぞ》いている。

ライナーに触れられたのはとても心地良かったから、もう少しそれが欲しいと思ってしまう。

柄《がら》にもなく緊張しながら、思い切ってライナーの頬《ほお》に触れてみた。

指先に触れる感触は他の人間の皮膚と同じはずなのに、やっぱりライナーだと嫌悪感がない。

「陛、ひゃ!?」

アナスタシアは、そのまま彼の頬《ほお》を摘《つま》んで、思い切り引っ張った。

(まったく、なんなのよ！　この心臓に悪い男は！)

もの凄《すご》く驚かされた名残《なごり》なのか、まだ心臓がドキドキしている。足元を掬《すく》われたような気分だ。

しかもその相手は、自分がアナスタシアをどんなに驚かせたか、欠片《かけら》も気づいていない。

腹立ち紛《まぎ》れに右手でもう反対の頬《ほお》も摘《つま》んで、ぐにぐに引っ張りまわす。

「へいひゃ！　ひゃめてくらさいっ」

しばらく無言でライナーの頬《ほお》をつねっていたら、しまいに両手首を取られて頬《ほお》から両手を引きはがされてしまった。

手首を掴《つか》まれてもやっぱり気持ち悪くないし、それを離されたら空虚《くうきょ》な気分になる。

「陛下がお嫌なのはよくわかりました。そのような事をなさらずとも、もう触れません」

苦笑するライナーをアナスタシアはじろりと睨《にら》んだ。

「勝手に、何をわかったつもりなの？」

「え？」

「私から触れても気持ち悪くないか、確かめただけよ」

「では、嫌ではなかったのですか？」

ライナーからキョトンとした顔で言われ、アナスタシアはぐっと言葉に詰まる。

確かに、ライナーに触れても嫌ではなかった……が、それを正直に言うのはもの凄《すご》～く癪《しゃく》に障《さわ》る。

「悪くない……ような気がしたわ」

視線を逸《そ》らしつつ、しぶしぶと婉曲《えんきょく》な返答をすると、ライナーが僅《わず》かに息を呑む気配がした。

「陛下はやはり地位など関係なく、ご自身だけで十分に魅力的だと思います」

ボソリと呟《つぶや》く声にアナスタシアが視線を戻すと、彼が困り切った顔でこちらを見つめていた。

「ですからもう、こうした戯《たわむ》れはおやめください。私とて、一応は男ですし……」

「あら。もしかして、本当に私を抱きたくなって困るのかしら？」

気まずそうに言葉を濁《にご》すライナーにアナスタシアは余裕を取り戻し、意地悪く追い討ちをかけた。

思わぬお人よし加減でこちらの調子をくるわせた男を、少しくらい慌《あわ》てふためかせてやりたい。

「そ、それは……っ」

期待通り赤面するライナーを、アナスタシアはフフンと眺《なが》める。

(ま、変わった男には違いないけれど、悪くはないわ)

底抜けのお人よしぶりには驚いたが、そもそも彼がそういう性格でなければアナスタシアから偽の愛人役を押しつけられる事もなかっただろう。

溜飲《りゅういん》も下がった事だし、もう帰って良いと告げようとした時だった。

困り切ったように視線をさまよわせていたライナーが、キッとアナスタシアへ向き直る。

「そうです！　先ほどみたいに可愛らしい陛下の姿を見せられたら、そうした欲求にも駆《か》られてしまいます！」

静かな彼から思いもよらぬ力が籠《こ》もった声で言われ、アナスタシアは自分の顔の近くで小さな爆発が起こったような気がした。心臓の辺りがきゅうっと疼《うず》き、一瞬で耳まで熱くなり、頭にかぁぁと血が上る。

「――――は？」

口元を戦慄《わなな》かせて間の抜けた声を漏《も》らしてしまうと、ライナーが真剣な顔でまた熱弁した。

「陛下はとても可愛らしいので、迂闊《うかつ》に男を挑発なさるのは危険だという事です！」

(繰り返すなっ!!　バカァっ!!)

その言葉で、二回目の爆発が起こった。クラクラするくらい、一気に血が頭へ上る。

ライナーの言う事はまったく訳がわからなくて、頭が完全に混乱する。

(なんなのっ!?　さっきの……あれの、どこが可愛かったと言うの！)

幼い頃には可愛らしいと褒《ほ》められた事もあるが、それはいつだってそう見えるようにアナスタシアが振る舞った結果だ。奸智《かんち》に長《た》けた本性を隠し、陰惨《いんさん》な王家の内情など欠片《かけら》も知りませんというようなフワフワした笑みを浮かべてやれば、大人は簡単にそう言った。

しかし今のやり取りの中で、ライナーはアナスタシアのどこをどう可愛いなどと思えたのか。

今まで、敵も味方も様々な人間に会った。平凡な相手も、とびきり変わった相手もいた。けれど、ここまでアナスタシアを呆気《あっけ》にとらせてばかりなのは、間違いなく彼だけだ。

(感覚がおかしいとしか言いようがないわ！)

思わず胸中で叫びつつ、アナスタシアは困惑していた。

ライナーは絶対に変だと思うけれど、自分だってさっきからおかしい。

『可愛らしい』と言われたくらいで顔が熱くなるなんて。しかも胸の辺りが、妙にムズムズする。

思い返せば、最初に手を握られて魔法に失敗してからずっと変で……

(っ！　まさか……！)

とある可能性に思い当たり、アナスタシアは冷や汗をかく。

先ほど、よくわからないまま衝撃波の魔法を霧散《むさん》させてしまったと思ったが、果たして本当にそうだったのだろうか……？

実は、効果は全然違うのに、あの衝撃波の呪文ともの凄《すご》く似た魔法があるのだ。

昔、王家の古い書物を漁《あさ》っていた時に、たまたま見つけた魔法書にそれは書かれていた。

目の前にいる相手に、一時的に自分へ好意を抱《いだ》かせる魔法だ。アナスタシアがこれを使った事は一度もなく、使うつもりもなかった。

呪文をかけた相手が術者に好意を抱《いだ》くだけではなく、術者本人も同じように相手へ好意を持ってしまい、おまけに効果が切れるまで解呪ができないという、世にも使えない魔法だからだ。そんなふうに使い勝手が悪いくせに、衝撃波の魔法と同じくらい大量の魔力を消費するとなれば、使いたがる者はいないだろう。

だいたい、ロクサリス王家は長い間、魔術師ギルドに牛耳《ぎゅうじ》られていたのだ。貴重な魔法書は全てギルドに持っていかれている。ギルドの書庫に置かれず書き写された様子もないあの魔法書は、秘伝という大層なものではなく、書き取る価値もなかったのだろう。王家の書庫にだけ残っているのは、そういったガラクタのような魔法ばかりだった。

それはともかく、問題は衝撃波の呪文をしくじってから、明らかにアナスタシアの気持ちが変だという事だ。

もしや手を取られて動揺した時、衝撃波の魔法とよく似た呪文の、好意を抱《いだ》かせる魔法を発動させてしまったのだろうか。

そう考えた瞬間、何もかもが拍子《ひょうし》抜《ぬ》けして、ストンと気が抜けてしまった。

(……なんだ。魔法のせいだったのね)

それならば、アナスタシアから触っても全然平気な事に納得できる。

そして手を握られた時に感じた心地良さも、きっと魔法による錯覚だ。だから、妙に顔が熱くなったり、胸がムズムズするのだ。

しかし、そう思うとなぜか酷《ひど》くがっかりしてしまう。

「……陛下？　大丈夫ですか？」

小刻みに震え出したアナスタシアの手を、不意にライナーが取った。

「っ！」

ドクンと、心臓が大きく鳴る。熱を持った耳がじんじんと痛いくらいだ。

(いいえ、こんなのは錯覚よ。絶対におかしいもの)

とても気持ち良く感じる手を握り締め、アナスタシアは俯《うつむ》いた。

ライナーが困惑したように呟《つぶや》く。

「お加減が悪いのでしたら、人を呼んできますが……」

アナスタシアは黙ってうな垂れたまま、首を横に振る。やたらと腹立たしくなった。

全て魔法の錯覚で片づいたはずなのに、情けなく期待している自分に気がついたからだ。この心地良さは錯覚ではなく、魔法によるものでもないのだと。

(これだから、操心《そうしん》魔法にかかると厄介《やっかい》なのよ！　しかも何よ、この中途半端さ！　さすが、使えないと魔術師ギルドに放っておかれた魔法なだけあるわね！)

声に出さず、思い切り悪態をついた。

好意を抱《いだ》くといっても、瞬間的に熱烈な惚《ほ》れ方をするといった類《たぐい》のものではないようだ。

――はっきり言ってこの時のアナスタシアは、かつてないほどの動揺と混乱に襲われていた。そうでなければ、この先の愚行《ぐこう》は決して起こさなかっただろう。

(こんなの本当に、あの駄目な魔法の錯覚だって、証明してやるわ！)

アナスタシアは頭の中で、今度は本当に好意を抱《いだ》かせる魔法を唱《とな》えはじめる。

この魔法は重ねてかける事で効果が倍増するようなものではない。つまり魔法を発動させて自分の気持ちに変化がなければ、先ほどの心地良さは魔法による錯覚という事になる。それを証明しようと焦るあまり、衝撃波の魔法が失敗していた場合には、魔法によってライナーに好意を抱《いだ》いてしまう可能性がある事に気づきもしなかったのだ。

（これで、錯覚だってはっきり……っ！）

アナスタシアが頭の中で魔法を唱《とな》えると共に、ライナーの手に包み込まれた手から薄桃色の光が飛び出して二人の胸に吸い込まれた。

「えっ⁉」

アナスタシアは呆然《ぼうぜん》と目を見開く。先ほどは光など出なかった。という事はつまり――

（じゃあ、さっきの心地良さは、魔法のせいじゃなかったの⁉）

「陛下、今のは……っ⁉」

尋ねかけたライナーが、不意にアナスタシアの手を離し、ローブの胸元を押さえて呻《うめ》いた。

同時に、アナスタシアの心臓もドクンと大きく跳ねる。

強い酒にでも酔ったような眩暈《めまい》を覚えつつ、バクバクと不自然に高鳴る心臓を押さえた。

「ちょっとした間違いよ。わ、悪かったわ。解呪はできないけれど一時間程度で消えるそうだし……はぁ……効果も、それほどではないと……」

アナスタシアは説明しようとしたが、やたらと息が上がり、舌がもつれる。

魔力を大量消費して冷えた全身がカッカと急速に火照《ほて》りはじめ、身体の奥底がジンと痺《しび》れるように疼《うず》いた。

「ふ、ぁ……っ」

経験した事のない感覚に反応して喉《のど》から勝手に甘ったるい嬌声《きょうせい》が出る。

衣服の下で胸の先端がむずむずして尖《とが》りはじめ、布に擦《こす》れるだけで微《かす》かな疼痛《とうつう》を生む。

(ちょっと待ちなさい！　好意って……！)

自然と目が潤《うる》んでいくのを堪《こら》えようと思いっ切り顔をしかめながら、アナスタシアは青ざめた。

情事が未経験でもそれなりに知識はあるから、この身体の反応の意味くらい知っている。

魔法書には、望みの相手と互いに好き合って良い関係になれる……などと、ほんわかした表現で記されていたが、はっきり言ってこれは単なる催淫《さいいん》効果ではないか！

「は……っ」

見ればライナーも額に汗を滲《にじ》ませ、何かに耐えるようにきつく目を瞑《つむ》っている。

(あ、あの魔法書！　あとで燃やしてやるわ！)

やり場のない憤《いきどお》りを魔法書に向けつつ、アナスタシアは長椅子《ながいす》の背に手をついて立ち上がる。

効果が切れるまで少し苦しいだろうが、もうこうなっては仕方ない。せめて離れていた方が互いのためと、隣の寝室にでも避難しようと思ったのだ。

だが、腰に上手く力が入らず、よろめいて盛大にバランスを崩してしまった。

「きゃ……っ」

「陛下！」

ライナーが伸ばした腕に掴《つか》まれ、そのまま抱きとめられる。

向かい合わせになって、彼の膝《ひざ》の上に座る形になっていた。

「っ……は……ぁ……」

すぐ目の前にいるライナーが、熱に浮かされた目でアナスタシアを見つめる。その胡桃色《くるみいろ》の瞳に映っている自分も、頬《ほお》を真っ赤にして惚《ほう》けたみたいな顔をしていた。

どちらから誘ったのかもわからない。気づけば、互いに吸い寄せられるように唇を合わせていた。

「んぅ……っ」

濡《ぬ》れた柔らかな唇の感触に、アナスタシアはブルリと身を震わせる。

(こんなに、頭の芯《しん》が蕩《とろ》けそうなほど気持ち良いなんて)

これは魔法の催淫《さいいん》効果にすぎないはずだ。

しかし、駄目だと思うのに、ライナーの胸に両手をついたまま、押し返す事ができない。

ペロリと唇を舐《な》められ、自然と唇が解《ほど》けた。熱い舌がヌルリと口内に入ってくる。上顎《うわあご》の付け根や歯列を丁寧になぞられると、ゾクゾクと背筋が快楽に震えた。

絡《から》めとられた舌を擦《こす》り合わされ、クチュクチュと淫靡《いんび》な水音が耳朶《じだ》を打つ。

「ふ……っ……ぅ……」

ライナーを押しのけるどころか、アナスタシアはいつの間にかローブを握り締め、夢中で口づけに応《こた》えていた。

彼の手が背中に回され、抱き締められるのさえも、ひたすら気持ち良い。

促《うなが》されるまま、何度も角度を変えて深い口づけを繰り返す。頭がぼぅっと痺《しび》れる。

ようやく唇が離れた時には、互いにすっかり息が上がっていた。

くたりと脱力しているアナスタシアの顎《あご》に手を添《そ》えて持ち上げ、ライナーが額や頬《ほお》に啄《つい》ばむような口づけを降らせる。

「こうしたくなると、申し上げたでしょう……陛下が拒否なさるまで、もうやめません」

耳の付け根にちゅっと音を立てて口づけてから、低く囁《ささや》かれた。少し上擦《うわず》った声に耳の奥をくすぐられ、アナスタシアの肩がビクリと震える。

「んんっ」

だったら今すぐやめなさい！　……と、言えなかった。

まったく腹立たしい事に、ライナーにここまでされても全然嫌でないからだ。

アナスタシアはぎゅっと目を瞑《つむ》り、彼の肩口に顔を埋《うず》める。

口づけていた時には、目が眩《くら》むほどの快楽で誤魔化《ごまか》されていた身体の熱が、さっきよりもいっそう強まって苦しい。足腰から殆《ほとん》ど力が抜けてしまって、立ち上がれそうにすらなかった。

（こんな状態じゃ……拒否したって……どうせ、やめられないでしょ……癪《しゃく》だけれど、私の魔法が原因なのだし……）

こっそりと、自分に言い訳をする。

こんな有様になっているのは魔法の効果だとしても、やっぱりライナーのせいもあると思う。

今までアナスタシアが嫌悪し拒絶してきたような男が相手だったら、どんなに魔法で身体が疼《うず》いたって、ここまで翻弄《ほんろう》される事なく、とっくに突き飛ばしているだろう。

（このお人よし加減に、ほだされたとでもいうの……？）

納得しがたい状況に戸惑《とまど》いつつ、ドレスの上から背中やわき腹をゆっくりと撫《な》でられると止めようもなく身体が震えた。

心臓が大きく鳴りつづけ、全身の血が沸騰《ふっとう》しているみたいに身体が熱い。

空気中で溺れるように喘《あえ》ぎ息を乱しているアナスタシアをライナーが慎重に長椅子《ながいす》へ横たえた。

覆《おお》いかぶさってきた彼に、首筋を丁寧に舐《な》められたり吸われたりする。大きく開いた服の襟《えり》ぐりから覗《のぞ》く鎖骨を甘く噛《か》まれ、頭から爪先《つまさき》までゾクゾクと痺《しび》れる快楽が突き抜けた。

「く……ぅ……」

顔を左右に振って身悶《みもだ》えると、コルセットをつけていない乳房がドレスの中でたぷたぷと大きく波打った。ライナーが片手で乳房を掬《すく》い上げるように掴《つか》み、柔らかく揉《も》む。

尖《とが》って絹地を押し上げる先端を指先で摘《つま》まれ、ビリリと走った鮮烈な刺激に、アナスタシアは高い声を放った。

「は、ぁ！」

硬くなった胸の蕾《つぼみ》を布越しに弄《いじ》られると、腰の奥がずんと重くなった。

左右の胸を交互に愛撫《あいぶ》されるうちに、身体中の熱がそこへ集中していく。

秘所がジンジンと疼《うず》き、トロリと熱い体液が滲《にじ》み出るのを感じて、アナスタシアは腰を震わせた。

「陛下……凄《すご》く奇麗で、可愛らしいです」

アナスタシアの唇を舐《な》め、ライナーが陶然《とうぜん》とした様子で呟《つぶや》く。

「く、ぅっ……黙りなさ……い……はぁっ……」

愉悦《ゆえつ》に潤《うる》む目を片手の甲で隠し、アナスタシアは食いしばった歯の隙間《すきま》から呻《うめ》いた。

この男の声は始末に悪い。あからさまな情欲に掠《かす》れていても、全然嫌な響きにならない。

長い指で髪を梳《す》くように優しく撫《な》でられ、心地良さに喉《のど》が勝手に鳴る。

「う……んっ……貴方《あなた》……バカらしいほど、お人よしだわ」

目元を覆《おお》う手をずらし、ライナーを睨《にら》んで悪態をつくと、ぼやけた視界の中で彼が楽しげに微笑むのが見えた。

「そうかもしれませんね。よく言われます」

ライナーはそう言いながら、可愛くてたまらない猫でも愛でるような顔でアナスタシアの髪をゆっくり撫《な》で、目尻に触れるだけの口づけを落とす。

「〜っ！」

そんな甘ったるい事をされると、やたらと恥ずかしくなり、いっそう頭に血が上る。

もう魔法の効果が解《と》けるまでは余計な口を利くものかと、アナスタシアは目を瞑《つむ》って顔を背《そむ》けた。

ドレスの前ボタンを数個外され、膨《ふく》らみを掬《すく》い上げるように揉《も》まれる。

さっきも散々、衣服の上から愛撫《あいぶ》されたのに、直接触れられるといっそう感じてしまい、さらに痛いほど先端が硬く尖《とが》った。

「は、ふ……」

声を上げまいと必死に唇を引き結んでも、胸の奥に愉悦《ゆえつ》の波が押し寄せて、吐息が漏《も》れてしまう。

胸元へライナーが顔を寄せ、赤く充血した先端を舐《な》められた。

「ああっ！」

濡《ぬ》れた舌で乳首を弾《はじ》かれ、強い刺激にアナスタシアは喉《のど》を反《そ》らす。そのまま口に含んで吸われると、走り抜ける快楽に背が浮き上がった。

自分から胸を突き出すような姿勢になり、胸先を熱い口腔《こうこう》に舐《な》めしゃぶられながら、もう片方も指で執拗《しつよう》に捏《こ》ねられる。

両胸に施《ほどこ》される刺激に耐えかね、ライナーの頭を掻《か》き抱《いだ》くように短い髪に指を絡《から》めた。

気持ち良いのに、全身の火照《ほて》りが強すぎて苦しい。

下腹部に溜《た》まっていく熱は増える一方で、蜜《みつ》がトロトロと溢《あふ》れ出て下着を濡《ぬ》らす。

熱を解放するためにもっと直接的な刺激が欲しいと、濡《ぬ》れた秘所が激しく疼《うず》く。

本能的に膝《ひざ》を立て、自分の太腿《ふともも》をライナーに擦《こす》りつけるように動かしていた。

ドレスのスカートがくしゃくしゃになって、汗ばんだ肌に貼りつく。ライナーのローブとズボンに隔《へだ》てられ、布の感触しか伝わらないのがもどかしい。

「ふ、う……あ……」

喉《のど》を反《そ》らして喘《あえ》ぐと、ライナーが胸元から口を離して、小さく呟《つぶや》いた。

「……あまり煽《あお》らないでください……理性が持ちません」

ドレスの裾《すそ》から忍び込んだ彼の手に内腿《うちもも》を丁寧に撫《な》で上げられる。

「んっ、んっ、ん」

足の付け根までゆっくりと滑る手の平の感触が、身震いするほどの快楽になって背骨を這《は》い上がる。強く閉じた瞼《まぶた》がピクピクと痙攣《けいれん》した。

小さな白い下着は溢《あふ》れ出る蜜《みつ》を吸収しきれず、ドレスの内布や臀部《でんぶ》までベットリと濡《ぬ》らしている。

指先で下着越しに割れ目をなぞられ、アナスタシアは背を反《そ》らして甲高《かんだか》い嬌声《きょうせい》を漏《も》らした。

布越しで鮮烈すぎない秘所への刺激は、初めてそこを触れられたアナスタシアでもちょうど良い快楽に受け取れる。

ジュワリと、下着の奥からさらに熱い蜜《みつ》が噴き出し、感じている事を証明してしまった。

そのまま花芽を下着越しに親指で刺激されると、くるおしいほど渦巻《うずま》いていた下腹部の熱が急速に膨《ふく》らんでいく。クチュクチュと鳴る水音に聴覚を刺激され、腰が勝手に揺らめいた。

「ひっ、あ、あ」

多分、快楽の絶頂が近いのだろうなと、アナスタシアはなんとなく感じていたものの、ゾワゾワと全身を襲う未知の感覚についつい尻込みした。

「あ、ライナー……や、あ……ぁ」

助けを求めるように、ライナーへ両腕を伸ばして縋《すが》りつく。

グリグリと押し込むように花芽を刺激されながら額に口づけられた瞬間、快楽が爆《は》ぜた。

想像していたよりも遥《はる》かに強烈な感覚に、両腕に力を籠《こ》めてライナーに抱きついたまま、アナスタシアは何度も身を震わせた。

彼にしがみついていた腕から、ズルリと力が抜ける。

放心したまま半裸の胸を大きく喘《あえ》がせていると、僅《わず》かに身を離したライナーの方から衣擦《きぬず》れの音がした。

ぐしょ濡《ぬ》れになった下着の横紐《よこひも》を片方解《ほど》かれ、粘液の糸を引いた薄布が剥《は》がされる。

「っ……！」

太腿《ふともも》に当たる熱くて硬い感触に気づき、アナスタシアはギクリと青ざめた。

しかし、予想に反して無理に足を広げられる事はなく、両の太腿《ふともも》を合わせ閉じるように掴《つか》まれる。

そして太腿《ふともも》の付け根近くにできた小さな隙間《すきま》に、熱い塊《かたまり》が押し当てられた。

アナスタシアの視界に、苦しそうに顔をしかめたライナーが映る。

「挿《い》れはしませんが……さすがに、我慢の限界で……」

「あっ」

反射的に引きかけた腰をあいている方の手で掴《つか》まれ固定される。足の合間に捻《ね》じ込まれた雄が、濡《ぬ》れそぼる秘所の表面を往復しはじめた。

十分に溢《あふ》れ出ていた蜜《みつ》が潤滑液《じゅんかつえき》になり、擦《こす》られる花弁がクチュクチュと粘着質な音を立てる。

「あ、あふ……こ、こんなので、気持ち、いいの……っ？」

「はい。とても」

額に汗を滲《にじ》ませたライナーが答える。

眉をひそめ余裕のない表情のまま、アナスタシアの足首に舌を這《は》わせた。

「や……そんな、とこ……っ、うう、はっ……ふぁ」

ヌルリと足首を舐《な》められる感触を感じて、爪先《つまさき》が反《そ》り返る。

足を引こうにも、しっかりと掴《つか》まれて離してもらえない。

蜜《みつ》に濡《ぬ》れた硬い雄に花芽を擦《こす》り上げられると、アナスタシアも快楽にビクビクと身体が震え、秘所からはさらに蜜《みつ》が溢《あふ》れ出た。

腰の動きと一緒にアナスタシアの身体も揺さぶられ、剥《む》き出しの胸も大きく揺れる。

気持ち良くておかしくなりそうだ。なのに、少し物足りないような気もする。

膣口を擦《こす》り上げられるたび、内襞がジクジクと疼《うず》き、愛液が溢《あふ》れる。

自分の失態とはいえ、こんな形で初めて抱かれるなんてご免だ。せめて最後までされずに良かったと思うのに、身体の奥が物欲しげに震えてしまう。

「ん、あ、あああ！」

花芽を雄の先端で強く押し潰され、溜《た》まっていた快楽が爆《は》ぜて目の前が白《しら》む。

快楽に打ち震える秘所をさらに数回擦《こす》り、ライナーが眉を寄せて小さく呻《うめ》いた。熱い飛沫《ひまつ》が、アナスタシアの腹と捲《めく》り上げられたドレスに飛び散る。

男の体液が肌を伝う感触に、アナスタシアはヒクヒクと身悶《みもだ》えた。

荒い呼吸を繰り返すうち、全身の強烈な火照《ほて》りが引きはじめ、指一本も動かしたくないほどの気だるさに変わっていく。

まだ身体の芯《しん》には微《かす》かに熱の残滓《ざんし》が燻《くすぶ》っているものの、あのろくでもない魔法効果はいつの間にか切れていたようだ。

長椅子《ながいす》に横たわったままアナスタシアがくたりと脱力していると、ライナーが浄化魔法を唱《とな》えるのが聞こえた。二人の身体を魔法の炎が包み込む。

無温の炎は肌に付着した体液だけを瞬時に焼き消し、汗に湿ったドレスは奇麗に乾く。

とはいえ浄化魔法だから、肌に触れる衣服が乾いたのは感じても、自身から溢《あふ》れ出した蜜《みつ》がまだ内腿《うちもも》を濡《ぬ》らしているような気がする。秘所を擦《こす》り上げた硬い雄の感触も、腹部に吐き出された精の熱さも、生々しく残っていた。

もう足腰がぐずぐずになっていて、立ち上がれそうにない。

「陛下……大丈夫ですか？」

ライナーは乱れたドレスの襟元《えりもと》や裾《すそ》を手早く整えると、アナスタシアの頬《ほお》にかかる髪を指先でそっと払いのける。

それがまた気持ち良くて、ついうっとりしたため息をつきそうになるのをぐっと呑み込んだ。

視線だけ向けて、自分を腰砕《こしくだ》けにした男をジロリと睨《にら》み上げる。

「疲れて動きたくないの。隣の部屋の寝台まで運んでくれるかしら？　そうしたら帰っていいわ」

「かしこまりました」

ライナーは意外と力強かったらしく、アナスタシアを軽々と抱き上げ、そのまま器用《きよう》に執務室とは反対の扉を開く。

ロクサリス王宮の照明はどの部屋も基本的に魔法灯火だ。

灯火はごく初歩の魔法であるし、平民でも少量の魔力を持つ者はいる。そういった者は王宮に雇用されやすいから、城では下働きの使用人でも灯火魔法くらいなら使える者は多い。

非常時に備《そな》えて、ランプや松明《たいまつ》などの照明器具もあるが、まず使われる事はなかった。侍女が寝室に灯《とも》した魔法灯火は既《すで》に消えており、窓には厚いカーテンもかけてあるので月光や夜警の灯《ひ》も差し込まない。

それでも私室の天井を煌々《こうこう》と照らす魔法の光が寝室にも僅《わず》かに差し込むので、室内の様子はぼんやりと見えた。

ライナーは部屋の中央に据《す》えられた広い寝台にゆっくりとアナスタシアを下ろし、丁寧に上掛《うわが》けをかけてくれた。

柔らかな敷布に気だるい身体がゆっくりと沈み、動く気が微塵《みじん》もなくなる。

もう寝衣に着替える気力もないし、このまま眠ってしまおう。

「……灯りを点《つ》けますか？」

ライナーがそう尋ねたのは、ロクサリス王家の者が決して暗い部屋で眠らないという話を聞いていたからかもしれない。

もっともこの国だけではなく、そういう王族は多いようだ。

王族は暗殺されやすい。部屋が暗ければ侵入者の危険が増す。母も生きていた頃は寝室に鍵の結界を張り、さらなる用心だと夜通し灯りを絶やさなかったものだ。

けれど、アナスタシアは昔からそれがどうも苦手だった。明るいとよく眠れない。

ベビーベッドに覆《おお》いをかけてもらい、布を通して灯りが柔らかくなった薄暗い空間でようやく眠りにつけた。

だから今も、結界を厳重に張り、暗い部屋で休んでいる。

「いいえ。いらな……」

アナスタシアはゆるゆると首を振りかけたが、ふと思いついてパチリと目を開けた。

寝台の横に跪《ひざまず》いているライナーの顔が、薄暗い部屋の中で微《かす》かに見える。

「待ちなさい。貴方《あなた》は、微弱な魔法灯火を長時間灯《とも》す事ができるのよね？」

報告書によると、彼は錬金術師ギルドに留学していた際、幾《いく》つかの魔道具を開発したらしい。

その中に、通常の灯火用魔道具よりも格段に弱い灯りを発するという、風変わりな道具があった。

魔法灯火を弱く点《つ》けようとすれば、大抵は一瞬だけ強い光を放ってすぐに消えてしまう結果になる。しかし、彼の開発した魔道具は、弱い灯りを長時間灯《とも》しつづける事ができるのだとか。

錬金術師ギルドが売り出してみたところ、眠りを妨《さまた》げない程度に寝室に灯りを灯《とも》せるという事で、暗闇を怖がる子どもや用心深い貴族階級などに大好評だったそうだ。

当然、ライナーはその魔法を使えるはずである。

「はい」

彼が頷《うなず》いたので、やってみなさいと命じる。

ライナーは両の手の平を上に向け、少し変わった発音で灯火魔法を唱《とな》えた。彼の手の平から、極小の光の粒《つぶ》がたくさん生まれ、天井に向かってふわふわと上っていく。

「確か……星灯《ほしあか》り、だったわね。貴方《あなた》の開発した魔道具は。ぴったりな名前だわ」

アナスタシアは天井を眺《なが》めながら呟《つぶや》く。

彼の発した光は天井まで上り切ると殆《ほとん》ど動かず、柔らかな耀《かがや》きを放っていた。

小さなたくさんの光は、まるで夜空の星のようだ。

適度な薄明かりの世界は、丁寧に覆《おお》いをかけられた赤子の頃の寝台にも似ていて、真っ暗な部屋よりも心地良く眠れそうな気がした。

「奇麗ね……」

「魔力量に余裕のある方なら簡単です。陛下でしたら、すぐにできそうですが」

ライナーの言葉に、今度はきちんと首を振った。

「また見たくなったら、貴方《あなた》を呼ぶわ」

さっきの発音を覚えているからやればできるだろうが、星灯りにするならば自分の灯りよりもライナーの灯りが欲しい。

魔法灯火の光などどれも同じだと言う者が殆《ほとん》どだが、よく見ればその術者によって千差万別《せんさばんべつ》、どれも微妙に違う。

こんなに柔らかくて心地の良い光は、幾《いく》ら大量の魔力を持っていても、アナスタシアには出せない。

「一年間、貴方《あなた》は偽の愛人なのよ。私が寝室に呼ぶのは当然でしょう」

アナスタシアは星灯りの下で驚いたような表情をしているライナーを見上げ、唇を尖《とが》らせる。

それから急いで寝返りを打ち、ライナーに背を向けて続きを言った。

「そうそう。王配を得ろという貴方《あなた》の意見を少し前向きに考えるわ。……ただ、私は男性に触られるのに慣れていないのよ。意見した貴方《あなた》が責任持って色事の練習にも付き合いなさい」

意外だが、自分が数々の妙な反応をしてしまったのは、魔法による錯覚ではなかった。

それでも、魔法を失敗したり、あんなにうろたえてしまったのは、自分が男に触れられる事に慣れていなかったせいだと思う。

(慣れていなかっただけ……絶対にそうよ！)

アナスタシアは心の中で唸《うな》る。

ライナーのお人よし加減に翻弄《ほんろう》されまくり、ここまで不様《ぶざま》な姿を晒《さら》して何もなかった事にするなどプライドが許さない。

幸いにも彼に触れられるのは不快ではないのだし、催淫《さいいん》魔法が切れたあと衣服を直される時でさえ、際どい部分に触れられても平気だった。

色事に慣れるためには、まさに最適な練習相手だろう。

人生、何が起こるかわからないのだから、自分が新たに何か身につけられる機会があればすぐさま掴《つか》むべきである。

そうして来たからこそ、アナスタシアは毒蠱の王家でも生き残ってこられたのだ。

(この男に触れられるのは不快でないだけで、好きな訳じゃない。あくまでも利用するだけよ)

フンと顔を背《そむ》けたまま敷布を握り締めていると、背後から静かな声がかけられた。

「かしこまりました。陛下がお望みであれば、そのように務めさせていただきます」

それだけ言うと、ライナーが立ち上がり扉の方へ行く気配がする。

「それでは失礼いたします。おやすみなさいませ、陛下」

微《かす》かな音を立てて扉が閉まり、隣室からの光が届かなくなった事で、寝室がまた一段と暗くなった。

（本当に変な男……それに、今日の私も絶対に変だわ）

一人になった途端、眠気と気だるさが増幅したが、アナスタシアは横たわったまま伝令魔法の呪文を二回唱《とな》える。

すると魔法による金色の蝶が二匹、ヒラヒラと壁を突き抜けて出ていった。

一匹は部屋の外にいる衛兵に室内の安全と就寝を告げるもので、もう一匹はフレデリク向けだ。

新しい愛人役を捕《つか》まえたが、貴方《あなた》と違ってとんだお人よしだから、危険すぎるみたいなら手助けするようにと、ライナーの名前と簡単な経歴を告げた。……ただし、彼と何があったかは欠片《かけら》も告げなかった。

寝室に鍵の結界を張り、半分まどろみながら煌《きらめ》く天井を眺《なが》める。

満天の星空となった天井はとても奇麗だが、まだ下腹部に違和感が残っていて落ち着かない。

楽な服とはいえ、やはりちゃんと寝衣に着替えるべきだったろうか。特に、内布が擦《こす》れる感触がやけに気になっ……

「――っ!?」

とんでもない状況に気づき、アナスタシアの眠気は瞬時に吹き飛んだ。

萎《な》えた足腰を気力で奮い立たせて起き上がる。

布団を撥《は》ねのけて魔法灯火を唱《とな》えると、強い光が生まれ、天井の星灯りはたちまち霞《かす》んで見えなくなった。

(どこ……どこに落としたの⁉)

布団をバサバサと振ったり寝台の下を覗《のぞ》き込んだりしたあと、隣室の長椅子《ながいす》付近もくまなく探すが探し物は見つからない。

今日は厄日《やくび》かもしれないと、アナスタシアは蒼白《そうはく》になったのだった。

＊＊＊

女王の執務室を出たライナーは、背中にたっぷりと衛兵の視線を感じながら、足早に立ち去った。

長い通路の端に辿り着いて角を曲がると、ようやく居心地の悪い視線から逃れられてホッとする。

もう深夜近い時刻なので使用人の姿はなく、衛兵が所々に立っているだけだ。

部外者であるライナーがこんな時間に廊下を歩いていても大して不審がられないのは、行きにも彼らの前を通り、女王のもとへ呼び出された事情を話したせいだろう。

次からはきっと呼び止められもしないのではないかと思う。女王の部屋を出た時、いかにも訳知り顔になっていた衛兵たちの様子からして、見事に女王の愛人と思い込まれたに違いない。

それは女王陛下の思惑《おもわく》通りなので、良しとするにしても……

(な、何を『かしこまりました』なんて、呑気《のんき》に答えているんだ、私はっ！)

頭をかかえて絶叫したいのを堪《こら》え、静まりかえった廊下を歩きながら、一体どうしてこうなったのかと自問する。

そもそもは困った父の行動と、いっそ家を潰してしまえという自分の安易な発想が招いた結果だ。

母は随分《ずいぶん》と昔に亡くなり、ライナーと父の他にエルヴァスティ家の直系親族はもういない。遠縁たちからは、父の失脚時に絶縁されている。

他に悪影響を被《こうむ》る者はいないからと、半ば自棄《やけ》になってした決意は思いがけない結果となった。

「はぁ……」

ライナーは周囲に誰もいないのを確認し、廊下の壁に背をあずけてため息を零《こぼ》す。

アナスタシア女王を魅力的な女性だと思っていたのは本当だ。

初めて彼女を見たのは、八年前にフロッケンベルクへの出立の挨拶《あいさつ》で謁見《えっけん》をした時。玉座に堂々と座っている美しい十五歳の少女に、ライナーは思わず見惚《みほ》れてしまった。

ライナーの父は彼女の事を『あれは官吏《かんり》どもの好きに操《あやつ》られている傀儡《かいらい》の女王にすぎん。ただ玉座に座っているだけの無能なお飾りだ』と、常々言っていた。

五歳で戴冠《たいかん》した少女の君主に補佐がつくのは当然と思うのだが、父は彼女も補佐官たちもまとめて憎らしかったのだろう。幼い女王を担《かつ》ぎ上げ、余計な改革を行《おこな》った者たちがいたせいで自分は没落したのだと逆恨《さかうら》みしていたから。

しかし、ライナーが実際に見たアナスタシア女王は、玉座の飾り物どころか、ただ座っているだけでも圧倒的な存在感を放っていた。小柄で華奢《きゃしゃ》な身体つきの少女なのに、近寄りがたいほどの風格がある。

この方が傀儡《かいらい》などであるものかと一目でわかった。

それまで女王の姿絵などを街で見かけたりはしていたが、ただ可憐な姿だとしか思わなかったのに、女王にほんの少し謁見《えっけん》しただけで、すっかり惹《ひ》かれてしまったのだ。

留学中、隣国でも、アナスタシア女王が立派に政務をこなして国民から高く支持されている事は耳に届き、いっそう尊敬の念を覚えた。

もっとも、女王を魅力的に思い尊敬すればするほど、ライナーの中で彼女が近寄りがたい高嶺《たかね》の花となったのも事実だ。

今日の昼、八年前よりもさらに光り輝《かがや》く女性になっていた女王を見て、数多《あまた》の男が夢中で言い寄るというのも納得した。そして自分には遠目に憧《あこが》れているのがちょうど良いと思ったのだ。

そんなアナスタシアにしたたかで腹黒《はらぐろ》い一面があるのは、執務室で偽の愛人役に追い込まれた事で思い知ったが、失望はしなかった。

前王の時代に王家が酷《ひど》い状況だったというのは有名だ。危険な環境の中で生き残るには、したたかさも必要だったのかと思う。

なおかつ国の頂点ともあれば、奇麗事だけ言う人物では務まらないであろうし、少なくとも彼女の治世になってから様々な改革によって国は随分《ずいぶん》と良くなった。

役人の不正をなくし、無駄を見直したうえで国営の事業を増やし、多くの貧困階級に仕事が行き渡るようになった。その結果、治安も飛躍的に良くなり、昔みたいに貧困街で餓死者《がししゃ》が当たり前に転がっていたり、幼子《おさなご》まで売春をする光景は見ない。

見栄を満足させ、私腹を肥《こ》やすような腹黒《はらぐろ》さと違い、周囲の利益として功績をきちんと出しているところは凄《すご》いと思う。

ただ、アナスタシアがライナーに偽の愛人役を命じ、彼がいずれ妻帯しなければいけない身である事も考慮してくれていると知るうちに、なんだか悲しくなってきた。

一年ばかり偽の愛人を務め、あちこちの男からケンカを売られるのは構わない。

身の危険が多い状況にはそこそこ慣れているし、最初は家を潰す覚悟までしていたのだ。謁見《えっけん》の場で騒ぎを起こすなど、女王陛下に不快な思いをさせたのだから、これくらいの償《つぐな》いは軽いものだと思う。

けれど、ライナーは一年で自由になれても、アナスタシアは生涯にわたり女王でいなければならない。世継ぎの問題だってあるし、いつまでもあんな真似を続けられないはずだ。

寄ってくる男は全て地位目当てと言い放つ彼女に、本当に貴女《あなた》へ惹《ひ》かれている相手もいるはずだと言わずにはいられなかった。

ライナーの目に輝《かがや》いて見えたのは、女王の玉座でなく彼女自身だったからだが、そんな余計な事を言ったのが大失敗だったようだ。

(つ……いやしかし、陛下が……あんなに可愛らしかったなんて……)

周りには誰もいないが、つい熱くなってしまう顔を慌《あわ》てて覆《おお》う。

ライナーのでしゃばりすぎた言葉が不愉快だったらしく、女王は非常に挑発的に迫ってきた。

平手打ち程度で済めばいいなと思いつつ、ライナーがその華奢《きゃしゃ》な手を握った途端、彼女はカチンコチンに固まった。

まるで初心《うぶ》な少女のような可愛らしい反応に驚いた。

そして『悪くない……ような気がしたわ』と、拗《す》ねたようにそっぽを向いて言われた時は、あまりの可愛らしさに、その場で押し倒したい衝動にさえ駆《か》られた。

あんなに他の男を拒絶しているのに、ライナーには触れられても嫌でないなんて言われたら、ちょっとばかり自惚《うぬぼ》れたくなるではないか。

(違う違う！　私が期間限定の便利な手駒《てごま》だから、警戒を少し解《と》いてくれただけだ！　そもそも、陛下のご様子は妙だったし……)

自分を戒《いまし》めようとライナーは頬《ほお》を両側からベシベシと叩き、ツカツカと廊下を早足に歩きはじめた。

……が、どうしても頭からは、アナスタシアとしてしまった行為が離れない。

どう考えても、自分は催淫《さいいん》効果のある魔法をかけられたようだ。少年時代から魔術師ギルドでみっちりと学んだライナーだが、あんな魔法は知らない。

アナスタシアの持つ魔力は桁違《けたちが》いとは聞いていたが、呪文の詠唱もしていなかったのに魔法を使えるほどとは思わなかった。

それはともかく、魔法をかける少し前、アナスタシアは酷《ひど》くうろたえ、がっくり落ち込んでいたりと、明らかに様子がおかしかった。その原因はなんだったのか心配になる。

だが、かろうじて最後まではしなかったとはいえ、なし崩しに肌を合わせてしまったのだ。今さら詳しい経緯を聞くなどとてもできなかった。

そのうえ、色事に慣れるまでこれから一年間も付き合えと言われるなど……もう何がなんだか……

(私だって、それほど経験豊富な訳では……いや、問題はそこではなくっ!)

意地っ張りでそのくせ妙に純情な反応をするアナスタシアに、尊敬以上の好意を抱《いだ》いていた。

女王を軽視するつもりはなく、ただ可愛らしい顔に惹《ひ》かれたのだ。

女王への畏敬《いけい》とはまた違う。率直に言えば、異性として惚《ほ》れてしまった。

(それにしても陛下は、練習などと言って……もし、私が最後まで抱きたいと迫ったらどうするんだ! あ、でも今日のようなトラブルがなければ、陛下なら誰に襲われても瞬殺できそうだし、問題ない……のか?)

それで抹殺《まっさつ》されたら、私としては悲しすぎて泣けるけど……とか、そんな事をグルグル悩みながら歩いていたら、どこかで道を間違えたらしい。

「あれ……?」

一階にまで下りたものの、角を曲がって出た先は正面玄関ではなく、見覚えのない通路だった。

ロクサリス王宮は幾《いく》つもの棟に分かれていて、入り組んだ複雑な造りになっている。

これは侵入者を防《ふせ》ぐためだが、来客が迷う危険があるので、謁見《えっけん》や夜会などは入口に一番近い棟で開かれ、城勤めでなければそこより先に入る必要はない。

女王の居室のあった棟に比べて装飾品がない簡素なこの棟にも、魔法灯火は煌々《こうこう》と点《つ》いていた。

だが、この時間なので人気《ひとけ》はない。

とにかく来た道を引き返そうとライナーが今曲がったばかりの角を戻ると、細長い通路を一人の若い男が歩いてくるのが見えた。

ぱっと見た感じ、ライナーより二つ三つ年上くらいだろうか。緋色《ひいろ》の髪にすらりとした体躯《たいく》の優男《やさおとこ》で、臙脂《えんじ》色の宮廷魔術師用ローブを着ている。

その宮廷魔術師は時おり立ち止まっては、少し光の弱まっている天井の魔法灯火を消し、新しく点《つ》け直していた。

宮廷魔術師といえば、国民の憧《あこが》れの職業だ。見た目と能力を兼ね揃《そろ》えた者だけが選ばれ、国事でも最も目立つ位置にいる。

その宮廷魔術師が王宮の灯りを地道に点《つ》けて回っているのは少し意外だったが、魔力の少ない使用人が点《つ》ける灯火魔法はせいぜい二時間程度で消えてしまう。

華やかな印象が強く、細かい仕事などしないだろうと思われている宮廷魔術師だが、夜通し王宮の灯りを絶やさぬために歩き回るような仕事もしていたのか。

宮廷魔術師はライナーに気づくと、少し訝《いぶか》しげな表情で近づいてきた。

「ここは事務棟だけれど、こんな時間に何か用かな？」

「失礼いたしました。私はライナー・エルヴァスティと申します。帰るところだったのですが、道に迷ってしまって……」

一等魔術師のローブを着ていようと、夜中に王宮の事務棟をうろついていれば、不審者《ふしんしゃ》には違いない。ライナーは胸に手を当てて礼をしつつ、丁寧に名乗った。

同時に、宮廷魔術師の首元に目を留《と》める。彼の白いタイの上には、革紐《かわひも》で括《くく》った牙《きば》のネックレスがあった。

「ああ！　君が噂《うわさ》の留学達成者か！」

宮廷魔術師は整った顔に友好的な笑みを浮かべ、片手を差し出した。

「初めまして。フレデリク・クロイツだ」

（やっぱり！　『牙《きば》の魔術師』！）

フレデリクがそう呼ばれているのは、二つの理由があるらしい。

昔からアナスタシア女王の信頼が厚く、政敵の仕向けた暗殺者などから彼女を守り戦い抜いてきた事から『女王の牙《きば》』として認知されている。そしてそれを象徴するような牙《きば》の首飾りを肌身離さずつけているからだ。

以前はアナスタシアの偽の愛人を務めていたという彼に少々複雑な気分を抱《いだ》きつつ、ライナーも手を差し出して握手をする。

「正面玄関ならあっちの角を曲がって左だよ。この通路とよく間違えられるんだ」

フレデリクは親切に教えてくれた。

「ありがとうございます」

ライナーは礼を言いつつも、つい彼の首飾りから視線が外せなくなってしまった。

大型の獣の牙《きば》らしいそれは、微《かす》かに青みがかった独特の光沢を持ち、銀色の金具には細かな魔法文字が彫《ほ》られている。視線に気づいたフレデリクが、牙《きば》を指して首をかしげた。

「これが、何か？」

「あ……失礼しました。それは魔……いえ、氷竜《ひょうりゅう》の牙《きば》ですよね？　珍しいと思って」

『魔道具ですよね？』と言いそうになったのを、寸前で言い濁《にご》した。

ドラゴン種の中でも特に凶暴な氷竜《ひょうりゅう》は、フロッケンベルク最北の永久凍土にしか生息しない。強い魔法を籠《こ》める器《うつわ》として最適な素材でもあるその牙《きば》は、非常に入手困難な品。内部の神経組織を完全に除去し、磨いて加工する工程も極めて手間がかかる。

基本的に量産を前提とした錬金術師ギルドの商品にはとても使えず、ライナーも標本を見た事があるだけだった。

それにしても、ロクサリスの宮廷魔術師が錬金術師ギルドでつくられた魔道具を身につけるなど、ありえないと思っていた。

魔道具は魔力を持たぬ者のために開発された品だ。

魔法使いにもそれぞれ苦手な分野の魔法がある。フロッケンベルクでは、魔力を持つ者でも、苦手な魔法には魔道具を使っていた。

ライナーは、それを効率的なやり方だと思っているが、ロクサリスの魔術師の間では、依然として魔道具は魔法使いの矜持《きょうじ》を安売りする品だという認識が根強い。

「錬金術師ギルドに長くいただけはあるな。魔道具だよ、これ」

あっさりと肯定されてライナーは目を見開く。

「これほどの品はあちらでも見た事がありませんが、やはりそうでしたか」

「特注品だからね。それから、これは単なる飾りって事にしてくれると嬉しいな」

苦笑され、ライナーは慌《あわ》てて手を振った。

「すみません！　余計な事を……」

「いや、それは良いんだ。ただ、君は気にしなさそうだけど、俺が魔道具を持ち歩いていると知ったら煩《うるさ》そうなお偉いさんも多くてね」

「はい」

ライナーは神妙に頷《うなず》く。それからふと、不思議に思った。

アナスタシアから、フレデリクは呆《あき》れるほど妻にベタ惚《ぼ》れだし、そもそも昔から彼とは距離が近すぎて互いに異性としては見ていなかったと聞かされたばかりだが……

想像していた以上に彼は女性の目を引きそうな容姿端麗《ようしたんれい》な男で、話していても感じの良い人だ。こんな幼馴染《おさななじみ》がいたら、大抵の女性は他の男になど目が行かなくなるのではないか……？　アナスタシアの言っていた事は本当だろうか？

だが、今夜はもう頭がいっぱいだ。

これ以上余計な事は考えまいと、ライナーは疲れ切った己《おのれ》に言い聞かせる。

「それでは、失礼します」

ペコリと会釈《えしゃく》をして立ち去ろうとしたが、フレデリクが素早く周囲を見渡し囁《ささや》きかけてきた。

「陛下からさっき、伝令魔法で聞いたんだけど……しばらく人気《ひとけ》のない場所には行かない方が良いぞ。一対一の正々堂々とした決闘なんて期待するな。とにかく女王の愛人をぶちのめしさえすればあとはなんとでもなるっていうんで、部下を多勢引き連れてきたり盗賊雇ったりするから」

「っ!?」

思わず声を上げそうになり、ライナーは慌《あわ》てて口を押さえる。

フレデリクがもの凄《すご》～く気の毒な相手を見るような顔で、ライナーの肩にポンと手を置いた。

「なんで陛下に捕《つか》まったかは聞かないけど、一年間の辛抱だ。いつでも手を貸すから、困ったら相談してくれ。伝令魔法でもいいし、宮廷魔術師の控え室はこの廊下沿いにある」

じゃ、と踵《きびす》を返して去っていくフレデリクの後ろ姿を呆然《ぼうぜん》と見送り、ライナーはがっくりと肩を落とした。

とにかく疲れた。早く帰ろう。

幸いにも、王都の辻馬車《つじばしゃ》は夜中でも元気に営業している。ちょうど空いていた馬車を捕《つか》まえ、ライナーは魔術師ギルドの寮に帰った。

宮廷にほど近い魔術師ギルドの建物は、王都の中でも最大規模の施設だ。

レンガ塀と鉄柵に囲われた広大な敷地の三分の一は結界魔法でつくられた温室となっており、千を超える薬草が栽培されている。残りの敷地には幾《いく》つもの塔や建物が立ち、見習い魔術師の学び舎《まなびや》、研究開発棟、寮棟、図書館に倉庫、飼育小屋などになっている。飲食店もあるし、雑貨屋では大抵の日用品が買える。まるで小さな町だ。

深夜なので静かに寮の部屋に戻ると、ライナーは部屋を魔法で明るくして、ほっと息をつく。

見習いの頃に住んでいた学生用の寮と違い、ギルドの研究所勤めの魔術師に用意された寮には門限がないのは幸いだった。

大抵の貴族の子女は家庭教師をつけて実家で基礎魔法を学ぶが、魔術師として一人前になれるほどの事が教えられる魔法教師はよほどのツテがなくては見つからないし、非常に高給だ。よって魔術師ギルドでは、貴族の子女を集めて魔術師見習いの教育も行《おこな》っていた。見習い学生は原則として十歳から十七歳までの期間を学生寮で暮らす事になる。

魔術師として有望だと見込まれれば学費免除の特待生にもなれるので、良い家庭教師をつけられない末端貴族にはとてもありがたい制度だ。エルヴァスティ家は没落後、子どもに魔法のための家庭教師をつける余裕はなくなったから、ライナーは魔術師ギルドの特待生試験を受け合格した。

見習い学生たちは卒業後、大抵ギルドのどこかに就職するが、寮に住む義務はなくなる。自宅に住んだり、近所に間借りをして、そこから通うのも自由だ。

だが、ギルドの研究室に勤める未婚者は仕事が忙しい時に便利なので王都に別邸を持つ富裕《ふゆう》な家の者でも、寮の部屋を借りる方が多かった。

それなりに広い個室には一通りの家具が備わり、専用の浴室と洗面所がついている。

着替えようと、ライナーは衣装棚に向かった。

(陛下はフレデリクさんに、私の事をどう説明なさったのだろうか?)

アナスタシアが彼に、ライナーを偽の愛人に任命したと告げたのは間違いない。けれど、果たしてその他の色事に慣れるまで云々《うんぬん》についてはどうなのか……

（……いや、幾《いく》ら親しくてもそんな事までいちいち言わないだろうし、陛下も今頃は気の迷いだったと思い直しているかもしれない）

ため息を呑み込みながらローブを脱ぎ、衣装棚の横にあるコートかけに引っかけた――と、ローブの内側から、何かがハラリと落ちる。

「ん？」

レースで縁取《ふちど》られた光沢のある小さな白い絹地だ。貴婦人の持つ上品なハンカチかと一瞬思った。

どうしてこんなものがと、床から拾い上げて広げた瞬間、ライナーはそのまま硬直する。

それはハンカチではなく、両脇を細い白絹《しろぎぬ》のリボンで結ぶデザインの、女性用の下穿《したば》きだった。

「――っ!?」

女性下着を収集するような性癖は断じてないが、これには見覚えがある……というか、さっき見たばかり……具体的に言えば、これは陛下の……

あまりの衝撃に眩暈《めまい》がして、白布を握り締めたままライナーは壁にもたれかかる。ゴンと頭をぶつけたが、もうそんな事は気にもならなかった。

考えられるとしたら恐らく、内心ではかなり焦りながら女王に身繕《みづくろ》いをしてあげた時、ローブの内に差した魔導の杖《つえ》にでもうっかり引っかかってしまったのだろう。

（うわぁぁぁ！　陛下!!　申し訳ございませんっ！）

もはや号泣したい。

動揺のあまり声が震えて仕方がなかったが、ライナーはなんとか伝令魔法を唱《とな》え、胡桃色《くるみいろ》をした手の平サイズの翼竜《ワイバーン》をつくり出す。

魔法の翼竜は窓をすり抜け、ライナーの伝言を持って王宮へ飛んでいった。

＊＊＊

——数分後。

私室と寝室を散々探し回っても失《う》せものが見つからず、グッタリと安楽椅子《あんらくいす》に座り込んでいたアナスタシアは、カーテンを閉めた窓の外からバチバチと小さな破裂音が聞こえるのに気づいた。

この部屋は何かが外からは勝手に入って来られないように結界を張っている。

カーテンを開けると、そこにいたのは見覚えのない翼竜の形をした伝令魔法だった。

伝令魔法の形は術者によって様々である。フレデリクなら赤い小鳥だし、伯父は隼《はやぶさ》だ。

見知った者の伝令魔法とは違う胡桃色《くるみいろ》の鱗《うろこ》をした翼竜の物静かな目元は、なんとなくライナーに似ている気がした。

まさかと思いつつ急いで結界を解《と》くと、翼竜はスルリと窓ガラスを抜けてアナスタシアの中に入り込み、彼女にだけ聞こえるように主の伝言を響かせる。

「……ふ、ふふ」

伝言を聞き終えたアナスタシアは、引き攣《つ》った笑みを浮かべた。

色事に慣れるよう付き合えとは言ったものの、気持ちを落ち着けるべく、彼を呼ぶのはしばらくあとにするつもりだったのに……

『明日の晩、今日と同じ時間に、返しにいらっしゃい!!』

思わず怒鳴《どな》り声になってしまった伝言を、金色の蝶の形をした伝令魔法にして送ったアナスタシアは、疲れ切って寝台に戻った。

……まったく、ライナーという男は、どこまでこちらの予定をくるわせるのだろう。

3　あざとい猫

翌晩、ライナーは指示した通りの時刻にアナスタシアの部屋に来た。

アナスタシアは昨夜と同じように楽な室内用ドレスに着替えていたが、今日はにこやかに彼を迎える気にはとてもなれない。

気まずそうに差し出された、紙に包まれた例の品。アナスタシアはそれを無言のままひったくるように回収して、引き出しの奥に放り込む。

「誠に申し訳ございませんでした」

重苦しい空気の中、ライナーが赤面しつつ丁寧に頭を下げた。

「では、失礼いたします」

「待ちなさい。まだ退室を許可した覚えはなくてよ」

踵《きびす》を返しかけた彼を、急いで呼び止める。

「はい……」

動きを止め、戸惑《とまど》うような顔でこちらを見るライナーを、アナスタシアも戸惑《とまど》い気味に眺《なが》めた。

この男は少しくらい、言い訳しようとは思わないのか。

動揺していて気づかなかったとか。偶然で決して他意はないとか。

昨晩の伝令魔法だって『大変申し訳ない事に、陛下の衣類を持ち帰ってしまいました。早急にお返ししたいので、伺《うかが》って宜《よろ》しい日を教えていただけますか』とだけ。

動揺している時こそ、本性が出やすいものだ。

聞き苦しいほど言い訳をするのはただのバカだが、こんなに情けなくて恥ずかしい部類の失態をすれば、普通は自己弁護の一言もつい出てしまうだろう。

わざとやったのではないとわかっているから、責めるつもりはない。

だからこそ、ちょっとばかり保身に走って言い訳をしてくれれば、あっさり『許してあげられる』のに、こうしてバカ正直に謝られるとかえって対応に困る。

そもそも、アナスタシアの催淫《さいいん》魔法がなければ、この事態は起きなかったのだ。それを棚上げして、まるで悪くないような顔をしているのが、気まずくなるじゃないか。

「……寝不足だから、今日は早く眠ろうと思うの」

結局、アナスタシアは話題を無理やり変える事にした。

椅子《いす》から立ち上がり、隣室への扉を開いてライナーを手招《てまね》きする。

「星灯りを点《つ》けてくれるかしら？　昨夜は探し物をするためにすぐ消してしまったから、存分に楽しめなかったのよ」

顔をしかめたまま、半分は本音、半分はこの男を引き止める口実を言う。

「かしこまりました」

ホッとしたように微笑むライナーを見たら、アナスタシアもしかめっ面《つら》を続けるのが難しくなり、つい苦笑してしまった。

ライナーの静かで柔らかな声は、本当に不思議だ。前代未聞《ぜんだいみもん》の情けなさで、不機嫌に尖《とが》っていたアナスタシアの心の棘《とげ》が溶けてしまう気がする。

アナスタシアは寝台に腰をかけ、ライナーへ隣に座るように命じた。

彼が呪文を唱《とな》えると、大きな両手から細かな光の粒《つぶ》が次々と湧き上がってくる。

思った通り、向かいに跪《ひざまず》かせて眺《なが》めるよりも、隣から手の平を覗《のぞ》き込む方がずっと奇麗で楽しかった。光が天井いっぱいに広がり、室内が星空になるまでうっとりと眺《なが》めてから、アナスタシアは隣にいるライナーに顔を向ける。

「ところで昨晩、フレデリクと会ったそうね」

「はい。とても感じの良い方でした」

「貴方《あなた》を手助けするように言っておいたから、必要な時は遠慮なく頼りなさい。フレデリクは見かけより荒事《あらごと》には達者だし、情報入手も得意よ」

フレデリクの調査によれば、ライナーが女王の私室で夜遅くまで過ごしたという噂《うわさ》は、既《すで》にそこかしこへ流れている。当然、身体の関係を持ったのではないかと囁《ささや》かれているそうだ。

さらに、数人の貴族がライナーについての情報を片っ端から集め回っているとも聞いた。

真偽を調べているのか、はたまたフレデリクの時と同じような対応をアナスタシアがすると予想していち早く敵の情報収集に勤《いそ》しんでいるのか。

牙《きば》の魔術師という心強い味方がいれば少しは安心できるに違いないと親切心で言ったのに、ライナーは驚いたように目を見開いたあと、すっと表情を消した。

「感謝いたします。ですがこれは本来、私に命じられた処罰でもありますので、なるべくフレデリク殿のお手間はかけぬよう心がけます」

顔をしかめたりこそしないが、無表情のままやや硬い声で返事をされる。

「……良い心がけだわ」

少し意外な気分を隠し、アナスタシアはそのまま続ける。

「ただ、甘やかされた苦労知らずのお坊ちゃんたちだと相手を侮《あなど》らない事ね。一等魔術師に勝てるような腕前の者がいるとは思えないけれど……人は目的のためなら、手段は選ばないのよ」

忠告すると、ライナーは頷《うなず》いた。

「肝《きも》に銘《めい》じます」

彼はしばし、何か躊躇《ためら》うように視線をさまよわせていたが、胡桃色《くるみいろ》の瞳をアナスタシアへ戻した。

「陛下。昨夜からまだ気が変わらないのであれば、触れる事をお許し願えますか？」

ライナーが言っているのは、昨夜『色事に慣れるまで付き合え』と命じた事だろう。

まさか彼の方から水を向けられるとは思わず一瞬驚いたものの、アナスタシアは平静を装《よそお》って口の端を上げる。

「構わなくてよ。私が嫌になれば、すぐやめさせるのは変わらないけれど」

「はい」

真剣な表情のライナーが、アナスタシアの頬《ほお》にそっと触れた。大きな手の平や指先が少々ざらついているのは、魔法薬の研究で荒れているのだろうか。

滑《なめ》らかとは言いがたい感触なのに、とても心地良く感じる。

唇を親指でゆっくりとなぞられると、それだけでゾクゾクと背筋が震えた。

相変わらず、ライナーに触れられても不快ではない。

今日は催淫《さいいん》魔法もかかっていないので、余計に恋人じみた行為だと実感する。

自分たちは愛し合ってなどいなくて、アナスタシアはこのお人よしすぎる男を利用しているだけ。

彼もまた、命じられたから付き合っているだけなのに……

柄《がら》にもなく緊張感が競《せ》り上がり、アナスタシアの顔や身体が自然と強張《こわば》っていく。

(今日はまだ、ただの練習よ……今日はまだ……)

ドキドキと煩《うるさ》く鳴る心臓を静めようと、アナスタシアは自分に言い聞かせる。

女王として跡継《あとつ》ぎが必要なら、寄ってくる不快な男の中からできるだけマシな男を選び我慢して肌を合わせ、子どもができたら放り捨ててやれば良いと思った事も、一時はあった。

けれど、幾《いく》ら好ましい容姿をした男に美辞麗句《びじれいく》を囁《ささや》かれても、彼らの気味悪い声音や、下心を孕《はら》んだ手に触れられると、強烈な不快感を覚えて耐えられなかった。

だからこそ、偽の愛人役を持つなんて面倒な手段をとっていたのだ。

ライナーを一年後に手放して、またこれほど都合の良い相手が見つかるとは限らない。

ならばと、アナスタシアは考えついた。

ライナーとなら、肌を合わせてもまったく不快でないのだから、この一年の間に彼を上手く誘って情交を重ねる事にしようか。

魔力が高いほど子ができにくいのだから、一年で子ができる確率は低い。けれど、ゼロではない。

もしできなければ当初の予定通り、密《ひそ》かに養子を手に入れるだけだが、そうなった時に明らかに情交をしている雰囲気を周囲に匂わせておいた方が、実子と納得させやすくなるというものだ。

しかも、恋愛感情などない偽の愛人で、色事に慣れるための練習だと言い聞かせておけば、一年後にあと腐《くさ》れなくライナーとの関係を終了できる。このお人よしぶりなら、しつこくつきまとう事もないだろう。

(とても都合が良いじゃないの……慣れてきたら、もっと余裕であしらいながら、自分を抱くように命じれば良いだけで……)

自分は、使える相手をとことん利用するための準備をしているだけ。

それなのに、どんどん顔が火照《ほて》ってくるし、全身が強張《こわば》って心臓がますます煩《うるさ》くなる。

慣れていないだけとはいえ、まるで恋愛小説に出てくる恋に浮《うわ》ついた少女みたいで嫌だ。

口元を引き結んで硬直していると、ライナーが不意に手を離して身を引いた。

「え……？」

思わず小さな声を漏《も》らしたアナスタシアに、彼が気まずそうな顔を向ける。

「私に触れられるのをとても警戒していらっしゃるようなので……ご無理はなさらないでください、当然の事だと思います。昨夜は、陛下が魔法の効果で拒否できなかったのを良い事に、ああまで無礼を働いたのですから……申し訳ありませんでした」

そのままさらに身を引こうとするライナーのローブをアナスタシアはとっさに掴《つか》んだ。

「待ちなさい！　これは……っ！　慣れていないだけで……だから、貴方《あなた》に付き合えと命じたのでしょうが！」

ローブの裾《すそ》を握り締め、アナスタシアは俯《うつむ》いたままブルブルと肩を震わせる。

アナスタシアは両手でライナーのローブの胸元を引き寄せ、顔を近づけて怒鳴《どな》った。

「貴方《あなた》には触られても嫌ではないの！　口づけでもなんでも、どんどんなさい！」

そこまで大声で言ってから、驚愕《きょうがく》したように目を見開いたライナーを前に、アナスタシアはハッと我に返る。

こんなふうに言ったら、まるでライナーが大好きでたまらないようではないか！

「うっ……今のは、ただ、練習に遠慮はするなという意味で……」

急いで言いつくろう途中、ライナーに素早く腰を抱き寄せられた。

同時に頭の後ろを押さえられ、唇に柔らかい感触が触れる。

睫毛《まつげ》が触れそうなほど近くで、胡桃色《くるみいろ》の瞳がアナスタシアをまっすぐに見つめていた。アナスタシアは慌《あわ》てて目を閉じる。

「んっ」

いっそう強く唇を押しつけられ、喉《のど》の奥が自然と鳴った。

単に身体の一部を触れ合わせているだけなのに、どうしてこうも胸が高鳴るのか。

魔法を使う時のように、閉じた目の奥が熱くなってくる。

引き結んだ唇の表面を優しく舐《な》められると、どうしても力が抜けてしまう。隙間《すきま》から、彼の舌がぬるりと滑り込んできた。顔の角度を変えられ、隙間《すきま》なく唇が合わさる。口腔内《こうこうない》を丁寧に愛撫《あいぶ》され、舌を絡《から》めとられた。口内でクチュクチュと濡《ぬ》れた音が立ち、快楽がアナスタシアの背筋を震わせる。

ゾクゾクと肌が粟立《あわだ》ち、昨夜の喜びを思い出した身体が火照《ほて》りはじめる。

「ん、ぅ……」

自然と鼻に抜ける甘ったるい声が漏《も》れた。

唇を合わせ、徐々《じょじょ》に温度を増していく舌を絡《から》め、熱い吐息と唾液を交換し合う。ライナーのローブをずっと握っている必要などないのにどうしても離す気になれず、アナスタシアは厚手の柔らかな布をいっそう強く握り締めた。

彼の大きな手でなだめるように腰から背を撫《な》でられると、背骨がグズグズに溶けてしまいそうなほど気持ち良くて、ゆるゆると力が抜けていく。

「陛下……」

僅《わず》かに唇を離してアナスタシアに息継ぎをさせ、ライナーが小さく呟《つぶや》いた。しかし、それきり言葉を続けず、再び唇を塞《ふさ》がれる。

唇を深く合わせながら、まるで愛しくてたまらないというように抱き締められると、心臓がわしづかみされたみたいにきゅんと反応する。

本当に愛し合っている訳ではないのに、ちょっとした愛撫《あいぶ》でいちいち胸を高鳴らせてしまうなん

て変だと思うが止まらない。

「んぅっ……ふ……」

いつまでも翻弄《ほんろう》されっぱなしでいてやるものかと、思い切って、アナスタシアは自分から舌を動かしてみる。彼の舌と表面を擦《こす》り合わせるようにして動かすと、彼女を抱き締めているライナーが一瞬だけ驚いたように身を震わせた。

しかしその直後、いっそう強く抱き寄せられ、今度は息もつけぬくらい激しく貪《むさぼ》られる。舌が痺《しび》れ切った頃、唾液の糸を引きながらようやく唇が離れた。

酸欠なのか気持ち良すぎたせいなのか、顔の筋肉が弛緩《しかん》してトロンと惚《ほう》けたようになってしまう。

ライナーの唇が離れていくのが、酷《ひど》く寂しく感じた。

「本日は、早くお休みになるのでしょう？　これ以上したら、私はまた我慢ができなくなってしまいます」

穏《おだ》やかな声で言われ、急いで顔を逸《そ》らして頷《うなず》く。

「そう、ね……」

我慢できなくなると言う割にあっさりと離れるライナーは、随分《ずいぶん》と余裕しゃくしゃくに見える。

（……そんなふうに言うくらいなら、もう少し名残惜《なごりお》しそうにしても良いじゃない）

つい、そんな事を思ってしまい、舌打ちでもしたくなるほど苛々《いらいら》した。

彼を一時的に利用したいだけなのだから、気に入られたと勘違いしてベタベタされるのは困る。

これくらいあっさりしている方が良いはずなのに、どうして自分は残念に思ってしまうのだろうか。

「ライナー一等魔術師、今夜はもう退室なさい。また必要があれば呼びます」

やたらに腹が立ってくるのを職務的な口調で誤魔化《ごまか》す。

「かしこまりました、陛下」

ライナーは先ほどアナスタシアを抱き締めて口づけた時の激しさが嘘のように、礼儀正しくそつのない返答をすると、立ち上がって一礼した。そしてなんの未練もなく踵《きびす》を返す。

それをじっと眺《なが》めつつ、アナスタシアは胸中で毒づく。

(貴方《あなた》が余裕でさっさと帰ろうと、別にどうでも良いわ！　せいぜい帰り道に気をつけなさい！　貴方《あなた》みたいな甘すぎるお人よしが誰の助けも借りずに狡賢《ずるがしこ》い連中を相手にできるかしらね！　こんなふうに来ても！)

アナスタシアは唇を噛《か》むと、寝台に載っていた手近なクッションを取り上げ、扉に向かうライナーの後頭部めがけて思い切り投げつけた。

しかし、ライナーが唐突《とうとつ》に身を翻《ひるがえ》したので、緩やかな弧を描いて飛んだ小さめのクッションはポフッと扉にぶつかって床に落ちる。

「……貴方《あなた》、後ろにも目がついているの？」

アナスタシアが唖然《あぜん》として尋ねると、ライナーは苦笑して首を振った。

「昔はよく後ろから何か投げつけられたものですから。こういった気配に敏感になってしまって」

彼はクッションを拾い、軽く手で払ってからアナスタシアに差し出す。

家の醜聞《しゅうぶん》が彼にかけた苦労は、かなり大きかったようだ。

「貴方《あなた》が本当に大丈夫か心配だったのだけれど、フレデリクの手助けが不要な訳ね」

クッションを受け取り不貞腐《ふてくさ》れ気味に言うと、星灯りだけの部屋でもわかるくらい、ライナーの顔が見る見る赤くなる。

「いえ、あれはつまらない意地で……陛下のお心遣いを無下《むげ》にして申し訳ございませんでした」

アナスタシアは、クッションを両手で抱きかかえたまま、ため息をついた。

「気にしなくていいわ。ただし、さすがに貴方《あなた》を毎晩呼ぶ訳にもいかないから、一日に一度は無事かどうか伝令魔法を寄越しなさい」

「かしこまりました」

丁寧な口調でライナーは言ったが、その声はやや嬉しそうに弾《はず》んで聞こえた。胡桃色《くるみいろ》の瞳が僅《わず》かに細められ、口元に微笑が浮かんでいる。

そんな愛しい者を見るような顔をされたら、アナスタシアの心臓はまたきゅうと疼《うず》いてしまう。

思わずライナーへ手を伸ばしかけている自分に気づき、慌《あわ》てて引っ込める。

(なんなのよ、今のは……)

ゾワリと、背筋を冷たいものが走った。

必要もないのに引き寄せようとするなんて……少しばかり肌を重ね、ライナーを好きになったとでも言うのか？

冗談じゃない。それこそ、今まで言い寄ってきた男たちの思惑《おもわく》そのものではないか！

一度抱かれれば簡単にアナスタシアが自分へ落ちるはずだと考え、試しに遊んでみませんかと誘う彼らを、いつも鼻先で笑っていた。彼らが何人の女を落としてきたかは知らないが、少なくとも自分がそんなふうになるのは有り得ないと思っている。

ライナーが下心を抱《いだ》いていないと承知でも、今の自分の反応は凄《すご》く嫌だ。

悶々《もんもん》とした気分で、さっき自分が投げたクッションをぎゅうと握ったアナスタシアは、ふと非常に意地の悪い思いに駆《か》られた。

ライナーは偽の愛人役を押しつけた腹黒《はらぐろ》い女王にまで『可愛らしい』だなんて言うが、それが大間違いだと思い知らせてやりたくなったのだ。

今頭に浮かんだある事を教えれば、ライナーはアナスタシアを酷《ひど》く恨むか、少なくとも好意は抱《いだ》かなくなるだろう。アナスタシアに触れる彼の手は、彼女に対する嫌悪を帯《お》びて不愉快なものになるはず。

そうしたら、さっさと愛人役を降ろしてしまえばいい。

せっかく手に入れた逸材を失う事になるが構わない。

(私はライナーを好きになってなんかいないわ。だって、こうして簡単に捨てられもの)

アナスタシアはクッションを脇に置き、立ち上がってライナーを正面から見上げる。

「……ねぇ。家の没落で散々に苦労したらしい貴方《あなた》が、どうして私を恨まないのか不思議だわ」

「陛下をですか？　しかし……」

「あの当時、私は五歳でお飾りの女王だったから、自分で改革を行《おこな》った訳はない、恨むのは筋違いだ——優しい貴方《あなた》は、そう考えてくれているのかしら？」

困惑の表情になったライナーを、ニコリと笑みを浮かべて見つめる。

「じゃあ、もしもエルヴァスティ家の不正を暴《あば》いて没落させたのが、私自身だとしたらどう？」

「え……」

一気に驚愕《きょうがく》の色が広がった彼の顔を見て、アナスタシアはニタリと笑った。

「貴方《あなた》があんまりお人よしに尽くしてくれるから、私がこれを隠しておくのは不公平ではないかと思ってね。ちょっと教えてあげたくなったの」

「陛下……？」

「貴方《あなた》は亡くなったお母さま似なのね。大人《おとな》しそうだけれど芯《しん》は強く正直で、彼女は好感の持てる女性だったわ。だから私は彼女のためと言ってエルヴァスティ伯爵家に温情をかけ、大々的にそれを示したの。見せしめに厳罰を科すよりも、遥《はる》かに効果があったわ。伯爵夫人のように正直に不正を認めれば、厳罰を免《まぬか》れると思った連中が続々と自白してくれたもの」

アナスタシアは人さし指でトンと自分の額をつついて見せた。

「もちろんこれは補佐をつけられていた五歳の私が、周りの大人を手足のように操《あやつ》れていたらという『もしも』の話よ。貴方《あなた》が真《ま》に受けて言いふらしても、誰も信じないでしょうね」

ライナーは無言のまま目を見開いてこちらを見ていたが、やがて軽く頭《かぶり》を振って床に目をやり、すぐアナスタシアへ視線を戻した。

「ええ。私もこのような形で陛下とかかわったあとに直接お聞きしたのでなければ、とても信じられなかったでしょう。今も驚いて、少々信じがたい気分です」

驚愕《きょうがく》の去った彼の表情と声はなぜか穏《おだ》やかで、怒りや悔しさは微塵《みじん》も滲《にじ》んでいない。

「……とにかく、貴方《あなた》の中で私への評価は変わったんじゃないかしら」

アナスタシアが眉をひそめて言うと、ライナーは少し困ったように微笑んだ。

「陛下」

不意に、彼はアナスタシアの片方の手を取った。

大きな温かい両手にすっぽりと包み込まれ、じんわりした心地良さが伝わる。

アナスタシアは目を見張った。

「家が没落する前、私は子どもなりに父が悪い事をしているようだと感づいていたのです。しかし、当時の私はまだ無力で何もできませんでした」

アナスタシアの手を握り締める彼の両手に、僅《わず》かに力が籠《こ》もった。

温かな心地良さがいっそう強くなる。

「陛下は、私より幼かったのに……女王として、きちんと為《な》すべき事をしてくださったのですね」

「貴方《あなた》の父を失脚させ、家を没落させたのだけれど……」

アナスタシアが呟《つぶや》くと、ライナーは頷《うなず》いた。

「それで良かったと思います。私はあとから知りましたが、父がしていたのは私欲を肥《こ》やす事だけで、それもかなり酷《ひど》いやり方でした。陛下がなさらなければ、数年のうちに真相を知った私が自分で告訴《こくそ》していたはずです」

俯《うつむ》いたライナーの額に、握られた手をそっと押し当てられた。

「亡き母も、私と同じ考えでした。ですから、不正を暴《あば》いた方がどなたかは知らないけれど、息子に父を断罪させないでくれたのを感謝していると、密《ひそ》かに言っておりました。……ありがとうございます、陛下」

アナスタシアは息を呑む。

これが口先だけと思えないのは、こうして手をしっかりと握られていても、アナスタシアへの嫌悪や敵意がまったく感じられないからだ。

それに、ライナーは昨日だって本当に家を潰す気だった。

「あれは、宮廷内の掃除をしただけよ。貴方《あなた》のためにやったのではないわ」

アナスタシアが振り払うように手を引いて告げると、ライナーが顔を上げた。

「はい。おかげで結果的に私も救われました。母をより悲しませずに済みましたし、温情をいただけたので家名も残り、こうして魔術師になる事もできました。陛下は私の恩人になりますね」

にこやかな笑みと共に告げられて、アナスタシアは言葉を失う。

そして一礼して今度こそ部屋を出ていったライナーを呆然《ぼうぜん》と見送った。

＊＊＊

(――陛下だったのか)

宮廷を出て城の堀にかけられた跳ね橋を渡りながら、ライナーはようやく知った『恩人』の正体に思いをめぐらせていた。

アナスタシアは僅《わず》か五歳で政務を司《つかさど》るという、常人では考えられない事をしていたようだ。

一昨日までの自分なら、アナスタシアが即位してからずっと自分で政務をこなしていたと誰かに聞かされても、到底信じなかっただろう。

しかし詠唱なしで魔法を使えるほどの膨大な魔力といい、もしかして彼女は『異能者』なのかもしれない。魔術師ギルドの文献に書かれていたその存在はもはや伝説のようなもので、実際にいるかどうかさえ定かではないとされていた。その存在を目の前にして、少し興奮する。

汚名による家の没落で嫌な目に遭《あ》った事は数え切れないが、それはあくまでもライナーの父が行《おこな》った不正が原因だ。

アナスタシアはライナーが自分を憎んで当然のように言っていたが、彼女は女王として適切な事をしただけで、それに文句をつけるのは逆恨《さかうら》みでしかないと思う。

彼女が不正を行《おこな》った伯爵を早々に失脚させ妻に免じて温情をかけるという形にしてくれなければ、エルヴァスティ家はもっと酷《ひど》い結果になっていた。

だからライナーにとってアナスタシアは『恩人』である。

彼女への評価は変わった。より良い方向に。

(それなのに、まったく……私という奴《やつ》は、昨日の今日で……)

今、ライナーを悩ませているのは、過去の父の失脚や家の没落よりも、アナスタシアにしてしまった現在の自分の行《おこな》いだった。

二日連続で、懲《こ》りもせず同じ事をやっている気がする。

アナスタシアへ自分を大事にしてほしいなんて言いながら、欲情に流されて襲ってしまい、あとで自己嫌悪するパターンだ。

まあ、『色事の練習に付き合え』と女王から命じられたのだからと、一応の大義名分はある。

けれど、義務で仕方なく従っているのではなく、その言葉に甘え喜んでつけこんでいるというのが正しい。

今日は口づけのみで堪《た》えたけれど、それだって危ないところだった。

少し触れただけで全身を強張《こわば》らせていたから、本当は嫌なのにライナーを相手に弱音は吐くまいと、意地で我慢しているのかと思った。それなのに、顔を真っ赤にしてあんなに可愛らしく迫られたら、我慢も利《き》かなくなるというものだ。

昨日の下着持ち帰りという大失敗が脳裏に過《よぎ》らなければ、あのまま押し倒しかねなかった。

(陛下は最初にお話ししていた通り、私を使うだけであって、他意はないのにな……)

ライナーの歩く橋の両脇にはところどころに魔法灯火が点《つ》いていて、暗い堀の水面に春の夜風がさざなみをたてている。揺れつづける小さな波は、落ち着かなくてざわざわしている自分の心境のようだ。

昨夜、フレデリクが手助けを申し出てくれたのは彼の厚意だと思っていたのだが、アナスタシアが依頼したと聞かされて、酷《ひど》くショックを受けた。

ライナーを心配してくれての配慮だと理解しつつも、フレデリクの方が遥《はる》かに彼女に信頼されているのを見せつけられたようで、嫉妬《しっと》から助けはいらないと意地を張ってしまった。

幼馴染《おさななじみ》で長年の護衛でもあり女王の牙《きば》とまで称される彼と、初対面も同然の自分を同列に考えるなんて自惚《うぬぼ》れも良いところなのに……

それでも帰り際、改めてアナスタシアから身を案じるような事を言われると途端に嬉しくなってしまったのだから、我ながら単純なものだ。

春の星座が煌《きらめ》く夜空を仰《あお》ぎ、ライナーはため息を呑み込む。

女王の私室にいた時間は短く、今日は帰り道にも迷わなかったから、昨夜ほど遅くない。

そのせいか、跳ね橋を渡り切ったすぐ脇にある辻馬車《つじばしゃ》乗り場はたいそう混んでいた。

すぐには乗れそうになかったし、夜風にあたって少し気持ちを整理したかったから、ライナーは寮まで歩いて帰る事にした。

今日の昼間はギルドの食堂などでヒソヒソと遠巻きに何か囁《ささや》かれてはいたが、直接聞かれたり手出しをされる事はなかったので、明るい道を選んで帰れば大丈夫だろう。

ライナーはそう決めて歩き出した。

宮廷前にある噴水の奇麗な広場を抜けると幾《いく》つか道が分かれている。そのうち魔術師ギルドへ最短なのは、大衆酒場や屋台の並ぶ繁華街の道だ。彼は、繁華街に足を踏み入れた。

店の照明には魔法灯火よりもランプや蝋燭《ろうそく》が多く使われ、料理と酒のにおいに蝋燭《ろうそく》のにおいが入り交じっている。

貧富の差が凄《すさ》まじかった前王の時代、ここは貧困街の一部であり、貴族である魔術師がこの近くを一人で歩こうものなら、たちまち物乞《ものご》いに囲まれて動けなくなったと聞く。

エルヴァスティ家も昔は王都に別宅を複数持っており、ライナーはそのうちの一軒で母と幼少期を過ごした。だから、昔の王都の風景はよく覚えている。小さな男の子だったライナーが馬車の窓から眺《なが》めるだけでも、貧困街の荒《すさ》んだ雰囲気は背筋が寒くなるものだった。

今では、そうした貧困街もだいぶ減った。

この通りも奇麗に舗装《ほそう》された石畳《いしだたみ》に屋台や酒場の外テーブルが並び、酒を飲んでいる人々はライナーのローブへ時おり好機の目を向けるものの特に絡《から》んではこない。

アナスタシアが女王となってから二十年足らずでいかにこの国が変わったのか、改めて実感する。

それを行《おこな》ったのが幼い女王を囲んでいた補佐官や官吏《かんり》ではなく、密《ひそ》かに改革を進めた女王自身だと、今日になって知る事ができた。

尊敬する女王の姿を頭に思い浮かべながらしばらく歩いたところで、ふとライナーは一匹の猫が後ろからトコトコとついてくるのに気がついた。赤い艶《つや》やかな毛並みをしたしなやかな体躯《たいく》の猫だ。

ロクサリス貴族の家紋には、猫を使ったものがかなり多い。

今では文献が僅《わず》かに残っているだけだが、遥《はる》か昔、この世界には強大な魔力を持った者が大勢いて、高度な魔法文明を築いていたらしい。彼らがなぜ滅んだのかは未《いま》だに不明だ。

ただ、現在に伝えられているのは膨大な数の魔法の極《ごく》一部にすぎないという事はわかっている。

高度すぎて文献に呪文が残っていても、現在では使用不可能な魔法もある。

そうした魔法の一つに、魂《たましい》の一部を猫へ変化させるという魔法があった。

人狼《じんろう》のような種族ならともかく、人間が魔法で他の生きものの姿になれるなど他にはない。だからこそロクサリス貴族の間に、猫への憧《あこが》れが強まり、家紋にするようになったのだろう。

今でも珍しい猫は高値で取引されるし、猫の品評会も頻繁に行《おこな》われる。

もっとも愛玩用《あいがんよう》に猫を買い求めても、目新しい猫を見つければすぐにそちらへ興味を移してしまう者も残念ながら少なくない。

そのためロクサリス王都には野良猫が非常に多かった。

すんなりした尻尾《しっぽ》の赤毛猫も、見た目は良いが首輪はつけていないので野良猫かもしれない。

餌《えさ》でもねだるつもりなのか、小さな四足《よつあし》で石畳《いしだたみ》の上をまっすぐ歩きながらライナーの数歩あとを根気よくついてくる。ためしに足を止めると猫もピタリと止まり、緑色の瞳でライナーをじっと見上げた。

「おんやまぁ、ヴィントじゃねーか。久しぶりだなぁ」

すぐ傍《かたわ》らの屋台で酒の立ち飲みをしていた労働者らしい中年男が、赤毛の猫へ陽気な声を向けた。既《すで》にできあがっているらしく顔が真っ赤だ。

「この猫を知っているのですか？」

「へぇ、魔術師の旦那。この近くにあるハーヴィスト食料品店の名物猫でさ。あっしはよく荷物を配達してんですがね。賢いしたいそう愛嬌《あいきょう》がある、客の人気者ですよ」

機嫌良く話す中年男の声に、屋台で働いていたふくよかな女が振り向いた。

「違うってば。ヴィントは店先によく来てるだけで、どこの飼い猫かはわかんないのよ。野良猫かもしれない。ねぇ、ヴィント。うちの子になれば毎日美味しいごはん食べさせたげるよ？　どう？」

女は美味《うま》そうな串焼きの魚を一本取り、気前良く赤毛猫へ差し出す。腹ペコの猫なら、目の色を変えて飛びつくだろう。

ところが、ライナーの足元にちょこんと座っていた赤毛猫は、まるで『遠慮しときます』というように片方の前足をさっと彼女へ向け、プイと顔を逸《そ》らしてしまった。

「お断りされたぞ」

中年男が愉快そうな笑い声を上げ、ライナーも思わず口元を緩ませてしまった。

こんなに面白い仕草をする猫は初めて見た。さすが、名物猫と言われる訳だ。

「あははっ！　駄目かぁ。あんた本当は凄《すご》くお金持ちの家の子で、良い暮らししてるんじゃない？」

女は気を悪くするでもなく串を引っ込め、ライナーへ愛想良く笑いかけた。

「どこの猫か知らないけど、風《ヴィント》みたいにフラッと姿を現すんでね。食料品店の小さな娘さんが勝手にそう呼びはじめたんですよ」

「なるほど、良い名前ですね」

ライナーが言うと、赤毛猫は同意するように一声鳴き、尻尾《しっぽ》をパタンと揺らす。

「ええ。ところで若い魔術師様、一杯どうです？　ヴィントの紹介なら安くしときますよ」

ちゃっかりと客引きを始められてしまい、慌《あわ》ててライナーは首を振った。

「あ、いえ……急いでいるので」

また急ぎ足で歩きはじめると、ヴィントはやっぱり少し距離を開けて後ろからついてくる。歩調を速めたり遅くしたりすると、きちんとそれに合わせた。

それが魔術師ギルドを囲う長いレンガ塀に着いた頃、ふと気づけばさっきまで後ろにいたヴィントは忽然《こつぜん》と姿を消している。

面白い猫だったと思いつつ、ライナーは夜警に挨拶《あいさつ》をして門をくぐった。

どのみちヴィントがついてきたとしても、ここから先には入れなかっただろう。猫といえども関係者以外は入れない。

魔術師ギルドの建物周辺は、整備された芝生《しばふ》の庭と観賞用の花壇で飾られている。

庭を区切る小石を敷き詰めた道が足の下でざくざくと小気味の良い音を立てた。

夜でも賑《にぎ》やかだった繁華街とは違い、ギルドの敷地内は静かだ。

月光が芝生《しばふ》を照らし、時おり見回りの夜警のものらしき灯りが遠くに移動しているのが見える。

少年少女の住む見習い魔術師の寮はとうに消灯時間だが、大人の住む寮には深夜近くでも幾《いく》つかの窓に灯りが点《つ》いていた。

重厚な四階建ての寮の二階にライナーの部屋はある。

入口の石段を上ろうとした時、不意に隣の建物との境にある植え込みが揺れた。そこから黒髪の青年が出てくる。

「うおっ!?　……なんだ、お前か」

青年は一瞬ギクッと身体を震わせたものの、そこにいるのがライナーだと知った途端、酷《ひど》く嫌そうな声で吐き捨てた。

ライナーと同じ年で一等魔術師のダリウス・カルーセクだ。今はローブを着ておらず、長身の身体にピッタリした黒いズボンに黒い上着という姿だ。

十歳で魔術師ギルドに見習いとして入ったライナーに、父の汚職事件をネタに面白半分で絡《から》んできたり、あからさまな侮蔑《ぶべつ》をする者は多くいた。だが、ありがたい事にその大部分とは時間をかけてわかりあえている。

それでも、どうしてもわかりあえない相手がいて、ダリウスはその最たる相手だ。

彼の幼馴染《おさななじみ》である女性魔術師のセティエとは仲良くなれたが、ダリウスがライナーに好意的な態度をとる事は一度もなかった。

「ライナー、こんな時間まで夜遊びかよ。錬金術師ギルドに媚《こ》び売って居残れただけのくせに、留学達成だのチヤホヤされて良い身分だな」

「こんばんは、ダリウス」

嫌味たっぷりな言葉を投げつけてくる同僚に、ライナーは疲れた気分で挨拶《あいさつ》をした。

……というか、なぜダリウスはこんな夜中に植え込みの奥なんかにいたのだろうか。

その奥は確か、女子寮の裏口。浄化魔法が苦手な者のために洗濯屋が働いたりする場所だ。

容姿も能力も上等で気も強いダリウスは昔からとにかく女性に人気があり、手当たりしだいに色んな相手と付き合っていたようだ。

だから彼が恋人の部屋をこっそり訪ねたとしてもまるで不思議ではないのだが……

彼のポケットからどう見ても女性下着と思《おぼ》しき可憐なレースの布がはみ出ているのが気になる。

見てはいけないものを見てしまった気分で、ライナーはそっと視線を逸《そ》らした。

先日、この寮へ下着泥棒が入ったそうで、犯人を見つけたら叩きのめすと女性魔術師たちが激怒していたのを思い出すが……昨夜の自分の件もあるので、安易にダリウスが犯人だと決めつけられない。

(偶然、拾ったのかも……。もしくは、彼のハンカチがちょっとヒラヒラなうえに変わった形で、下着のように見えるだけかもしれない……)

ともかく、自分がダリウスに何を言っても揉《も》め事になるだけだ。

「では、おやすみなさい」

ライナーはそそくさと立ち去ろうとする。

「待てよ。お前、女王陛下の愛人になったって本当か？」

ダリウスの声に、ライナーは足を止めて振り向いた。

「はい」

だいそれた嘘だが、アナスタシアとの約束だと自分に言い聞かせる。ライナーの率直な肯定に、ダリウスが顔をしかめた。

「お前は昔から要領良かったよな。女王陛下にまで気に入られたか。そのコネで宮廷魔術師にしてもらう気かよ。お前の父親もまた宮廷で金を誤魔化《ごまか》せるようになって、さぞ喜ぶだろうな」

「陛下は私的にどのような関係になろうとも、私や親族にいっさい特別扱いをなさらない。そうお約束なさってくれました」

侮蔑《ぶべつ》し切った声で嘲笑《ちょうしょう》するダリウスに、ライナーは静かに答えた。

「はっ！　そんなの信じられるか」

「貴方《あなた》が信じなくても、事実ですから」

ライナーは冷ややかに答え、さっさと踵《きびす》を返す。石段を上りはじめたが、ゾワリとした悪寒《おかん》が背中を走り、途中で素早く振り向いた。

同時に腕を振り、小声で唱《とな》えていた盾《たて》の魔法を発動させる。

通常は地面から半円球の小型防御結界を張る魔法だが、ライナーが独自に発音を変えたそれは細長く薄い板のような形になり、背後からダリウスが飛ばした魔法の衝撃波を防《ふせ》ぐ。

無理に形を変えて効果の弱くなった盾《たて》の魔法は、強烈な空気の波を完全に遮《さえぎ》れずに砕《くだ》け散った。

胸元を強く殴られたような空気の波動によろめくが、これくらい防《ふせ》げれば十分だ。

一等魔術師の資格を得るには、持って生まれた魔力量だけでなく、魔法の熟練度などを計る難しい試験に合格しなければならない。

見習い魔術師の頃は、年に数回行《おこな》われる魔法の試験でダリウスはライナーと首席を争っていた。

ダリウスは特に攻撃魔法の分野を得意とし、ライナーはそこだけはいつも彼に敵《かな》わなかったのだ。

今のをまともに食らっていたら、骨が数本は砕《くだ》けていただろう。

「……とにかく、一日も早くここから消えろ。お前の面《つら》を見ると吐き気がする」

ダリウスが舌打ちして小石を踏みながら去っていくのを、ライナーは呆然《ぼうぜん》と見送った。

彼もこの寮に住んでいるのに、こんな時間から散歩だろうか。

だが、驚いたのはそんな事ではない。

ダリウスはライナーを人一倍、毛嫌いしていたけれど、背後から襲いかかるような卑怯《ひきょう》な真似はしなかったのに……

それに好意的な態度ではないものの、今夜のようにあからさまな侮蔑《ぶべつ》の言葉を吐く事もなかった。

彼は少し思い込みが激しく頑固で怒りっぽい部分も目立つが、意外と面倒見の良い性格だし周囲を引っ張る実力もある。

仲良くはなれなくとも、ダリウスのそういう部分をライナーは好意的に見ていた。

帰国してすぐに皆が集まっている時に挨拶《あいさつ》はしたものの、考えてみればダリウスと一対一で会話をするのは八年ぶりだ。八年の間に彼も変わってしまったのだろうか。

今の彼の行動は、痛烈な侮蔑《ぶべつ》よりも遥《はる》かに応《こた》えた。

ライナーは誰もいない静かな一階の共同ホールを抜け、階段を上り自室へ戻った。

普通の明るさで魔法灯火を点《つ》け、ホッと一息つく。

アナスタシアとの事に加え玄関先でのダリウスとの一件があり、心身共にくたびれ切っている。

今日は浄化魔法でなく、湯でも沸かしてゆっくり浸《つ》かろうかなと考えていると、窓の方からカリカリと何か引っ掻《か》くような音が聞こえた。

「ん？　ヴィント!?」

窓の細い手摺《てすり》に乗っかってガラス戸をカリカリと引っ掻《か》いているのは、間違いなくさっきの赤毛猫だ。ライナーと目が合うと「開けて？」と訴えるように小首をかしげる。

「わかったわかった！　開けますから！」

身軽な猫なら近くの植木からでも二階まで上ってこられただろうが、そもそも魔術師ギルドの敷地内にどうやって入ったのか不思議だ。

窓が開くと、ヴィントは音も立てずに床へ飛び下りる。そしてライナーを見上げ、礼を言うように短く一声鳴いた。

猫は初めての場所を一通り探検すると聞くが、ヴィントも部屋のあちこちをウロウロしはじめる。

結局、ライナーは浴槽の準備をするのはやめて、浄化魔法で済ませる事にした。寝巻《ねま》き代わりにしている楽な衣服に着替え、寝台に腰かけてヴィントを眺《なが》める。

猫を飼った事はなかったが、すらりとした尻尾《しっぽ》を揺らしながら興味深そうに部屋を歩き回る様子は、見ていてなかなか楽しい。

机に飛び乗ったヴィントが積み上げた本の後ろを覗《のぞ》き込んでいるのに気づき、ライナーは慌《あわ》てて駆《か》け寄った。

「う、わっ！　それは……っ！」

なんだか気恥ずかしくて、あまり人目につかないようにとわざわざ本の後ろに置いてあった小さな額縁を取り上げ、ヴィントから隠すように急いで背中に回す。

それは八年前、フロッケンベルクへ発《た》つ直前に買った十五歳のアナスタシア女王の姿絵だった。

人気役者の姿絵を収集する趣味の友人もいたが、ライナーはたまに姿絵の専門店へ付き合っても、さして興味がなかったので自分で買った事はなかった。

それが、出立の謁見《えっけん》後、本物の女王の魅力には到底届かないとは思いつつも、つい買ってしまったのだ。それからずっと、大切に持っている。

「にゃ〜？」

緑色の瞳にじーっと見上げられると、やましい事などないのに冷や汗が流れてくる。

（……まぁ、相手は猫だ）

ライナーは深いため息をつき、額縁を持ったまま寝台に座り込んだ。

するとヴィントは隣にチョコンと座り、ライナーの膝《ひざ》にポンと前足を乗せて彼の顔を見上げた。

なんだか『話、聞いてやるよ』と言われているみたいな気分になり、ヴィントに女王の姿絵を見せつつ、ライナーは苦笑した。

「初めて陛下にお会いした時、とても美しく周囲を惹《ひ》きつける方だと思いました。私もすっかり魅《み》せられてしまったのですが……それは尊敬や憧《あこが》れというか。近寄るのはとても恐れ多くて、遠くからただ崇《あが》めたいと思っていたのです」

猫を相手に何を言っているんだと思うが、誰にも打ち明けられないこんな話を猫でもいいから聞いてほしくなったのだ。

「……ですが、陛下と個人的にお話をしたら、世間で言われている善良で理想的な君主とは随分《ずいぶん》違う一面があると知りました。驚きはしましたが……どうも私は、意外と意地っ張りで素直でないアナスタシア様を可愛く思ってしまっているようです」

ライナーは額縁を持っていない方の手で、目元を押さえた。情けなくて、泣きそうだ。

「一年間限定の偽の愛人役にすぎなくても、あの方の傍《そば》にいられるなら嬉しいと感じるようになりました。陛下が私にこの役を命じたのは、言い寄ってくる男にうんざりしたからなのに……その私が陛下へ邪《よこしま》な想いを抱《いだ》くなんて困ったものですね」

ヴィントはじっとライナーを眺《なが》めていたが、不意に立ち上がって窓の方に歩いていき、閉まった窓をカリカリ引っ掻《か》きはじめた。

どうやらこの部屋に飽きて、もう帰りたくなったらしい。

不思議な印象を受けてもやっぱりただの猫だと、ライナーは苦笑する。それでも胸のつかえを少し吐き出せたような気がした。

「こんな愚痴《ぐち》を聞いてくれて、ありがとうございました」

窓を開けて、ヴィントを送り出す。

ちゃんと帰れるか少し心配になったが、そもそもヴィントがどこの猫かもわからない。

暗闇の中に緋色《ひいろ》の毛並みが消えていくのを見送り、ライナーは窓を閉めた。

＊＊＊

――翌日。

アナスタシアは朝の会議を終えるとすぐ、フレデリクを執務室に呼んだ。

今朝早くにライナーについて直接報告したい事があると、彼から伝令魔法が届いたからだ。

「――それで、何かお悩みのようだったので、ライナーくんのお宅を訪問してきました」

執務机の向かいに立った『牙《きば》の魔術師』は、しれっと話す。

フレデリクは昨晩、たまたま城から帰宅するライナーを見つけ、彼の妙に物憂《ものう》げな様子が気になってあとをつけたというのだ。

ライナーがアナスタシアに捕《つか》まり、愛人役に仕立て上げられた原因の一端に、フレデリクが結婚してその役を降りたからというのがある。

その罪悪感から、女王にかけられる心労で早くも彼が参ってしまったのかと心配になったそうだ。

「あ～ら。面倒見が良い事ね」

かなり失礼な動機だが、フレデリクを常日頃から散々にこき使っている自覚はあるので、アナスタシアは頬杖《ほおづえ》をついたまま軽く顔をしかめるだけにした。

ライナーはフレデリクをちゃんと視界に入れてはいたものの、彼についてこられているとは絶対に気がつかなかったはずだ。

何しろフレデリクは、常に首から下げている牙《きば》の魔道具に籠《こ》めた魔法を使い、赤毛猫『ヴィント』になって彼に同行したのだから。

魂《たましい》の一部を猫の身体として具現化する高度な魔法は、ずば抜けた魔力の持ち主であるフレデリクでも使えない。それを使えるのは、彼のさらに上をいくアナスタシアのみだ。

フロッケンベルクと手を組んで父王を倒し、アナスタシアが即位したあと、かの国の錬金術師に内密でつくらせたこの牙《きば》の魔道具は非常に重宝《ちょうほう》している。

突然の王位交代や魔術師ギルドへの告発などで国内が騒然としている中、幼い新女王を利用して甘い汁を吸おうと企《たくら》む者は多かった。また、罪を問われて投獄された魔術師と懇意《こんい》にしていた貴族たちは、自《みずか》らの罪を女王にばらされる事がないよう、保身のために罪人を脱獄させ匿《かくま》ったりもした。

フレデリクは一見無害な可愛い猫に化け、そういった者たちを探《さぐ》り出す密偵として暗躍《あんやく》したのだ。

以来、彼は情報収集の目的で度々猫《ヴィント》になっている。

「彼の実力は大したものです。あの様子なら、大抵の輩《やから》から襲撃されても平気でしょう。私の手助けは必要ないと思います」

寮の前でダリウスとかいう魔術師の卑劣《ひれつ》な不意打ちをライナーが見事に防《ふせ》いだ事も、フレデリクは感心した様子で話した。

「そう、ご苦労様。ちなみにライナーには、昨夜、貴方《あなた》を頼るように勧めたけれど自力を心がけると断られたわ」

手助けを拒否した時の少し硬かったライナーの声を思い出しつつ、アナスタシアは頷《うなず》く。

それにフレデリクが反応した。

「え？　私を頼るようにと言ってしまったんですか!?」

『それ、マズイですよ！』とでも言いたげな声音に、アナスタシアは首をかしげる。

「そうよ。何か問題でもあって？　せめてもの厚意のつもりだったけれど、元々は処罰の名目で愛人役を押しつけたのだから、彼がけじめをつけたいと思うのもわかるわ」

「彼は真面目《まじめ》そうですから、それもあるかもしれませんが……」

「他に思い当たる理由があるなら、さっさと聞かせなさい」

奥歯にものが挟まったような言い方をするフレデリクをアナスタシアが促《うなが》すと、彼はちょっと気まずそうな表情になった。

「惚《ほ》れた女性から仕事を任されたのに、やっぱりお前では心配だから他の男の手を借りろなんて言われたら、意地でも頼りたくありませんよ。もし私が彼の立場でも、絶対に断ります」

「惚《ほ》れた……？」

「私も意外でしたが、彼は偽の愛人役を命じられたものの本当に陛下を好きになってしまったと、大層悩んでいました」

目を丸くしているアナスタシアの前で、フレデリクがフフンと口の端を上げる。

「打ち明けられない悩みに苦しむ者ほど、誰かに聞いてほしくなるものです。そんな時、可愛い猫に懐《なつ》かれればイチコロですよ。相手は猫だとすっかり安心して簡単に打ち明けてくれた訳です」

非常に得意げなその顔には苛《いら》つくものの、フレデリクの特技はアナスタシアも認めざるを得ない。

彼の魔道具に籠《こ》めた魔法はアナスタシアのものだから、自分で猫になる事も他の者を猫に変える事もできる。だが、ただ猫になっただけでは、フレデリクの真似はとうていできない。

何しろ、フレデリクの魂《たましい》が姿を変えた赤毛の猫ときたら、まさにあざといの一言につきるのだ。

本人曰《いわ》く、密偵として人の心の隙間《すきま》に忍び込もうと可愛い猫の仕草を追求したらしい。鳴き声のトーンから首をかしげる角度の一つまで、緻密《ちみつ》に計算しつくされている。

よほどの猫嫌いでなければ、たちまちその可愛らしさに心を許してしまうだろう。

「彼は陛下が十五歳の頃の姿絵を大事に持っていましたよ。以前は純粋な憧《あこが》れだったそうですが、個人的に話すようになったら随分《ずいぶん》と印象が変わったと……」

そこまで言うと、フレデリクは言葉を切り、もの凄《すご》く変な表情になった。自分でも信じがたい珍事を目にして戸惑《とまど》っているような顔だ。

「えーと、つまりですね。腹ぐ……じゃない、外面《そとづら》からは想像できないうちなる部分を晒《さら》した陛下と接したら、彼にはそこが可愛く思えたそうで……多分、聞き間違いではないと思うんですが……まぁ好みは人それぞれですからね。とにかく、偽《いつわ》りでも傍《そば》にいられるのが嬉しいそうですよ、はい」

フレデリクは片手で額を押さえつつ、思いっきり顔を逸《そ》らしてボソボソと語ったが、アナスタシアはその失礼なセリフに腹を立てる余裕はなかった。

「あ、あの男！　やっぱり変よ！」

たちまち耳までカッと熱くなる。

しまったと思うもののこればかりはどうしようもなく、白粉《おしろい》でも隠せないほど真っ赤になっているだろう顔を両腕でかかえ込む。

そのまま視線だけ上げて無言のフレデリクを見ると、顎《あご》が外れそうな顔でこちらを凝視していた。

ややあって、ようやく気を取り直したらしい彼が、ほっとしたような表情になり息を吐く。

「なんだ、良かった。陛下もまんざらじゃなかったんですね」

「――は？」

ひくっと、アナスタシアは口元を戦慄《わなな》かせた。思わず立ち上がって机を両手で叩く。

「ちっっっがうわよ!!　私が、いつ！　どこで！　そんな事を言ったかしら！　触られても不快でないから、利用するだけなの!!」

部屋に防音魔法をかけているうえ相手が異母兄のフレデリクという事もあり、遠慮なく大声で怒《ど》鳴《な》ってしまったが、何をむきになっているのかとハッと我に返る。

素早く盾《たて》の魔法まで唱《とな》えてしっかり防衛しているフレデリクをギロリと睨《にら》んでから、アナスタシアは咳払《せきばら》いをして座りなおした。

フレデリクがライナーの気持ちをわざわざアナスタシアへ告げにきたのは、決して野暮《やぼ》や意地悪ではないとわかっている。

アナスタシアは、地位目当てに言い寄る男たちにうんざりして、ライナーを偽の愛人に据《す》えたのだ。彼女がライナーの心境を深く聞かず、彼の抱《いだ》いている好意を他の男と同列とみなして嫌悪し、始末するような事態になるのをフレデリクは心配したのだろう。

第三者である自分から先に伝えておけば、彼のちょっと変わった想いをアナスタシアが不快に思ったとしても、早めに役を解《と》かせるなど穏便《おんびん》な手を打てる。

フレデリクなりに、二人を案じての行動だと思う。

現に、ライナーから王配を取るように勧められた時、アナスタシアは彼に手痛い思いをさせるつもりだったのだから、苦々しいながら反論できない。

「……ライナーについては、色々と予想外の事が起きたのよ」

アナスタシアは、不貞腐《ふてくさ》れた顔で再び机に頬杖《ほおづえ》をつく。

実のところ昨夜、ライナーが帰ったあともずっと悶々《もんもん》と悩んでいたのだ。

父を失脚させたのが自分だと教えたら、恨み言どころか礼を言われてしまい、彼を捨てる機会を失ってしまった。

そもそも特別なきっかけなどつくらなくても、アナスタシアはいつだってライナーの愛人役の任を解《と》ける。

なのに、どうしてもそうする気になれない。ひとまず自分が定めた期限までは使おうと決めた。

そう、断じて『使う』だ。

ライナーを今すぐ手放せないのは決して彼を好きだからではなく、これほど都合の良い存在を捨てるのは惜しいと思っているからにすぎない。

「予想外と言いますと？」

フレデリクに尋ねられ、アナスタシアは少々悩んだが、初日からの出来事を話した。

王配をライナーに勧められた事や、どうも調子をくるわされてばかりいる事、彼には触れられても不快でない事、それを利用していずれ跡継《あとつ》ぎづくりの相手にさせようと思っている事など……もちろん、具体的な生々しい部分は慎重に伏せてだ。

「――はぁ、なるほど」

聞き終わったフレデリクは、困ったような顔でアナスタシアを眺《なが》め、首をかしげた。

「では、恋愛云々《うんぬん》はひとまず脇に置くとして。ライナー・エルヴァスティという都合の良い手駒《てごま》を王配にしてずっと手元に置くのと、一年で彼を解放して他の愛人役を定期的に探すのと、どちらが陛下の今後にとって都合が宜《よろ》しいですか？」

そう言われ、アナスタシアは目をしばたたかせた。

なんだ。そうやって考えると、とても簡単だ。

意味もなくライナーに傍《そば》にいてほしいと思うのは凄《すご》く腹立たしいが、彼を王配に据《す》えるならちゃんと意味も利益もある。

アナスタシアは忙しいのだから、偽の愛人役を探すのに、そういつまでも躍起《やっき》になってはいられない。心地良い防波堤があるのは大いに助かる。

「決めたわ。ライナーに、王配になってもらいましょう」

即座に出た結論を、アナスタシアは顔を赤らめる事もなく、すみやかに口にする。

アナスタシアの内面を知って恐れ戦《おのの》き逃げ出すどころか、さらに気に入ったなどと、彼の感覚は今ひとつ理解できないけれど、こうなればとことん利用しない手はない。

本当は、アナスタシアは彼を愛する気なんてないから、一年で解放してやろうと思っていた。

だが、望んでアナスタシアの傍《そば》にいたいと彼が言うのなら、もっと長くいてもらおう！

実際、ライナーが初日に言った『伝統を破る事に非難が湧くでしょうが、理解を示してくださる方もいるでしょう』というのには一理ある。

魔法使いだけに限定されるこの国の奇妙な結婚制度を都合良く利用する者がいる半面、苦い思いを味わわされて泣いたり不服に思ったりする者も多いのだから。

ロクサリス国の貴族間では、伝統と格式を重んじる風潮《ふうちょう》が非常に強い。

女王が王配をとらないのはもはや暗黙の伝統となっており、それに反すれば年寄りの重鎮《じゅうちん》たちを筆頭に、猛烈な抗議が上がるだろう。

だが、発表の仕方を工夫しつつ慎重に行《おこな》えば、支持する者もいるはずだ。

特にアナスタシアに言い寄っている男たちの『妻』などは、大喜びで賛同してくれるだろう。

ロクサリス女王の愛人となるのは、殆《ほとん》どが妻帯者だ。または妻と死別していたり、跡継《あとつ》ぎを儲《もう》けてから離縁していたりする者。未婚の男が女王の目に留《と》まり、特例でその男に妻を娶《めと》らせないように企《たくら》んだ例もあったが、女王自《みずか》らが法を破らせるのかと、家臣たちに反対され諦《あきら》めたらしい。

だからこそ一年前のフレデリクの結婚に際して、アナスタシアが名目上の妻を娶《めと》れと命じたなどと誤解されたのだ。

家督《かとく》を継いだ貴族階級の女性が既婚者と密《ひそ》かに逢瀬《おうせ》を楽しむ例もあるだろうが、そうした関係は互いに極力伏せる。

ロクサリスの女王だけが特別な立ち位置なのだ。

女王のお気に入りになって甘い汁を吸おうとする男は、女王との関係を伏せては意味がない。だから堂々と周りに関係を誇示する。あやかろうとする男の親族もそれを諫《いさ》めず、女王に夫を寝取られた女と陰口を叩かれ泣くのは妻だけだ。

また、血筋保持という名目でロクサリス貴族の男は複数の妻を持てるのを良い事に、最初の妻との間に嫡子《ちゃくし》を儲《もう》けたあと次々と新しく若い側妻《そばめ》を囲う男もいる。

それが元で起こる陰惨《いんさん》なお家騒動も、決して少なくはない。

まさに、父王の側妃《そくひ》がアナスタシアの母を毒殺し、王の子を生んだのを隠して辺境でひっそり暮らしていたフレデリクの母にも刺客《しかく》を差し向けて殺したように……

「そうね。ライナーは良いところに目をつけたわ。女王が王配をとった例はなくても、とってはいけないという法はないもの」

アナスタシアは言い、ニンマリと口の端を上げた。

ロクサリス国の法律を細かく記した分厚い書物は一字一句全て頭の中に入っているが、女王が王配をとるのを妨《さまた》げる文章はどこにもない。

女王自身が未婚のまま、好んだ男の一人に妻帯義務を放棄させようとした過去の事例とは決定的に違う。

家督《かとく》を継ぐ女性には未婚と婚外子が奨励《しょうれい》されているものの、男が妻帯を義務づけられているのとは違い、未婚を義務づける法律はない。家督《かとく》を継いだ女性でも婿《むこ》をとる者はいる。

身近な例でいえば、宮廷魔術師の団長は若い頃に子爵家の一人娘と大恋愛をして、家督《かとく》を弟に譲ってまで、彼女のもとへ婿入《むこい》りした。最近では、エミリオという宮廷魔術師も男爵家を継ぐ予定の女性と婿入《むこい》りの形で結婚している。

ちなみにエミリオはフレデリクの親友で、結婚相手はフレデリクの妻の妹だ。

フレデリクの結婚後に起きた騒動がきっかけで二人は親しくなり結ばれたらしい。

親友から冗談混じりに『お義兄《にい》さん』と呼ばれて、複雑そうな顔をするフレデリクを見るのはなかなか面白かった。

それはともかくとして、女性の結婚には、こうした実例が幾《いく》らでもある。

（ちょうど社交シーズンも近い事だし、これは良い機会ね……）

ロクサリスの貴族社会では、春の終わりから夏にかけてが社交シーズンとなる。この時期は国内の各地に領地を持つ裕福な貴族が王都に集まって社交をするのだ。

当然ながら、王宮でも舞踏会や園遊会などの催《もよお》しを何度か開く。

女王としての公務が忙しくなるうえ、アナスタシアの都合などおかまいなしに言い寄ってくる男たちに苛立《いらだ》つという最悪な時期である。

だがこの際、国内貴族が多数集まる中で父王時代の宮廷が荒れていた事などにも触れたお涙ちょうだいの演説をして、王配をとると宣言するのもいいだろう。

「名案をありがとう、デリク。大急ぎで計画を練る事にするわ。貴方《あなた》にもたっぷり協力をしてもらう事になるでしょうから、宜《よろ》しくね」

ちなみにデリクというのはフレデリクの愛称だ。アナスタシアが上機嫌でそう告げると、しばらくこき使う宣言をされた彼は案の定、顔を引き攣《つ》らせた。だが、不意に俯《うつむ》いたかと思うと顔を上げ、首に下げた牙《きば》の首飾りに触れた。

「ご命令とあれば、陛下の牙《きば》はなんでもしますよ」

亡き母を踏みにじった王家に復讐《ふくしゅう》を果たすのと引き換えに、アナスタシアの牙《きば》として生涯仕《つか》えると誓ったフレデリクは、扱いづらい幼児を前にしたみたいな困り気味の微笑を浮かべていた。

「ですが、大変に幸せな結婚をしたフレデリク・クロイツとしては、それに祝福と協力をしてくださった女王陛下にも幸せになってほしいと思います。ライナーくんは王配に据《す》えるのに最適な人材だと思いますが、どうぞ陛下ご自身の気持ちを一番にお考えになったうえでご決断ください。彼を生涯の伴侶《はんりょ》にしたいと思われるのか」

そう言った彼の声は、まだ自分が王家の血を引いているなど知らず、アナスタシアをちょっと我《わ》が侭《まま》で手のかかる幼馴染《おさななじみ》として面倒を見てくれていた頃のような柔らかい声音だった。

「ええ、そうするわ」

少々面食《めんく》らいつつも、アナスタシアは頷《うなず》く。

自分の恐ろしさを誰よりも知っているフレデリクから絶対的な忠誠と協力を得られても、この懐《なつ》かしく優しい声音で話しかけられる事は二度とないと思っていた。

机の向かいに立つ非公式の異母兄を、アナスタシアはしげしげと眺《なが》める。

(私の気持ち……?)

フレデリクは、都合の良《よ》し悪《あ》しではなく、ライナーをどう思うかを最優先しろと言っているのだろう。

ライナーに対して、もやもやした気持ちを持てあましているのを察したのかもしれない。

——つまりアナスタシアが、ライナーを好きで結婚したいのかどうかという点だ。

そう考えた途端、ライナーに抱き締められながら口づけされた記憶が蘇《よみがえ》り、アナスタシアの顔に血が上った。急いで片手で頬杖《ほおづえ》をつき、フレデリクの視線を避けるように思い切りそっぽを向いて、ハンッ！　と顔をしかめる。

「どのみち王侯貴族の結婚なんて、殆《ほとん》どが家の事情による政略結婚じゃない。都合よく使える男というだけで十分よ。なんとしても言いくるめて王配にしてやるわ」

「それもそうですね……頑張ってください」

フレデリクは呆《あき》れ切ったような励《はげ》ましを述べたあと、言うべき事は言ったので……とばかりに、素早く部屋を出ていった。

「くっ……どうしたものかしら……」

一人きりになった執務室で、アナスタシアは椅子《いす》の背に身を預け、天井を仰《あお》いで呻《うめ》く。

どうやら調子がくるっている原因はライナーの妙な性格と好みのせいだけでなく、アナスタシア自身にもあるようだと、ようやく気がついた。

——困ったものだ。愛だの恋だのという要素が自分に絡《から》むと、途端に頭に血が上ってうろたえまくってしまうなんて。

＊＊＊

アナスタシアが、呻《うめ》いている頃。

ライナーは魔術師ギルドの一角にある、天井に透明な結界のドームが張られた巨大な温室『庭園』の内部で、二本足で走り回る大量のきのこを必死で追い回していた。

魔法薬の材料として重宝《ちょうほう》されるこの『走りキノコ』は暗い場所では動かなくなるのだが、誰かが保管庫の扉を閉め忘れたらしい。気づいた時には遅く、キノコたちはより良い繁殖場所を求めて湿気を好む植物の栽培地区へ大脱走を始めていた。

細い足を生やした茶色の傘の体長十五センチほどのきのこは、目も脳もないのに、本能のままちょこまかすばしっこく駆《か》け回る。

「わっ！　駄目ですよ！」

ライナーは、植木の根元で胞子を吐こうとプルプル力《りき》んでいる走りキノコに、素早く微弱な痺《しび》れの魔法をかけた。この胞子をかけられた植物は、根こそぎ栄養を吸われて枯れてしまう。

まともに痺《しび》れの魔法をかけたら走りキノコは使い物にならなくなるが、この程度なら動きを封じるだけで薬効が薄れる事もない。

ピクピク震えて止まったキノコを小脇にかかえた布袋に放り込み、次の捕獲に向かう。

本日の『庭園』は、大騒ぎだ。

それぞれ得意な魔法を駆使《くし》してキノコを捕獲する魔法薬開発部の魔術師たちと一緒に、庭園の植物の世話に雇われている人々も網や袋を持って駆《か》け回っていた。

ロクサリス国で、アナスタシア女王の即位により一番大きく変わったのは、この『庭園』だと言われている。

魔法薬に使う膨大な品種の植物がすくすくと育つ結界で覆《おお》われた常春《とこはる》の温室は、緑豊かな楽園のように見えるが、昔は魔術師ギルドの悪行がぎっしり詰まっていたらしい。

王家を傀儡《かいらい》にし政治を牛耳《ぎゅうじ》っていた魔術師ギルドは、前王が殺害されたのをきっかけに、禁止されているはずの非道な人体実験をしていた事が暴《あば》かれた。

もっとも、魔術師ギルドにいた全員がそれを知っていたのではなく、深くかかわっていたのは極《ごく》一握りの上層部だという。

その非道な行《おこな》いの数々が明るみになり、当時のギルド幹部たちは処罰され、魔術師ギルドの運営にも大幅な改革がなされたのだ。

暗い極秘《ごくひ》実験は、ギルドの中で最重要箇所とされていたこの『庭園』内の施設で行《おこな》われていた。

実験の犠牲者となっていたのは主に貧民街から攫《さら》われたり拾われたりしてきた人々で、植物の栽培のために過酷な労働も強《し》いられていたと公表されている。

ライナーが魔術師ギルドに見習いとして入った時には、陰惨《いんさん》な過去を忘れさせるように、庭園内にあった実験室は建物ごと全て撤去されていた。新しく建てられた気持ちのいい建物が、休憩室や魔法薬の管理庫に使用されている。

現在、掃除などの雑務や植物栽培に雇われているのは魔力を持たない平民階級の人々だが、彼らにもきちんと規定の賃金が支払われ、失業率を大幅に下げる一端を担《にな》っている。

昔の陰惨《いんさん》な『庭園』を実際には知らないが、もしここが今でもそうだったら、魔術師ギルドに勤めるのは絶対に耐えられなかっただろう。

「ライナー魔術師！　あそこにいるんですけど！」

植物栽培師の見習いとして働いている少年が、少し奥まった葉っぱの陰に隠れている走りキノコを指して叫ぶ。

ライナーは微弱な痺《しび》れ魔法をかけて、さらに奥へ逃げられる寸前で捕《つか》まえた。

「これでやっと半分くらいは捕《つか》まえましたね」

痙攣《けいれん》しているキノコを袋に放り込み、少年と苦笑いし合う。

昼まで頑張って、なんとか無事に全ての走りキノコを回収した。

くたびれ切った人々は昼食をとるためにそれぞれ散っていき、ライナーも『庭園』の外へ出る。

外といっても、そこはまだ魔術師ギルドの敷地内だ。

今日は天気がいいので、夏も近い青空の下、持参した弁当を芝生《しばふ》の上で食べている人が多い。

外にテーブルを並べている軽食店も満席で、ライナーは少し離れた学生棟の脇にある食堂に行く事にした。

大きな窓と高い天井を備《そな》えた食堂は、古いが常に清潔に保たれている。

今日は外で食事をとっている人が多いからか、食堂はいつもより空《す》いていた。

サンドイッチと紅茶をトレイに載せて、ライナーは窓際のテーブルにつく。

近くのテーブルにいた二十歳そこそこと見られる魔術師の男女が、ライナーの方をチラチラ眺《なが》めつつひそひそと何か囁《ささや》き合っていた。

多分、女王の愛人という噂《うわさ》のせいだろう。他にも幾《いく》つかのテーブルから視線を感じた。

気分が良いとは言えないが、名前も知らない相手からあからさまに好奇の目を向けられるのは、実家の汚名のため少年時代から慣れている。

特に気にかけず、ライナーは自分の食事に集中する事にした。

八年間も国を離れていたので、今ここにいる魔術師の中にはライナーの知らない顔が多い。

見習いの時に親しくしていた友人たちは王都の警備隊や役所、宮廷に勤めたり実家に帰ったりとそれぞれの道を歩んでいる。

「久しぶりね、ライナー。座ってもいい？」

不意に後ろからかけられた覚えのある女性の声に、ライナーは振り向く。

食事のトレイを持って立っていたのは、予想通り昔馴染《むかしなじみ》の女性魔術師だった。

オレンジに近い金髪を太い一本の三つ編みにした優しげな顔立ちの彼女は、セティエと言う。ライナーとは同年で見習いの時からの旧知。また、ダリウスの幼馴染《おさななじみ》でもある。

国を離れている間、他の友人たちと同様に彼女とも簡単な手紙のやりとりをしていた。

セティエは現在、魔術師ギルドの救護室に勤めているが、ライナーが帰国した時にはちょうど休暇をとって実家に帰省していたので、実際に会うのは久しぶりだ。

「どうぞ。お久しぶりです、セティエ」

促《うなが》すと、セティエはニコニコと屈託《くったく》のない笑みを浮かべて向かいの席に座る。

彼女のローブはライナーと同じ深緑色だけれど、刺繍《ししゅう》は三等魔術師用のものだ。肩口には、救護員を示す白いワッペンをつけている。

「貴方《あなた》なら錬金術師ギルドに追い返されるどころか、引き止められてしまいそうだと思ったけど。

顔を見るのは八年ぶりになったわね」

セティエとは見習いに入った時に教室での席がたまたま近かったため、自然と口を利くようになった。

最初は彼女も、エルヴァスティ家の汚名を聞いてライナーを敬遠していたそうだ。だが、何度か言葉を交《か》わすうち、意見を変えてくれた。

色眼鏡で見て悪かったと言い、友人になってくれて嬉しかったのを覚えている。

彼女は自分の大好きな幼馴染《おさななじみ》のダリウスがライナーとまともに口を利こうとせず、嫌悪を露《あらわ》にしつづけているのを見かね、仲を取り持とうとさえしてくれたのだ。

しかし頑《かたく》なに拒絶され、かえって状況を悪くしてしまったようだとライナーに謝った。あの時セティエは酷《ひど》く落ち込んでいたものだ。

ともかく、昨夜のダリウスとの一件があったあとなので、セティエが今もこうして普通に話しかけてくれるのが嬉しい。

「フロッケンベルクの王都はどうだった？　雪が凄《すご》くて夏しか行き来できないって聞いたけど、この時期によく帰ってこられたわね。早くても今年の社交シーズン半ばになると思っていたわ」

女王の愛人だという噂《うわさ》はセティエの耳にも入っているかもしれないが、彼女はそれではなく、隣国の話題を振ってきた。

「想像していた以上の豪雪でしたよ。去年の夏が終わる時に王都を出て、それからは国境の領地にあるギルド支部に滞在させてもらったので、この時期に帰国する事ができました」

そう話しながら、ライナーは八年間を過ごした隣国の雪景色を思い起こす。

錬金術師ギルドの本部があるのは当然ながらフロッケンベルクの王都で、ライナーも大部分の期間をそこで暮らした。

周囲を深い森林にぐるりと囲まれているフロッケンベルク王都は、大変に交通が不便な場所だ。

雪が降りはじめると、吹雪や狼の危険から森林を抜けられなくなる。安全に通行できるのは、春が過ぎて残雪もすっかり溶け、雪崩《なだれ》の恐れがなくなる数ヶ月間だけだ。

なのでライナーは去年の夏の終わりにフロッケンベルク王都を出て、それからさらに半年ほど、ロクサリスとの国境であるバルシュミーデ領に滞在していた。国内で最南端の場所だけあり、かの領地は薬草栽培が隣国内で最も盛んで、留学の間にぜひとも訪れたかったのだ。

二人は昼食をとりながら、互いがいなかった間の事柄を楽しくお喋《しゃべ》りし合った。

彼女が先日から帰省していたのは、親類に見合いを用意されたためだったのだが、結局断ってしまったとセティエは話す。

「――わたしはお母様のように家督《かとく》を継ぐ訳でもないのに、すっかり嫁《い》き遅れだって叔母様が嘆くのよ。けれど、ギルド勤めで自活できるのなら良いじゃないと、お母様が取りなしてくれたの。家《か》督《とく》問題もないのだから、好きにして良いと言ってくださって感謝したわ」

紅茶のカップを片手に、セティエが苦笑する。

そして彼女の視線が不意に、窓の外へ向いた。ライナーも視線を向けると、ちょうどダリウスが外の小道を通りかかるのが見える。

上背《うわぜい》のある彼は遠目にも目立つが、向こうはこちらに気がついていないようだ。彼の周囲に、三人ほどの見習いらしい少女がくっついている。

ダリウスは現在、見習い魔術師たちの教官を務めているそうだ。多少口調がきつくても面倒見はよく、基礎魔力が高いので苦手分野の魔法も一通りこなせる彼には適役だろう。

悪ガキの生徒が暴《あば》れてもたやすく押さえられるし、女生徒からの人気も高いらしい。

ダリウスにくっついている女の子たちは皆、卒業間近の高学年の生徒のようだ。まだ十六、七歳だろうが、見習い用のローブをブローチやリボンで飾り、髪も華やかにして派手な化粧まで施《ほどこ》しているので、随分《ずいぶん》と大人びて見えた。

早足で歩くダリウスは、彼女たちを鬱陶《うっとう》しがっているようだが、そういう少し冷たいところも女性には魅力的に思えるのかもしれない。

女の子たちは熱心に彼を追いかけながら、通り過ぎていった。

「ダリウスったら、相変わらずモテるのよ。私が彼と幼馴染《おさななじみ》なのを知った女生徒たちが、時々食べ物の好みなんかを救護室まで聞きにきたりするんだから」

視線を戻したセティエはほがらかな笑みを浮かべて言い、それから目を伏せ紅茶を静かに啜《すす》った。

「……見合い相手の方は良い人で、せっかく口添《くちぞ》えしてくださった叔母様に申し訳なかったけれど、結婚は気が進まなくて。お母様も理解してくださっているし、ここに勤めていたいのよ」

「セティエの人生です……自分で決めた方が悔いは残らないと思います」

ライナーはやんわりした表現に返答をとどめた。

セティエの魔力値はそこそこであり階級も三等魔術師だが、彼女は外傷を癒《いや》したり体力を回復させる治癒《ちゆ》魔法の才能がずば抜けている。

魔術師それぞれに得意不得意な分野がある中で、治癒《ちゆ》魔法の才能を持つ者は非常に少ない。魔法は持って生まれた性質による部分が多いので、全体の魔力値では一等魔術師のライナーの方が遥《はる》かに高くとも、治癒《ちゆ》魔法という種目だけならセティエに太刀打《たちう》ちできない。

そんな彼女には見習いの卒業前から、宮廷魔術師の医療班より引き抜きの声がかかっていた。

ところが、誰もが羨《うらや》む大抜擢《だいばってき》を彼女は辞退してしまったのだ。

彼女が宮廷勤めや縁談を断ってギルドに残るのは、好きな相手の存在に引き止められているからだと、ライナーは薄々勘づいている。

セティエは昔から、ダリウスが好きなのだ。

彼らは小さな頃からずっと一緒にいた幼馴染《おさななじみ》で、辺境に住んでいた子どもの頃に結婚しようと口約束までしていた。お互いに兄がいるから家督《かとく》の問題もなく、双方の親も我が子には政略結婚などせず好きに生きてほしいという方針だったから、微笑ましくそれを許してくれたという。

だが、王都の魔術師ギルドに入ったら、二人を取りまく環境は故郷の田舎とはまるで変わった。

私は現実を思い知った、と彼女はライナーに話してくれた事がある。

ダリウスは相変わらずセティエを親しい幼馴染《おさななじみ》として扱い何かと気にかけてくれるけれど、人の多い都にあっても彼は目立ち、傍《そば》には奇麗な女の子たちが絶えない。その華やかな輪に入っていく勇気すらない自分は彼と吊り合わないと、彼女は言う。

ダリウスに好意を寄せる女の子は、大抵が勝気でお洒落《しゃれ》に敏感な美人だ。

一方でセティエは髪型や服装も大人《おとな》しいものを好み、少し目尻の下がった顔立ちは優しげながら控えめで、はっきり言えば地味なタイプ。彼女たちとは対極だ。

だからといって、セティエに魅力がない訳ではない。

大量生産の品物ではないのだから、万人が同じ魅力を持つ必要はない。セティエにはセティエの良さがあるとライナーは思うが、彼女自身はそう思わなかったようだ。

昔、彼女が寮の裏庭で華やかなリボンを自分の髪から外して魔法で燃やすのを偶然見てしまった。

その時の彼女は、目元を際立たせる濃い化粧をして派手なアクセサリーをつけ、髪形もいつもと全然違っていたから、ライナーは一瞬、セティエだと気づくのが遅れたほどだった。

『せっかく辺境から王都に来たんだから、私もちょっとはお洒落《しゃれ》になろうかと、思い切って試してみたのだけれど……全然似合わないってダリウスに言われちゃった』

ライナーに気づくと、彼女はバツが悪そうに笑ったが、その声は明らかに震えていた。

そして、慣れない目元の化粧をしたせいで目が痛くなってきたと、ハンカチで顔を押さえて駆《か》け去ってしまったのだ。

その後ろ姿を思い出したら、ライナーの脳裏になぜだかアナスタシア女王とフレデリクの顔が浮かんできた。

（ああ、そうか……）

ライナーはその訳に気づく。

セティエはその時から、ダリウスに女性として愛されるのを期待しなくなったそうだ。彼は幼《おさな》馴染《なじみ》として優しく接してくれるから、それで十分だと言う。

期待はしなくても完全に吹っ切る事ができず、せめて傍《そば》にいる事で満足しているのだ。

そんなセティエに、ついアナスタシアを重ねてしまった。仲の良い幼馴染《おさななじみ》であるフレデリクが結婚しても、未《いま》だに彼から忠実に支えられ、深い信頼を寄せているアナスタシアを。

もちろんそれはライナーが勝手にそう思ったにすぎず、実際にアナスタシアの心を覗《のぞ》いた訳じゃない。

それも承知しているのに、いつの間にか自分は顔を曇《くも》らせていたらしい。

セティエがこちらを見て、怪訝《けげん》そうに首をかしげた。

「急に難しい顔して、どうしたの？」

「いえ……すみません。ちょっと、ここのところ色々とあったので……」

言葉を濁《にご》すと、セティエが「ああ」と軽く目を見開いて頷《うなず》き、声を潜《ひそ》めた。

「もしかして陛下との事、本当だったの？　謁見《えっけん》で気に入られたとか……私、夕べ寮に帰ってから聞いたのだけれど」

「ええ。まぁ……」

全然面識がなかったはずの女王と、どうしていきなりそんな関係になったのだと突っ込まれたらどうしようか。内心で焦りつつ、ライナーは言い訳を考える。

だが幸いにも、その必要はなかった。

「そっか。詳しく聞くような野暮《やぼ》はしないから、安心してね。大勢の伊達男《だておとこ》がフラレたってよく聞くけれど、陛下は見る目があるって事よ」

あっけらかんと言われてホッとしたものの、ライナーは少々困惑した。

家の醜聞《しゅうぶん》がなかったとしても、自分がそれほど女性を惹《ひ》きつけるとは自惚《うぬぼ》れていない。多少好意を寄せられる事がない訳ではないが、大抵は『良い人ね』で終わる。

(私と陛下では、それこそ到底吊り合わないじゃないですか……)

一方、セティエの方は早くも次の懸念《けねん》に気が行っていたらしい。さらに声を潜《ひそ》めて囁《ささや》く。

「それにしても色々とあったって、もしかして闇討《やみう》ちとかされたの？ 陛下の幼馴染《おさななじみ》だった牙《きば》の魔術師も、陛下の愛人と誤解されていた頃は、他の男たちに散々ケンカを売られて凄《すご》かったみたいよ。相手数十人が病院送りになったとか、裏路地に血の海ができたとか……」

「いっ!?」

とんでもなく物騒な噂《うわさ》に、ライナーは思わず声を引き攣《つ》らせた。フレデリクと初めて会った時、忠告めいた事は聞かされたが、彼は一体どんな修羅場《しゅらば》を繰り広げたのか……

「今のところは大丈夫ですよ」

心配顔のセティエに、急いで手を振って否定した。

ダリウスにその件を尋ねられ攻撃された事は確かだが、彼は単にライナー自身が気に食わないだけなのだ。数には入らないだろう。

「そう、なら良かった」

ホッとしたようにセティエが微笑んだ時、魔術師ギルドの時計台が昼休憩の終わりを告げる鐘を鳴らした。彼女は慌《あわ》てて、空になったトレイを持ち上げて席を立つ。

「もうこんな時間！」

ライナーも急いでトレイを片づける。

本棟の救護室は『庭園』と別方向にあるので、食堂の戸口を出たところで彼女と別れた。

「じゃ、またね！」

「ええ」

元気良く手を振ってから、セティエは小道を急ぎ足に歩いていく。

彼女は隣の女子寮に住んでいるので、またこれから顔を合わせる事は多いはずだ。

ライナーも踵《きびす》を返し『庭園』へ戻る道を歩き出す。

ポカポカと暖かく気持ちの良い天気だし、久しぶりに旧友と会って楽しく昼を過ごしたばかりだというのに、今ひとつ胸が重苦しかった。

(悩む必要はない。私が陛下のお傍《そば》にいるのは、一年限りなのだから……)

胸中でひっそりと呟《つぶや》く。

アナスタシアとの約束は、一年間のみの仮初《かりそ》めの関係で周囲を欺《あざむ》く事だ。

彼女が最初に言った通り、宮廷勤めでないライナーはそのあと、女王と一対一で顔を合わせる機会はなくなるだろう。

それだけは幸いだ。

アナスタシアが本当に愛する人を得たとしたら、それを祝福はできても、ずっと傍《そば》で見つめるのはつらすぎる。

その晩、自室に戻ったライナーはアナスタシアとの約束通り、無事を知らせる伝令魔法を送った。

本当の恋人だったら、楽しい会話のやりとりもできるのだろうが、自分はあくまでも演じているだけ。女王陛下もそれほど暇ではないだろうから『特に変わった事は起きておりません』と、極《ごく》短い伝言を翼竜の形にして飛ばす。

しばらくすると、金色の蝶がヒラヒラと窓を突き抜けて飛んできた。

アナスタシアの声を運ぶ魔法の蝶は、本を片手に寝台に腰かけていたライナーの中へすぅっと入り込み、彼女の声を響かせる。

『何事もなかったなら結構。……ただ、緊急連絡ではないのだから、もう少しくらい気楽に話しても良いのよ。私は女王として魔術師ギルドの内部を把握する必要があるのだし、どんな仕事をしているか、せっかくだから教えてもらいたいものね！』

魔法が伝えるのは声だけなのに、どんどん早口になっていったセリフの後半部分と共に、顔を真っ赤にしてフンとそっぽを向くアナスタシアの姿が脳裏に浮かぶ。

魔術師ギルドの内部情報なら、過去のような惨劇《さんげき》を繰り返さないために定期的に調査が行《おこな》われているから必要ないはずだ。

偽の愛人役を命じた時の手管《てくだ》など、彼女は確かに腹黒《はらぐろ》く狡猾《こうかつ》な部分があるとは思う。

けれどフレデリクに助力を頼んだり、安否を知らせる伝令を寄越すように命じたりと、かなり気を使ってくれているのも、わかる。

今の伝言も、ライナーを労《ねぎら》おうとして、気楽に話して良いなどと言ってくれたのだろうか？

それをはっきり言うのは、少々照れくさいようだったが。

（陛下っ！　なんと可愛らしい!!）

一人きりで自室にいるのを良い事に、頭に浮かんだアナスタシアの赤面姿に悶《もだ》えて、ライナーはバフバフと手の平で枕を叩いてしまった。

それからふと我に返り、またガックリ落ち込む。

（ますます好きになってどうする……）

アナスタシアを可愛らしいと思ってしまってから、浮かれたり落ち込んだりと、実に忙しい。

（しかし、どう返事を送ったものか……）

今日、一番嬉しかったのは間違いなく、今のアナスタシアからの返信であるが、さすがに『今の陛下のお言葉に悶《もだ》えまくりました！』と、正直に言う訳にはいかない。

かなり悩んだ末、ライナーがもう一度送った魔法の翼竜は、魔術師ギルドの寮からロクサリス王城の女王の私室まで飛んでいった。

＊＊＊

「――あら」

寝巻《ねま》きのまま執務机で書類をパラパラ捲《めく》っていたアナスタシアは、窓の外でバチバチと音を立てて止まっている翼竜を見て、急いで結界を解《と》く。

(たまたま眠れなかっただけで、待っていた訳ではないけれどね！)

本当は眠れなかったのは、ライナーから今夜もう一度伝令魔法が来るか気になっていたからだが、虚勢《きょせい》を張りつつ、アナスタシアは翼竜に託《たく》された声を聞く。

そして……思いっ切り変な顔になってしまった。

『ご配慮をありがとうございます。ええと……本日の午前中は、脱走した走りキノコたちを追いかけていました。捕《つか》まえるのに苦労しましたが、元気に走る姿は可愛らしかったです』

魔法薬に走りきのこが重宝《ちょうほう》され魔術師ギルドで大量に備蓄《びちく》されている事くらい、アナスタシアも当然知っている。

ちょこまか走るキノコを一度見た時は、なかなか愛嬌《あいきょう》があるとも思った。

しかし……だ。

アナスタシアは頭をかかえたままフラフラと寝室に行き、寝台にボフンと転がって唸《うな》る。

――あの男の『可愛らしい』の基準は、一体どうなっている⁉︎

4　落ち込む魔術師

瞬《またた》く間に、二週間が経《た》った。

その間、アナスタシアはライナーを城に呼ばなかったが、伝令魔法のやりとりは毎晩行《おこな》っていた。

認めたくないものの、胡桃色《くるみいろ》の小さな翼竜が飛んでくる頃になると、そわそわしてしまう自分に気づく。

『走りキノコが可愛らしかったです』ほど変なメッセージはあれきりだったが、新開発の魔法薬を何種類か試しているとか、庭園で働く少年の一人が稀少《きしょう》な薬草の栽培に成功したなどと、ライナーからは日々のちょっとしたニュースが届く。

それを毎日楽しんでいる自分を、アナスタシアは意外に思った。

面白い事なら昔から大好きだが、彼から聞かされる短い出来事は本当に日常的な事柄で、とりたてて愉快な珍事件ではない。

しかし、彼の声で聞く日常は、ライナーの姿をありありと浮かびあがらせ楽しいのだ。

アナスタシアの日々は、もっぱら退屈な会議や書類の処理などで過ぎてしまう。

だが、ライナーへの返事に自分が何も付け加えないのは癪《しゃく》なので、回廊から見える中庭が随分《ずいぶん》と夏らしくなってきたとか、そういうちょっとした事柄を伝える。

すると、大した事でもないのにライナーはちゃんと覚えているらしく、後日それに関する話題を振ってきたりするから驚きだ。そういうのはなんだか、自身の容姿や能力を褒《ほ》め称《たた》えられるよりも嬉しかった。

まったく変な気分だが……

(悪くはないわ)

夜。執務を終え私室でくつろいでいたアナスタシアは、胡桃色《くるみいろ》の翼竜が運んできたライナーの声を聞き終わると、安楽椅子《あんらくいす》の背に寄りかかり、ため息をついた。

ライナーは、なかなか好ましい。

けれど、防波堤及び跡継《あとつ》ぎづくりの相手として利用する以上に、彼を望んで伴侶《はんりょ》にしたいのかどうかは、まだよくわからなかった。

好きなのか考えようとすると途端に頭に血が上り、うろたえて考えがまとまらなくなってしまう。

(都合が良いというだけで済むのなら、簡単なのだけれど……)

苦い思いに、アナスタシアは眉を寄せた。

言い寄ってくる男に嫌悪を覚えるのは、彼らが自分を都合良く利用したいだけだとわかっているからだ。都合が良いからとライナーを偽の愛人にし、さらには王配に据《す》えようと企《たくら》む自分は、そいつらと同じ事をしているのだという自覚はあった。

ただ、アナスタシアは最初からライナーにきちんと目的を告げている。そして彼は、それを承知で傍《そば》にいるのが嬉しいと言ってくれたらしい。

だったらそれは、個々の感覚の違いというものであり、彼が不快でないなら別に利用しても良いではないかと開き直りたくなる。

アナスタシアはもう一度ため息をついて天井に目を向け、眩《まぶ》しすぎるほど明るい魔法灯火に目を細めた。

「――――」

魔法灯火を消してから、ライナーが唱《とな》えていた発音を思い出して、星灯りにするための呪文を唱《とな》えてみる。

暗くなった部屋の中で、アナスタシアの両手から無数の細かな光が湧き上がった。

極小の光の群れは、天井までふわふわと上って星のように瞬《またた》く。

星灯りはライナーが点《つ》けたのとまったく同じ光量のはずだが、彼の魔力で点《つ》けた灯りほど奇麗には見えなかった。

（やっぱり、全然違うわね……）

ライナーの星灯りの方が良いと、アナスタシアはぼんやり考える。

たとえ彼を王配にしても必要以上にエルヴァスティ家を取り立てる気はないが、かといって冷遇《れいぐう》する気もない。

アナスタシアの代になってから、魔力を持たぬ平民階級でも、能力のある者はそれなりの地位に就けるようにしている。

王宮内では未《いま》だに父親の汚名が囁《ささや》かれていようと、ライナー自身は非常に優秀な男だ。

魔術師ギルドの学舎を首席で卒業したうえに、錬金術師ギルドで交換留学生を務めた八年の間にも売れ筋の魔道具や魔法薬を開発したなど、十分な実績もある。よって、彼が個人的に能力を買われ王配となったあと、宮廷でそれなりの地位に就いてもまったく問題はない訳だ。

そしてアナスタシアは、彼を熱烈に愛さないかもしれないけれど、それなりに好ましいとは思うし、他の男を好きにはならない。

――それだけでは、駄目だろうか？

アナスタシアは顔をしかめ、天井で光る小さな光たちを眺《なが》める。

今年のシーズン中に話をまとめたいのならば、近いうちにライナーには王配の件を話しておく必要がある。

それに、彼が前に訪れてからもう二週間も経《た》つのだから、偽の愛人役を務めるだけにしても、そろそろ呼ぶ方が良いだろう。

アナスタシアはしばし考え込んだが、やがて伝令魔法の金色の蝶を飛ばし、ライナーに明日の晩私室へ来るように告げた。

それから深く息を吸い、挑むような気持ちで星灯りを睨《にら》む。

明日の晩、ライナーへ王配になる気があるか尋ねるつもりだ。

ただし、あくまでも王配は偽の愛人の延長であり、自分は彼を防波堤及び跡継《あとつ》ぎづくりの相手としか見ないと告げる。

策を練って彼が断れない状況に追い込み、なし崩しに王配とする事もできるだろう。

だが、アナスタシアから強制するのはやめる事にした。

（……あとは、ライナーが決めれば良いわ）

彼が断るなら最初の約束通りに一年で解放するし、それでも望んで王配になると言ってくれるならこちらも遠慮せずに済むというもの。

これが、今の自分にとって精一杯の妥協点だ。


翌朝、アナスタシアが数人の侍女を伴《ともな》って廊下を歩いていると、向かいから一人の男が歩いてきた。

有力な貴族家の一員で、主要な地方で役人を務めているギュンターという男だ。近くに開始する新規の国営事業にもかかわるため、しばらく前から王宮に逗留《とうりゅう》していた。

年頃は三十代後半で、口髭《くちひげ》を奇麗に整えた容姿は世間的にはかなりの色男と評価されるだろう。若い頃から社交界で数々の浮名《うきな》を流していたが、数年前に妻帯し跡《あと》継ぎにも恵まれたそうだ。

彼は今、一番頻繁にアナスタシアを口説《くど》こうとしている男であった。

有力貴族の家に名を連《つら》ねるとはいっても、彼は分家の者であり家督《かとく》すら継いでいない。

そこそこ地位のある役人になれたのだから満足すれば良いのに、さらなる地位を望んで彼は女王に取り入ろうとしているのだ。そのためなら、家を守っている妻を平気で捨てる気らしい。王宮に滞在するために、事業の担当を他の者と強引に代わった事は、フレデリクがとうに調査済みだった。

「麗《うるわ》しの女王陛下、ご機嫌いかがですか」

ギュンターが腰を折り丁重《ていちょう》に挨拶《あいさつ》を述べたので、アナスタシアは仕方なく足を止めて顔を向けた。

「ご機嫌よう、ギュンター卿」

お前に声をかけられた瞬間にご機嫌ではなくなったけどねと、心の中で付け加える。

「朝から美しい陛下のお姿を拝見できるとは、本日の私は幸運に恵まれているようです」

白い歯をキラリと光らせた男に、躾《しつけ》の行き届いた侍女たちは表情こそ大きく変えないものの、微《かす》かに頬《ほお》を染めたりうっとりした眼差《まなざ》しを向けたりしている。

だが、アナスタシアは、背筋や首筋を這《は》い回る気味の悪さに閉口していた。

男の吐く一言一言が、ネバネバした毒液を滴《したた》らせた虫になって身体を這《は》っているようで、気持ち悪くて仕方ない。

赤子の頃から危険に曝《さら》されつづけすっかり研《と》ぎ澄まされた防衛本能が、この男の吐く美辞麗句《びじれいく》の裏には、アナスタシアへの愛ではなく欲望が詰め込まれていると告げている。

不愉快極まりなかったが、アナスタシアは少々冷たい視線を向けるにとどめた。

いっそ無礼なまで擦《す》り寄ってくればすぐ追い出してやるのだが、女を口説《くど》きなれているだけあってか、その辺りの引き際は実に卓越している。ギリギリの範囲で言い寄るだけなので始末に悪い。

昔、王位を継ぐ用意が全て整ったアナスタシアへ『ろくでもない王となるのでしたら、至極簡単です』と、ある男が言った。

その言葉はもっともだと思ったし、今も心に留《と》めている。

強大な魔力と狡猾《こうかつ》さを生まれ持ったアナスタシアは王位を奪い取る事に成功したが、肝心で難しいのはそのあとだ。

父のように魔術師ギルドに政権を委《ゆだ》ねて傀儡《かいらい》の女王となれば、面倒な政務をする必要はなく、ありあまる時間を好きに遊んで使えただろう。

国がグダグダになる事なんて気にしなければ、媚《こ》びる者たちにチヤホヤされながら自分のやりたい事だけをやって、さぞ気楽で楽しく過ごせたはずだ。

——自分を操《あやつ》る者たちに陰でせせら笑われ、いつ使い捨てられるともしれないが。

そんなのはご免だ。

誰にも操《あやつ》られない女王となるためには、家臣や国民に自分を認めさせなければならない。ずっと、認めさせつづけなければならない。

毎日、退屈な政務を真面目《まじめ》にこなし、合間に次々と出てくる邪魔者や各種の問題を、うんざりしながらも、できるだけ穏便《おんびん》に解決する。たまに気が滅入《めい》るけれども、これが自分の選んだ生き方だ。

だから、猫撫《ねこな》で声の不快な男を撃退するにも、慎重に機会を待ってやらねばならない。

一通り歯の浮くような賛辞を並べたあと、男が声を潜《ひそ》めた。

「ところで陛下。エルヴァスティ伯爵家のご子息と親しくされていると小耳に挟んだのですが……」

その瞬間、自分の頬《ほお》がヒクッと僅《わず》かに引き攣《つ》ったのを感じた。念のために扇《おうぎ》を広げていたから、おそらく男には見えなかっただろうが。

もう少し早く出てくるかと思っていたが、ライナーについてはっきりと尋ねられたのは、これが初めてだった。

ライナーからも毎晩の伝令で、たまに何かヒソヒソ言われているようだけれど、特に物騒な事は起こっていないと聞いている。

フレデリクの調査で、ライナーが女王の新しい愛人になったようだと勘ぐっている者はあちこちにいるとわかっている。

しかし、宮廷勤めのフレデリクと違い、ライナーとは四六時中一緒にいる訳ではない。

女王と昔馴染《むかしなじみ》でもないうえ、ずっと隣国に出ていたのだから接点がないはずなのに急になぜ……と、半信半疑で様子見をしているという。

それが今日になってギュンターが探《さぐ》りを入れにきたのは、今夜ライナーが来るから黙って私室に通すようにと通達したのを、衛兵か侍女に金でも掴《つか》ませて聞き出したのかもしれない。

「ライナー・エルヴァスティ、ね」

声に動揺が滲《にじ》むのをアナスタシアは全力で押し隠す。

当初の予定通り、ライナーを部屋に呼んで話したらその優秀さに夢中となった。だから彼を倒してそれ以上に優《すぐ》れていると証明するまでは寄ってくるなと、きっぱり言い切れば良い。

何かを欲する人には曖昧《あいまい》な反応を手探《てさぐ》りさせるよりも、明確な達成条件を示した方が張り切る。

だからフレデリクの時も、彼を愛していると公言しなかったにもかかわらず、男たちは『打倒！牙《きば》の魔術師！』と指示した目標に突進し、倒すまで言い寄るなという条件を破る事はなかった。

今回はライナーを愛しているとはっきり公言して、より効果を上げるつもりだ。

フレデリクの時と明確な差をつける事で、牙《きば》の魔術師との事は周囲が勝手に誤解していただけだったと認識もさせられる。

これでアナスタシアがフレデリクの結婚に際して失恋したなどという不名誉な噂《うわさ》も消えるはずだ。

良い事尽くめだ！　本音はともかく、盛大にのろけて見せてやれ！

心の中で決意を固め、アナスタシアは扇《おうぎ》で口元を隠したまま、深く息を整える。

「ええ。帰国挨拶《あいさつ》の謁見《えっけん》のあと、執務室に呼んで色々と話をしたけれど……何か？」

しかし、肝心の部屋に呼んだあとの部分を言おうとしたら、途端にライナーの顔を思い出してしまい、言葉に詰まって、非常に不機嫌そうな一声しか出なかった。

酷《ひど》く眉をひそめたせいで、扇越《おうぎ》しにギュンターを睨《にら》みつける結果となる。

気障《きざ》なニヤケ面《づら》をしていた男はたちまち青ざめ、僅《わず》かに肩を跳ねさせた。

「い、いえ。特に、どうという訳では……」

「ギュンター卿。私は少々急いでいるのだけれど、お話はそれだけかしら」

うろたえるギュンターに威圧的な声音を向けると、男は慌《あわ》てて頭を下げる。

「はっ。おみ足を止めてしまい、大変に失礼いたしました」

ギュンターは一礼して足早に去り、アナスタシアもドレスを翻《ひるがえ》して歩き出す。

だが、表情にこそ出さないものの、内心は穏《おだ》やかではなかった。

――どうして、こうなった。

執務室に入ったアナスタシアは、侍女たちが退室するなり机に肘《ひじ》をついて頭をかかえ込んだ。

『好き』だとか『愛している』とか、所詮《しょせん》は単なる言葉にすぎないはずだ。

今まで必要があれば、あらゆる言葉を駆使《くし》してきた。

巧妙《こうみょう》な嘘をつく事も、小難しい討論で相手をやり込める事もできたし、その時にはもっとも効果的な表情をつくって相手に見せられたものだ。

だからさっきだって、うっとりした微笑みの一つでも添《そ》えて『ライナーが好き。愛している』と、簡単に言えたはずだった。それなのに……

困った事に、段々とうろたえ方が酷《ひど》くなっている気がする。

このままライナーといたらますます酷《ひど》くなってしまうのではと考える半面、この中途半端な状況が悪いのかもしれないという思いもある。

それこそ今夜、ライナーに王配の件を話せば、もやもやはなくなる。その結果が一年限定でも、これからずっと傍《そば》にいる事になっても、どちらかはっきりすれば腹を括《くく》れるというものだ。

（そうね。まずはそれからよ）

アナスタシアは気を取り直し、机の脇に積まれた書類を片づけはじめた。

＊＊＊

その晩。

城へやってきたライナーは入口の衛兵に用件を告げて、正門に面した広いホールに入った。

（もう二週間経《た》つのか……）

瀟洒《しょうしゃ》な模様の彫り込まれた柱が並ぶホールをライナーは半月ぶりに見渡す。

もっとも、自分がこんなに何度も王宮へ出入りするようになるとは思ってもいなかった。

昔、父が王宮に勤めていた頃はここのすぐ近くに住んでいたが、官吏《かんり》の息子とはいえ子どもが用もなしに訪れる場所ではない。

ちなみに、父伯爵からは先週、妙に震えた声で『謁見《えっけん》の時は迷惑をかけてすまなかった！　私は今の領地だけに専念すると陛下にお約束したから安心してくれ！』と、伝令魔法が来た。

アナスタシアはどうやら約束通り父の野心を潰してくれたようだが、それが果たしてどのくらい『穏便《おんびん》』だったかは、若干の不安が残るところだ。

それはともかく、父が懲《こ》りてくれたのは良かった。

今のエルヴァスティ家所有の領地は小さいけれど景色の良い長閑《のどか》なところで、父は領主としてそこをきちんと治めている。

王宮に勤めていた頃、父は傲慢《ごうまん》に振る舞いながら、どこか追い立てられているように、いつもビクビクしていた。小心な人だから、本当は自分の汚職が重く心に圧《の》しかかっていたのだろう。

失脚後は王宮官吏《かんり》に戻りたいと愚痴《ぐち》を零《こぼ》してはいても、ライナーや母から見れば、ずっと心穏《おだ》やかそうに見えた。

困った父ではあるものの、どうしても憎み切れない。もう変な野心など持たず、分相応《ぶんそうおう》な自分の幸せに気づいてほしいと思う。

ホールからは幾《いく》つもの回廊が伸びていて、各棟に続いている。

アナスタシアの私室がある棟へ行こうとしたものの、壁の大時計を見たライナーは少し迷った。

今日は以前よりも一時間早く来るように言われているが、まだそれより半刻以上も早かった。

アナスタシアが自分を呼ぶのは、単に愛人役と周囲に誤認させるためだとはわかっている。

それでも毎晩、伝令魔法で短いやりとりをするだけでも幸せで、二週間ぶりに直接会えると思ったら、嬉しすぎて気が急《せ》いてしまったようだ。

大急ぎでギルドの仕事を終わらせて、夕食もそこそこに飛び出してきたら、早すぎた……

こんなに早く行っても迷惑だろう。

ホール付近には休憩用の中庭があり、城を訪ねた者たちが散策できるようになっている。

アナスタシアからの伝令魔法で中庭がすっかり夏らしくなり好きな花が咲いたと聞いたので、少し眺《なが》めてみようかとも思ったがもう外は暗い。

ライナーがひょいとそちらを見ると、金髪を短く刈った背の高い宮廷魔術師が、庭の外灯に魔法灯火を点《つ》けているのが見えた。

(ああ、そうだ)

ライナーは以前にフレデリクと会った事務棟へ続く回廊の方へ足を向けた。

訪ねる約束もしていないしフレデリクがいるかはわからないけれど、もし会えたら少し尋ねたい事があったのだ。

別に悪い事ではなく、むしろ喜ばしい事なのだが……自分の周囲が平穏すぎる件についてだ。

女王の愛人らしいとヒソヒソ遠巻きに噂《うわさ》される事こそあっても、アナスタシアやフレデリクが忠告していたような危険は何一つ起きていない。もしやフレデリクが陰で何かしてくれているのではないかと、少し不安になる。何しろ彼は、アナスタシアから手助けを頼まれているのだ。

ライナーはアナスタシアには手助けを断ったが、フレデリクにはあれから一度も会っていない。

争いは好きではないけれど、フレデリクがもし断りを聞いていなくて、何かしてくれているのであればやめてほしいと思う。

単に、自分のつまらない意地だとわかっていても……

相手の名前と容姿か、送りたい場所を頭に浮かべられれば伝令魔法は送れるものの、一方的に自分の言葉しか送れないのが不便なところだ。細かなやりとりがしたい時には向かない。

本当にただ偶然、何も起こってないだけという可能性もあるので、できればフレデリクに直接会って聞きたかった。

ところが、事務棟にライナーが向かおうとした時。

「失礼。ライーナ・エルヴァスティ殿かな？　先日まで隣国に行っていたという」

背後からかけられた声に振り向くと、身なりの良い三十代半ばと思《おぼ》しき男が立っていた。

豪奢《ごうしゃ》な上着や腰に差している象牙《ぞうげ》製の魔導の杖《つえ》からかなり裕福な貴族とわかる。ただ、階級章や腕章をつけていないから、魔術師や宮廷官吏《かんり》ではないようだ。丁寧に整えた眉や短い口髭《くちひげ》が気障《きざ》っぽい印象を与える。いかにも遊びなれた伊達男《だておとこ》という雰囲気だった。

「ライナー・エルヴァスティでしたら、私ですが……」

微妙に間違えられた名前を訂正すると、男は少々大袈裟《おおげさ》な身振りで手を広げた。

「これは失礼した！　貴殿のお噂《うわさ》を耳にした時、そう聞いたような気がしたのでね。いや、女性のような名前だとは思ったのだが」

「いえ。どうぞお気になさらず」

『ライーナ』ではどう考えても女性名だし、相手の名前を間違えて呼ぶのはかなり失礼な事だが、ライナーは特に腹を立てなかった。間違いなど誰にでもある。

それに、エルヴァスティ家はその汚れた家名こそ有名であれ、社交界から抹殺《まっさつ》されているに等しい。よって、ライナーは夜会などには魔術師ギルドの関係で少し顔を出す程度だった。そのうえ、一等魔術師の資格をとって見習いを卒業するとすぐ、国を八年間も離れていたのだ。

有名な貴族の家の嫡子《ちゃくし》や社交界の華になるような人物ならともかく、そんなライナーの事をちゃんと覚えてもいられないだろう。

「私はギュンターと申す。ホランティ侯爵家の一族に名を連《つら》ねる者だ」

にこやかに差し出された手と同時に告げられたその家名に、ライナーは少々驚いた。ホランティ家といえば、国内でもかなりの勢力を誇る侯爵家だ。

よく見れば男のつけているカフスには、侯爵家の紋章が模《かたど》られていた。名を連《つら》ねる者という事は、分家の親族といったところか。

しかし、ライナーは侯爵家と繋がりもなく、目の前の男とも面識はまるでない。

「初めまして。ホランティ家のお名前はよく耳にします。お目にかかれて光栄です」

とりあえず、失礼にならない無難な返礼と握手を返した。

城の各地を繋ぐ正面ホールは当然ながら人が多く、逗留《とうりゅう》しているらしい貴族や官吏《かんり》に忙しそうな侍女たちなどが、ひっきりなしに行き来している。

だが、ここはあくまでも中継地点であり、誰もが目的地に向かって通り過ぎるだけ。ホールの隅《すみ》で立ち話をしているライナーたちに通りすがりざま目を向ける事はあっても、足を止めてジロジロ眺《なが》める人はいなかった。

「こちらこそ、会えて嬉しいよ」

男は握手を解《ほど》くと、非常に上機嫌そのものといった調子で今度はやたらと親しげにライナーの肩を叩く。そして不意に、緩ませた自分の口元を手で隠しつつ、声を潜《ひそ》めて囁《ささや》きかけてきた。

「君が女王陛下と個人的に親しくしているという噂《うわさ》を耳にしたのだが、大それた関係を迫った訳ではないのだね。賢明な事だ」

「え？」

思わずライナーが目を瞬《またた》かせると、男は満足気な顔でうんうんと頷《うなず》く。

「噂《うわさ》を聞いて、随分《ずいぶん》と身のほどを弁《わきま》えぬ若者がいると思ったのだが……陛下に直接お尋ねしたところ、私室に呼んで少し話をしただけだとおっしゃっていたので安心したよ」

「……そうですか」

驚愕《きょうがく》し切っているのに、自分の口が自然と動いてやけに冷静な声で返事をするのを、ライナーはどこか他人事のように聞いていた。

ギュンターはさらに口元を緩ませ、ライナーの耳元にくっつけんばかりに口を寄せた。

「しかし、若い頃は思い上がりやすいものだから、よく自戒《じかい》するように忠告する。くれぐれも、陛下に特別視されているなどと勘違いし、女々しくまとわりつくような無礼な真似をしない事だ」

敵意の籠《こ》もった低い声で囁《ささや》いたあと、ギュンターは顔を離す。

「では失礼するよ、ライーナくん」

また親しげな声音で言うと、もう一度ライナーの肩を叩き、彼は踵《きびす》を返して去っていく。

意気揚々《いきようよう》とした足取りで通路の一つに消えていく男の後ろ姿を、ライナーは呆然《ぼうぜん》と見送った。

——何がどうなっているのか、訳がわからない。

そのまま立ち尽くして魔法灯火が薄く照らす夜の中庭を眺《なが》めていたら、あっという間に約束の時間となっていた。正確に言えば、庭へ視線は向けていても何も目に入ってはいなかったのだが、とにかく時間は潰せた訳だ。

（……陛下に直接ご確認しよう）

アナスタシアの部屋に向かう途中、ライナーの心臓がドクドクと不穏《ふおん》に高鳴る。

自分の周辺が静かだったのは、思ってもいなかった理由のようだ。

＊＊＊

——一方でアナスタシアは。

（だいたい、王配をとれと勧めたのはライナーだし、私はそれを前向きに考えると告げてあるわ。

考えをまとめてみたと切り出せば良い。それだけの事よ）

楽な室内ドレスに着替え侍女を下がらせると、彼女は落ち着かない様子で私室をうろうろと歩き回っていた。

寝室と違い、執務室と私室はそれぞれ廊下に繋がっている扉がある。

ライナーに今夜は私室へ直接来るよう言っておいたし、衛兵にも黙って通せと命じていた。

室内を歩き回りながら、アナスタシアは時おり扉を苛立《いらだ》たしげに睨《にら》んだ。

王配になるか彼に判断を委《ゆだ》ねようと決めたのに、いざその時刻が近づくにつれ、胸が不穏《ふおん》にざわついてくる。

ライナーを王配にしたい理由を率直に告げる事に決めたのに、ふと気づくとどうやって言い出せば良いかと考えている。

言う事は決まっているというのに、それではライナーが断るのではないかと……。そんな不安に襲われている自分がいる。

こちらの態度は絶対に変えない。それで不満なら断れと思いながら、本当は断られたくないのだ。

ライナーが、一緒にいたいと望んでいてほしいと思う。そして、いつの間にか自分も、一緒にいたいと望んでしまっている。

情けなくて腹立たしい。そのうえライナーに早く会いたいと思っているのが、さらに悔しい。

そろそろ来るはずだと壁際に置いた柱時計を見ると、ちょうど廊下に繋がる扉が叩かれた。

「失礼いたします。ライナー・エルヴァスティです」

静かな声音は心地良いものだったが、ビクンとアナスタシアの肩は跳ねてしまった。

ささっと安楽椅子《あんらくいす》に飛び込み、いかにも余裕でくつろぎ切っていたふうを装《よそお》いながら、すました声を出す。

「どうぞ。入りなさい」

ライナーが礼儀正しく部屋に入り、扉を閉めてから一礼した。

緊張で密《ひそ》かに汗を滲《にじ》ませていたアナスタシアは、彼の顔を見て、思わず首をかしげる。

とりたてて苦い表情をしていた訳ではないが、ライナーからどこか当惑と不安が入り混じったような雰囲気を感じた。

何か問題でも起きたのかと思いつつ、アナスタシアは素早く防音の魔法をかける。室内の音を遮断する薄緑色の光が、壁に吸い込まれていった。ライナーは胡桃色《くるみいろ》の瞳でそれを見つめたあと、扉の前に立ったままアナスタシアへ視線を戻した。

「陛下。少々、ご確認したい事があるのですが、宜《よろ》しいでしょうか？」

「何かしら？　とにかく、おかけなさい」

アナスタシアが促《うなが》すと、ライナーは最初の日のように、向かいの長椅子《ながいす》に腰かける。

そしてしばし戸惑《とまど》うように視線をさまよわせたあと、アナスタシアをまっすぐに見た。

「つい先ほど、城の正面ホールでホランティ家縁《ゆかり》のギュンター卿という方から、陛下が私と特別な関係にないとおっしゃっていたとお聞きしました。私に、勘違いして陛下につきまとわないようにと……そう釘を刺す目的で告げに来られたようです」

思わぬ事態に、アナスタシアは息を呑む。

（あいつ！　余計な事を！）

反射的に浮かんだニヤケ面《づら》の口髭《くちひげ》を残らず引きむしってやりたくなった。

今朝、アナスタシアがライナーについて尋ねられた時、非常に不愉快そうな返答をしたのを都合良く解釈したのだろう。

すなわち、他の男と同様に、ライナーも袖にされていると。

しかし今夜、彼がここに呼ばれているのをやはり知っていたらしいギュンターは、念を入れてホールで見張り、ライナーに声をかけて牽制《けんせい》しようとしたようだ。

（でも、私にも落ち度はあったわね）

ギュンターに腹は立つものの、今朝の自分を振り返れば、ライナーに好意的だと考えられないのも無理はない。そのうえで部屋に呼んでいれば、なお不思議な状態と思われるだろう。

苦い顔で黙りこくっているアナスタシアに、ライナーの方は特に腹を立てた様子もなく、困ったような視線を向ける。

「私も驚きましたので、卿にはっきりした返事はできませんでした。まず陛下にお伺《うかが》いするべきと判断したのですが、予定を変更するご事情があったのでしょうか？」

「……ええ」

ややあって、アナスタシアはようやく頷《うなず》けた。

「もっとも、国を離れていた貴方《あなた》の事はあまり知られていないから、皆も様子見をしていたらしく、今朝になってそのギュンターに初めて尋ねられたのだけれどね」

するとなぜかライナーは妙にホッとしたような顔になった。

「ああ。それで直接には殆《ほとん》ど誰からも聞かれなかったたし、特に何も起きなかったのですね。安心しました。てっきり……」

そこまで言いかけて、彼は慌《あわ》てて口を噤《つぐ》む。

「てっきり、何が原因と思ったの？　言いかけてやめられるのは嫌いよ」

アナスタシアが尋ねると、ライナーが微《かす》かに頬《ほお》を赤くした。

「もしや、フレデリクさんは私が助力を断ったのを聞いておらず、何かなさってくれているのかと心配でした。争いが好きなのではありませんが、やはりこれは……その、私が陛下から命じられた事ですので」

気まずそうに視線をさまよわせるライナーを前に、『惚《ほ》れた女性から仕事を任されたのに、やっぱりお前では心配だから他の男の手を借りろなんて言われたら、意地でも頼りたくありませんよ』と言ったフレデリクの声が、アナスタシアの脳裏に蘇《よみがえ》る。

また、顔がかああと一気に熱くなり、アナスタシアは俯《うつむ》いて両手で頭をかかえた。

「陛下？」

驚いたようなライナーの声を聞く耳も、ジンジンと痛いくらい火照《ほて》っている。

「安心して。フレデリクにはきちんと、貴方《あなた》の手助けは不要と告げてあるわ。それで……この二週間、私も色々と考えたのだけれど……」

真っ赤になった顔を隠し、アナスタシアは自分の心臓がドクンと大きく跳ね上がるのを感じた。

「貴方《あなた》に命じたこの件について、予定を変更したいの」

下腹に力を入れ、戦慄《わなな》きそうになる唇を開いた。

「はい。どのようにですか？」

やや困惑の混ざるライナーの声を聞きながら、アナスタシアは唇を噛《か》む。考えていた通り、王配となるか尋ねて判断を委《ゆだ》ねればいい。

（でも、きっと……）

必死に気がつかないフリをしようとしていたけれど、本当はわかっている。

ライナーは、アナスタシアが利用するだけならば、自分は王配になれないと断るだろう。

それも、自分が利用されるのが嫌だからではなく、伴侶《はんりょ》とするのはアナスタシアが本当に好きな男性にしてほしいだなんて理由に違いない。

だって、彼はそういう意味で、王配を得ろと勧めてきたのだから。

思えば、調子がおかしくなったのは、『可愛らしい』と切羽《せっぱ》詰まったように初めて言われた時だ。

それまでライナーの声も手も決して不快ではなかったけれど、それは伯父の侯爵やフレデリク、魔術師団長夫妻が向けてくれるような、普通の好意を持たれているからだと感じていた。

けれど、アナスタシアに抱《いだ》いていたのは憧《あこが》れだけだったのに内面を知ったら恋をしてしまったと、ライナーは誰にも言えぬ心のうちを赤毛猫《ヴィント》に零《こぼ》したらしい。

『可愛らしい』とアナスタシアに言った時にライナーが恋愛感情を抱《いだ》いたとしたら、自分はそれを察知して、こんなに翻弄《ほんろう》されるようになってしまったのではないだろうか。

その感情に触れるうち、アナスタシアも彼に惹《ひ》かれていったのだ。

だからもう、利用するためだけに王配になれとは言えない。とても悔しくて認めたくないが、落とされた。

身体を重ねたからではなく、剥《む》き出しの過敏な心に触れられて、その心地良さに溺れたのだ。

「ライナー。私は貴方《あなた》を偽の愛人とは言わない。貴方《あなた》も言わないで。それは……つまり……」

アナスタシアは、深いため息をついた。

もうここまでの段階で、強力な魔法を百回使うよりも精神が疲弊《ひへい》している。

フレデリクと同じように、彼を偽の愛人役と扱って他の男たちをけしかけ、防波堤にするつもりだった。

でも、今は違う。

ライナーには本物の……それだけでなく、生涯ずっと添《そ》い遂《と》げたいから、王配になってほしい。

自分の人生には彼が必要だ。そう告げよう。

もうあと一息だと、アナスタシアは決心して息を吸い――

「貴方《あなた》は、フレデリクとは違うという意味よ。だから、貴方《あなた》にケンカを売ってこいと他の男たちをけしかけない。それで、私にはこれからも貴方《あなた》が必要なの」

俯《うつむ》いたまま、早口に言い切った。

かなり省略してしまったせいで、ライナーにはまったく違う意味に取られたなどとは気づかずに。

顔から手を離してそろそろと視線を上げると、ライナーが大きく目を見開いている。

彼はしばらく黙っていたが、やがて妙に悲しそうな笑みを浮かべた。

「かしこまりました。陛下がそれでも私を必要となさるのでしたら、引きつづきお仕《つか》えいたします」

「……え？」

なんだか妙な返答に、アナスタシアは間の抜けた声を上げてしまった。

さらに、その悲しげな様子にぎょっとする。

偽としては扱わない、本当に特別な存在だと言われて、ライナーは不愉快だったのだろうか？

アナスタシアを可愛いと言っても、一年間で解放される偽者くらいの関係がちょうど良く、本気だなんてとんでもないと？

しかし、よく見れば、どうもそういった様子にも見えないのだ。

アナスタシアに激務を命じられたフレデリクが見せる、虚《うつ》ろな諦めの表情とは違う。

偽の愛人役をアナスタシアから打診されかかった時の、恐怖に慄《おのの》き全力で逃げきろうと決意する宮廷魔術師たちの悲壮な気配とも違う。

ライナーからはなぜか、捨て犬のごとき切ない哀愁が感じられた。

アナスタシアの渾身《こんしん》の告白なんか全然信じられず、自分はいらない子と認定されたとでもいうような……

（な、なぜ、そんな……私に酷《ひど》い事を言われたみたいな……）

自分は善人であるはずもなく、酷《ひど》い事を言った事もやった事もそれこそ数え切れないほどある。

だが、断じて今やった覚えはない。

むしろ今だけは、かつてないほど頑張って、好意を伝えたはずだ！

あまりのショックに、クラクラと眩暈《めまい》までしてきた。

「……ちょっと、こちらへ来なさい」

衝動的に椅子《いす》から立ち上がり、ちょいちょいとライナーを手招《てまね》きする。

「はい」

正面に立った彼を、アナスタシアはキッと睨《にら》み上げる。

息を詰めて目を瞑《つむ》り、思い切って抱きつくと、ライナーが息を呑む気配がした。

「必要よ！　私がこうできるのは、貴方《あなた》だけだと言っているでしょうが！」

「陛下……」

ライナーが低く呻《うめ》き、背中におずおずと手が回された。

その声も手の感触も、アナスタシアに微塵《みじん》も不快を与えず、心地良さだけが心臓に染み入る。

彼の手が顎《あご》にかかり、上を向かされたかと思うと、唇が重なった。啄《つい》ばむような口づけを何度も繰り返し、段々と深く合わさっていく。

立って抱き合ったまま、唇を割り開いた舌に口腔《こうこう》を貪《むさぼ》られた。

「んんっ」

口蓋《こうがい》を丁寧になぞられ、舌に甘く噛《か》みつかれると、ゾクゾクと背筋が震えて喉《のど》が鳴る。

(……どうして……?)

アナスタシアを抱き締め口づける彼の気配は、蕩《とろ》けそうなほど心地良い。悪意も敵意もまったく含まれていなくて、凄《すご》く好かれていると感じる。

それなのになぜ、ライナーはまだ悲しそうなのだろうか。

抱きつくだけでは足りなかったのかと、自分からも懸命に舌を擦《こす》りつけていると、さらに気持ち良くなって足腰から力が抜けていく。

顎《あご》を持ち上げていた手を離され、解《ほど》いた髪を緩やかに撫《な》でられる。

背に流れ落ちる髪まで撫《な》でられ、背筋を走り抜けた快楽にブルリと身震いをした。

一度、この部屋で教え込まれた快楽を思い出すように、下腹部から足の付け根まで早くも熱を帯《お》びてくる。

ようやく口づけから解放された頃には膝《ひざ》がガクガクと震えて、抱き支えられていなければとても自力で立っていられそうになかった。

「……寝室に移動して、もっと触れても宜《よろ》しいですか?」

濡《ぬ》れた唇で耳元に囁《ささや》かれ、思わず高い声が漏《も》れた。

「あっ」

カクンと膝《ひざ》が崩れそうになり、ライナーにしがみつく。

「は……ぁ……」

頭にすっかり血が上っているせいか、熱っぽい吐息が零《こぼ》れるばかりで、まともな声にならない。

彼のローブに顔を埋《うず》めたまま頷《うなず》くと、ふわりと抱き上げられて寝室に運ばれる。

寝室に灯りは点《つ》けておらず、扉を閉めると下にあるほんの僅《わず》かな隙間《すきま》から隣室の灯りが差し込んで足元を照らす。

互いの表情もはっきり見えない、暗い部屋の中で、寝台へそっと寝かされた。

＊＊＊

（陛下はやはり、フレデリクさんの事を……）

苦い想いを胸中にかかえたままかさばるローブだけを脱ぐと、ライナーは寝台に横たえたアナスタシアに覆《おお》いかぶさった。手探《てさぐ》りで肩や腕を撫《な》で、細い首筋に口づける。

隣室で告げられた言葉が、何度も頭に響く。

『貴方《あなた》は、フレデリクとは違うという意味よ』

薄々思っていた通り、フレデリクはアナスタシアにとって未《いま》だに特別な存在なのだと痛感した。

彼女はライナーをそれなりに好ましい者と扱い、これからも必要だとは言ってくれるけれど、フレデリクと同じようには思えないと、いっそ清々《すがすが》しいまでに宣告したのだ。

ライナーに触れられた時の反応からしても、彼女が自分で言うように男性にまるで慣れてないのは明らかだったし、フレデリクとは本当に何もなかったのだと思う。

それでも、自分をただの幼馴染《おさななじみ》としか見ない彼に、偽の愛人役を務めてもらえてアナスタシアは幸せだったのだろうか？　他の男に同じ役を命じるのが耐えられなくなったほど……

（私では、あの方の代わりはとても務まらないのですね……）

声に出さず心の中で呟《つぶや》き、滑《なめ》らかな首筋の皮膚を唇でなぞっていく。

顎《あご》の付け根を通り越し、耳朶《じだ》を噛《か》みつつ衣服の上から胸の膨《ふく》らみを揉《も》むと、組み敷いた身体がビクビクと跳ねた。

「はっ……ふ、ぅ……」

小さく漏《も》れた吐息と濡《ぬ》れた艶《なま》めかしい声に、本当に望まれているのは自分でないと知りながら、ゾクリと欲望が刺激される。

アナスタシアは奇麗なだけでなく、驚くほど狡猾《こうかつ》で腹黒《はらぐろ》い面も持ち合わせている。

そんな彼女が本当に望めば、噂《うわさ》されていた通りフレデリクに形だけの妻を強引に娶《めと》らせ、自分の手元に置きつづける事だってできたはずだ。

それをせずにフレデリクの結婚に協力までしたのは、彼の幸せを優先したからに違いない。

ライナーはため息を呑み込み、うっすらとしか見えない暗がりの中、アナスタシアの胸元のボタンを手探《てさぐ》りで一つずつ外していく。

今は、星灯りも点《つ》ける気になれなかった。

自分の酷《ひど》く情けない顔を見られたくなかったし、多分アナスタシアも……よく見えない方が良いのではないかと思う。

自分に触れる男は、彼女の望むフレデリクではないのだから。

(そうおっしゃっておきながら……酷《ひど》い方ですね、陛下)

愛人とは言えないとあれほど毅然《きぜん》と宣言しながら、自分が触れられるのはライナーだけだから必要だとあんなに可愛らしく縋《すが》るなんて、随分《ずいぶん》と残酷《ざんこく》だ。泣きたくなる。

しかし、そもそも自分がアナスタシアの傍《そば》にいるのは、あくまでも処罰で命じられた役割であり、本当に想いを寄せたりしないのが大前提だ。ライナー自身が契約違反としか言えない想いを抱《いだ》いていなければ、こうした変更をされても、まったく問題はなかったはず。

そのうえ初日にアナスタシアからフレデリクがただの幼馴染《おさななじみ》だと聞かされてすっかり理解した気になり、好きな男を見つけて王配にとれだなどとしたり顔で言ってしまったのは、ライナー自身ではないか。

あの時、アナスタシアが非常に苛立《いらだ》ち、まるで自棄《やけ》になっているような様子でライナーに迫ったのは、フレデリクを得られなかった傷を抉《えぐ》られたせいだと思えば納得できる。

妙な催淫《さいいん》魔法といい、どう考えても変な事ばかりだった。

酷《ひど》く複雑な気分で、ライナーは女王の薄いシュミーズドレスをゆっくり脱がせていく。滑《なめ》らかな肌に手が触れると、アナスタシアはピクンと身体を震わせたが、拒絶はしない。

誰にも触られたくないと言い切っていた彼女なのに、あの催淫《さいいん》魔法のあとでライナーに色事の練習に付き合えと言い出した。

いまやロクサリス王家の血を継ぐのはアナスタシアただ一人。

だから早く跡継《あとつ》ぎをつくるように家臣たちから進言されていると、最近になって知った。

成り行きとはいえ、初対面も同然の男と寸前までの行為をしてしまった事で、こうなったら自身の心は殺して、女王としての責務を果たそうと決めたのだろうか。

拒まなければ最後まで抱いても良いと誘い、ライナーを『必要』と言うのは、それこそ愛がなくても抱かれるのに耐えるための練習で……

そこまで考えて耐え切れず、ライナーは顔をしかめて彼女の下着を剥《は》ぎ取る。裸にされたアナスタシアが、ビクリと身を強張《こわば》らせた。

「嫌になりましたら、きちんと拒んでくださいね」

すっかり熱を帯《お》びている耳朶《じだ》に唇を寄せて告げると、無言のままフイと顔を逸《そ》らされてしまった。

しかし細い手が伸びてきて、しっかりとライナーの襟元《えりもと》を握る。

震えている指でカリカリとシャツのボタンを引っかかれ、ようやくアナスタシアがシャツを脱がそうとしているのに気づいた。

「陛下、私は良いですから……」

慣れない作業に苦戦している手を握って止め、ライナーは苦笑しかけたが、細い指にきゅっと握り返されて言葉を詰まらせた。

自分はあくまでも一年限りの練習相手だ。たとえアナスタシアに許可されようと、最後まで抱く気はなかった。

今は自棄《やけ》になっていようと、いずれ冷静になった彼女が他の男に目を向け本当に惹《ひ》かれる相手を見つけた時に後悔させたくない。

だから今夜も愛撫《あいぶ》するだけにとどめようと、かさばるローブ以外は脱がないつもりだった。

けれど、握り返す華奢《きゃしゃ》な手に、誘惑される。

このまま抱いたって良いじゃないかと、脳裏に囁《ささや》きかける声がある。

彼女はロクサリス国の女王だ。本来なら、もっと早くから何人もの男性を囲っていただろう。

それができなかったのは胸に抱《いだ》く相手がいたせいだろうけれど、今はライナーを誘っている。

自棄《やけ》になっていようと、彼女がこちらを利用しているのだ。それにつけこんで何が悪い？

催淫《さいいん》魔法に浮かされた時、絶頂の寸前でライナーを呼んだアナスタシアの艶《なま》めかしい声を思い出して、ゴクリと喉《のど》が鳴る。

（陛下はお望みにならないでしょうが、私は貴女《あなた》を愛しています）

握り締めたアナスタシアの手を口元に寄せ、ライナーは滑《なめ》らかな手の甲に唇を落とした。

でも、それだけでは終えられない。チロチロと指の付け根を舐《な》めた。

＊＊＊

不意に、指を口に含まれ、アナスタシアは目を見開いた。

温かな粘膜に包まれ濡《ぬ》れた音を立ててしゃぶられる指から、身を震わせる淫靡《いんび》な熱が湧き上がる。

子宮がきゅんと疼《うず》き、鈍痛《どんつう》にも似た快楽が下腹部に響く。

「んくっ」

慌《あわ》てて唇を噛《か》み、溢《あふ》れそうになる嬌声《きょうせい》を堪《こら》えた。

ライナーの姿はぼんやりと見えるだけで、どんな表情をしているかはよくわからない。

軽く指先に歯を立てられた。それだけでも淡い愉悦《ゆえつ》が湧き、ピクンとアナスタシアの肩が跳ねる。

「ライナー……？」

そっと尋ねると、小さく音を立てて、唾液に濡《ぬ》れた指を口から抜かれた。

「はい。陛下」

少し強張《こわば》った硬い声が返ってくる。

不快な敵意は微塵《みじん》も含まれていないけれど、その声は酷《ひど》く悲しそうで、アナスタシアはカッと苛《いら》立《だ》ちを募《つの》らせた。

初めての感情に翻弄《ほんろう》されたおかげで理想的とまではいかなかったが、あれでも精一杯に頑張って想いを告げたのだ。

しかしなぜか悲しげな顔をされてしまったから、恥をしのんで抱きついて絶対に必要な存在だと訴えてみた。積極的に口づけて、ライナーの衣服を脱がそうともした。

どれもこれも、世間一般では、好きだと誘いかける行為だと思う。

それでも、まったく駄目だった。

(貴方《あなた》は一体、どうしてほしかったというの!?)

はっきり言いなさいと、問い詰めたい衝動にかられたけれど、寸前で声を呑み込む。

唇をいっそう強く噛《か》み締めた。

これ以上何か言ったら、ますます悪化させてしまいそうな気がする。

それが怖い。

ぶちのめしたい敵を捻《ね》じふせて思い知らせるのなら、数え切れないほどやってきた。

けれど、好きな相手に自分の好意をわかってもらうのは、こんなにも厄介《やっかい》だなんて初めて知った。

「っ……なんでもないわ」

小声で呟《つぶや》くと、そっと頬《ほお》を撫《な》でられた。

ライナーの手は、そのまま首筋を滑り下り、乳房を掬《すく》い上げるようにして柔らかく揉《も》む。

硬く膨《ふく》らんだ胸の突起を摘《つま》んで擦《こす》られると、腰がむずむずして勝手に揺らめいてしまう。

もう片方の胸先も口に含まれ、熱い舌で転がされた。

吸い上げられ、乳首の側面に軽く歯を立てて擦《こす》られると、たまらない愉悦《ゆえつ》に肌が粟立《あわだ》つ。

「く、ふっ……あ、んぅ……」

ライナーは左右の胸を交互に舐《な》めしゃぶって執拗《しつよう》に攻めながら、もう片手でわき腹や太腿《ふともも》を優しく撫《な》でていく。

敷布を握り締めるアナスタシアの喉《のど》から、堪《こら》え切れない吐息と嬌声《きょうせい》が零《こぼ》れ出た。

疼《うず》く秘所は既《すで》に、溢《あふ》れる蜜《みつ》でしとどに濡《ぬ》れそぼっている。

無言のまま裸身をまさぐるライナーは、そこには一向に触れない。刺激を欲しがって淫核がずきずきと疼痛《とうつう》を訴える。

堪《こら》え切れず閉じた太腿《ふともも》を擦《こす》り合わせると、痺《しび》れるような快楽と共にクチュクチュと淫靡《いんび》な水音が上がった。

「っ！」

羞恥《しゅうち》にアナスタシアは息を呑み、ビクンと身体を強張《こわば》らせて、慌《あわ》てて動きを止める。しかし、中途半端に快楽を燃え上がらせた秘所は、続きを求めていっそう激しく疼《うず》きだす。

ブルブルと太腿《ふともも》を震わせ身悶《みもだ》えしたくなるのを必死で堪《こら》えていると、ライナーが身を起こした。

彼の手が、アナスタシアの足の間へと潜《もぐ》り込む。

「んぅっ！」

くちゅりと濡《ぬ》れた音を立てて花弁を掻《か》き分けられ、背筋を駆《か》け上る愉悦《ゆえつ》に喉《のど》を反《そ》らす。

蕩《とろ》けて疼《うず》く柔襞をくすぐるように、彼の指先がゆるゆると動いた。膣内がヒクンと震えて、滴《したた》る熱い蜜《みつ》が指を濡《ぬ》らす。

「つらいようでしたら、おっしゃってください」

押し殺した声がして、十分にぬめりをまとった長い指が蜜口に押し込まれた。

突然の圧迫感と異物感に、アナスタシアは息を呑む。

まだ指一本なのに、奥まで挿入されると、広げられた膣襞が鈍《にぶ》く痛んだ。根元まで埋《う》められた指を、膣洞がぎちぎちと締めつける。

「う……」

アナスタシアは小さく呻《うめ》き、以前に太腿《ふともも》の間に挟まれたライナーの熱を思い起こし、ぶるっと身を震わせた。

指一本でこれなのに、あの質量を押し込まれたら、身体が裂けそうな気がする。

「痛みますか？」

「う、ぅ……へいき、よ……」

心配そうな声音に、虚勢《きょせい》を張った。

痛いし怖いから嫌だと言ったらライナーはすぐやめるだろうが、それきりもうアナスタシアに触れようとしないかもしれない。

悲しそうなライナーの顔が瞼《まぶた》の裏にちらついて、身体よりも心が痛くて涙が出そうになる。

（っ……大丈夫。理論的には大丈夫……な、はず……）

皆やっている事だと自分に言い聞かせていると、ふわりと前髪を撫《な》でられた。なだめるように頬《ほお》へ口づけられ、緊張に戦慄《わなな》いていた唇をペロリと舐《な》められる。

「ふ、ぁ……」

じんわりと染み入るような心地良さに身体の震えが止まる。アナスタシアは手探《てさぐ》りでライナーの首を抱き寄せ、夢中で唇を押しつけた。

舌を絡《から》ませ合う濃密な口づけに、背筋が甘く震えた。

胸の奥まで入り込む心地良さだけを与えるライナーとの触れ合いは、どんなに達者な言葉よりも明確にアナスタシアへの純粋な恋心を伝える。

その甘美さに酔って、クラクラと頭の芯《しん》が痺《しび》れた。

痛みと不安に冷えかけていた身体が、また急速に火照《ほて》りはじめる。

ゾクゾクと全身に快楽が満たされ、異物を拒むように強張《こわば》っていた膣洞がヒクリと蠢《うごめ》く。

指を半分ほど抜かれ、また深く押し込まれる。緩やかに抜き差しをされるうち、擦《こす》られる膣襞の痛みが徐々《じょじょ》に快楽へと変わっていった。

またアナスタシアの腰が揺らめきはじめると、指を押し込んだまま親指で花芽を押される。

敏感な箇所を指の腹でくりくりと捏《こ》ねるように押し揉《も》まれ、アナスタシアの身体で熱が爆《は》ぜた。

視界が白く光り、深く唇を合わせたまま、アナスタシアはガクガクと腰を跳ねさせる。

激しい快楽の末、アナスタシアはぐったりと敷布に身を落とした。解放された唇を半開きにし、胸を喘《あえ》がせて浅い呼吸を繰り返す。

身体が浮くような快楽の余韻《よいん》に包まれ、ぼんやりとしながらライナーに抱き起こされた。


「——あ、あっ、ああっ！」

寝台に座ったライナーに背後から抱きかかえられた姿勢で、アナスタシアは何度目かの絶頂に達した。

膝《ひざ》を立てて大きく広げられた足の中心で、ライナーの指を咥《くわ》えた蜜口がヒクヒクと痙攣《けいれん》している。

寝室に入ってからどれくらい時間が経《た》っているのか、快楽の熱に頭が茹《ゆだ》ってよくわからない。

相変わらずライナーは、時おりアナスタシアの身体を気遣う以外は、まったく口を開かない。

黙ったまま辛抱強く丹念《たんねん》に、アナスタシアの中を解《ほぐ》していった。

差し込んだ指は三本にまで増やされているのに、押し広げられた膣襞は僅《わず》かにひりつくだけで、

与えられる快楽にビクビクと収縮し、彼の指に絡《から》みつく。

アナスタシアの全身にはしっとりと汗が浮き、首筋や太腿《ふともも》を伝い落ちている。火照《ほて》った頬《ほお》にも、愉悦《ゆえつ》の涙が幾筋《いくすじ》も流れていた。

どこもかしこもすっかり過敏となり、大きく開いた唇から絶え間なく喘《あえ》ぎが零《こぼ》れる。蜜壷を掻《か》き回されるたび、ジュクジュクと音を立てて泡立った蜜《みつ》が溢《あふ》れ、敷布の水溜《た》まりを大きくしていった。

ライナーのもう片方の手は、背後からアナスタシアの乳房を愛撫《あいぶ》する。その先端をきゅっと摘《つま》まれて瞼《まぶた》の裏に星が散った。

「は、あ、あぁ……や、ああ……っ……」

息も絶え絶えに、アナスタシアは体内でまた膨《ふく》らみはじめた快楽に打ち震える。下腹がきゅうと竦《すく》み、蜜壷がライナーの指を強く締めつけた。

もうクタクタに疲弊《ひへい》し切っているのに、体内の指を動かされると腰が揺れて止まらなくなる。身悶《みもだ》えすると臀部《でんぶ》に硬い感触があり、ライナーが小さく呻《うめ》いた。衣服越しでもはっきりわかるほど熱を持って膨《ふく》らんだ雄へ、アナスタシアは無意識のまま身を擦《こす》りつけた。

強すぎる快楽に、頭がぼうっとする。

暗くてどうせ見えないけれど、首を捩《よじ》ってライナーの顔を見上げようとした。

「んっ、あ……初めて、で……いたくても、いい……ライナー……だから、も……っ」

舌が痺《しび》れて呂律《ろれつ》が回らない。

だがライナーは、途中で途切れたアナスタシアの訴えを今度は正確に察したらしい。

息を詰める気配がし、秘所から指が一度に引き抜かれる。

衝撃に声を上げて背を反《そ》らすと、あっという間に仰向《あおむ》けに組み敷かれた。

「そのように可愛らしい事をおっしゃらないでください。練習相手という役目を忘れて、陛下の純潔を奪ってしまいそうです」

「え……」

苦しげに告げられた言葉に、アナスタシアはガンと頭を殴られたような衝撃を感じた。

こんなに執拗《しつよう》な愛撫《あいぶ》をされるうちに、もしかしたらライナーはアナスタシアが彼を好きだと気づいてくれたのかと淡い期待を抱《いだ》いていたのだ。

でも、やっぱり何も伝わっていなかった。

「待っ……ライナー……ああっ！」

訂正する間もなく、前にされたように太腿《ふともも》を閉じて掴《つか》まれる。

散々に蕩《とろ》け切った秘所に熱い昂《たか》ぶりを擦《こす》りつけられ、アナスタシアは高い嬌声《きょうせい》を放った。

硬い雄が膨《ふく》れた花芽を擦《こす》り、頭の先まで突き抜ける快楽に目が眩《くら》む。蜜洞が物欲しげにキュンキュンと蠢《うごめ》いた。

すっかりほころんだ花弁は隙間《すきま》から蜜《みつ》を溢《あふ》れさせ、くちゅくちゅとねだるように雄に吸いつく。

気持ちいいのにもどかしくてたまらず、アナスタシアは腰を掴《つか》まれたまま、乳房を揺らして身をくねらせた。

ライナーが呻《うめ》いて身を震わせ、腹部に熱い精が飛び散る。

「あ、ああ……」

身体の火照《ほて》りが収まらず身悶《みもだ》えていると、艶《なま》めかしく息を乱したライナーに抱き締められた。

「陛下……もう少しだけ、触れさせてください」

縋《すが》るような声音に、コクコクと頷《うなず》く。

(ライナー……私はやっと、貴方《あなた》が好きだって気がついたのに……)

そう訴えたつもりだったが、喘《あえ》ぎすぎて掠《かす》れた声は、快楽に濡《ぬ》れた切れ切れの嬌声《きょうせい》にしかならなかった。

それからまた蜜壷を指で掻《か》き回され、身体を繋げないまま何度も昇りつめさせられるうち、意識が途切れていたようだ。

アナスタシアはじんわりと温かい魔法の力が自分に流れ込むのに気づき、重い瞼《まぶた》をこじ開けた。

ライナーが握っている魔導の杖《つえ》の先から白い光がアナスタシアに流れ込み、体力を回復させている。

あまりこの種の魔法が得意ではないのか、効果は緩やかでさほど強くもなかったが、宮廷魔術師の医療班に強力な回復魔法をかけてもらうよりも心地良かった。

彼は浄化魔法もかけたらしく、生々しい感触は残っていても、肌はサラサラと清潔に乾いている。

いつの間にか、衣服もきちんと着せられていた。

天井では星灯りが柔らかな光を放っており、着衣を正したライナーが心配そうにアナスタシアの顔を覗《のぞ》き込んでいる。

「無理をさせてしまったようで、申し訳ありません。もうかなり遅い時刻なので、退室しようと思いますが……」

アナスタシアが黙ったまま頷《うなず》くと、ライナーは身を屈《かが》めそっと額に口づけを落とす。

そして、静かに部屋を出ていった。

――翌朝。

アナスタシアは朝食を終えたあと、一人きりの執務室で膨《ふく》れっ面《つら》をしていた。

今日は休日なので、朝食後の会議はなしだ。政務もお休みで、特に緊急の予定も入っておらず、丸一日を完全に好きに過ごして良い貴重な日。

窓から見える空はたいそう天気も良く、絶好のお出かけ日和《びより》。政務室にいなくたっていいのだ。

しかし、女王であるアナスタシアは、休日をそれほど気ままに過ごせなかった。

城を出る時には必ず複数の護衛をつけなくてはならないから、市街地を気楽に散策する訳にいかないのは仕方がない。

城内ならば一人でどこを散歩するのも自由だ。侍女も女官も連れず時間も気にしないで、広い城の中を行く先を決めず歩くのはそれなりに楽しい。

乗馬だって一応はできるから、護衛つきでも近くの森に行くのは、かなり気晴らしになる。

でも、最近ではそんな隙《すき》を見せれば、絶対にギュンターを始めとした男たちに、さも偶然を装《よそお》ってつきまとわれる。奴《やつ》らときたら、それこそゴキブリのごとく、どこにでも現れるのだ。

しかも、アナスタシアにとっては耐えがたいほど不快なのを、周囲は今ひとつ理解してくれない。傍《はた》から見れば、色男たちにチヤホヤされて何が不満なのかとなるらしい。

だからここ一年ばかり、アナスタシアは休日はもっぱら私室で籠城《ろうじょう》していた。

暇なので仕事を片づけたりするから政務はとてもはかどるが、まったく楽しくない休日だ。苛々《いらいら》が募《つの》る一方である。

しかし、今日の膨《ふく》れっ面《つら》の原因はもちろん、夕べのライナーとの件だ。

結局、ライナーはアナスタシアが自分をただ都合良く利用しているだけだと思ったままのようだ。抱けと誘ったのも、自分が色事の練習相手だからだと思っているらしい。

あの状態では絶対に断られると思うから、王配の件については話せなかった。

確かにライナーはアナスタシアにとって大いに都合の良い相手だ。それは本当だから否定しない。でも、決してそれだけではないのをあれほど懸命に伝えたのに、なぜ信じない⁉

アナスタシアは苛立《いらだ》ちながらも、猛烈な勢いで書類にペンを走らせていく。そろそろ忙しい時期にさしかかるし、これくらいしかやる事はないのだ。悩みながらでも書類の処理はできる。

順調に処理済みの書類が積み上がるも、悩みの方は一ミリも解決の兆《きざ》しを見せなかった。

一時間近く経過した頃、アナスタシアはペンを置くと、天井を仰《あお》いで深いため息をつく。

こうして恋愛に悩んだ時、普通ならば親しい友人などに相談するのかもしれない。

しかし、今のところ事情を知っているのはフレデリクのみだ。

『いきなり告白されても、とても信じられなかったのではないですか？　陛下の内面を知っていれば、妥当な反応かと』

などと、生温かい目つきで言われるのが関《せき》の山だろう。

ありありと想像できてしまい、アナスタシアはむすっと頭の中の異母兄を睨《にら》んだ。

フレデリクに腹黒女《はらぐろおんな》と思われるのは自業自得《じごうじとく》だとわかっているが、やり場のない憤《いきどお》りを持てあます。

自分は毎日のように愛妻といちゃついて隙《すき》あらばノロケ話を振りまくくせに、いい気なものだ。

ますます頬《ほお》を膨《ふく》らませた時、ふとアナスタシアの脳裏に一人の女性が浮かんだ。

牙《きば》の魔術師フレデリク・クロイツの妻、ウルリーカ・クロイツ。

男爵家の長女であり、一年前までウルリーカ・チュレク男爵令嬢と呼ばれていた彼女だが、社交界ではもっぱら『出来損ない令嬢』としての通り名が有名だった。

彼女はロクサリス貴族である魔法使いの両親から生まれながら、生まれ持つ魔力がほぼ皆無《かいむ》なのである。

魔法使いの血筋にしてはとても珍しく双子で生まれ、妹の方は十分な魔力を持っているのに、ウルリーカはほんの小さな火花を起こせる程度の魔力しか持たなかった。

それゆえ、幼い頃から貴族社会で嘲笑《ちょうしょう》と侮蔑《ぶべつ》の視線を浴びせられつづけたそうだ。

だがフレデリクは、そのウルリーカにベタ惚《ぼ》れしている。彼女には魔力よりもよほど優《すぐ》れた魅力があると言い切り、かなり強引に求婚した末、今では無事に相思相愛の夫婦となっている。

（彼女のどういう部分が、あのフレデリクをあそこまで変えたのかしらねぇ……）

アナスタシアは考え込む時の癖で、机に頬杖《ほおづえ》をつく。

フレデリクが女王の異母兄というのは極秘事項《ごくひじこう》であり、妻であるウルリーカさえも知らない事なので、アナスタシアは彼女を義理の姉と扱わない。

だからウルリーカと直接の面識はなかったが、結婚式を遠視魔法で覗《のぞ》き見たから、ヘーゼル色の髪をした優しげな顔立ちの美女だとは知っている。

魔力はなくてもなかなかの才女であり、求婚される前は貴族社会で蔑《さげす》まれるよりも自活しようと家を出て家庭教師の職に就いたりと、優しく控えめな性格ながら行動的な部分を持ち合わせているとも聞いた。

彼女が家庭教師をしていた先が高級食材を扱うハーヴィスト食料品店であり、赤毛猫ヴィントに化けてその店で諜報活動《ちょうほうかつどう》に勤《いそ》しんでいたフレデリクが彼女を見初《みそ》めるきっかけになったそうだ。

その辺りは知っているが、具体的にどこが好きなのかはよく知らない。

フレデリクが彼女へ求婚する際、興味を引かれてどこが好きかを尋ねたのだが、奴《やつ》は『全部です』と、鼻の下を伸ばして答えた。

そのデレデレした浮かれぶりに呆《あき》れて、アナスタシアはそれ以上深く聞かなかった。

それまでフレデリクはどんな美女や才女から声をかけられても、恋をする事などなかったのだ。

今では想像もつかないほど、かつての彼は人生に不貞腐《ふてくさ》れて投げやりになっていた。

表面上はいつも陽気そうに振る舞っていたが、いつ死んだって別にいいし、大切な相手なんか持てばいずれ失って泣くだけだからいらない、というのが彼の持論だった。

だからこそアナスタシアの愛人役も引き受け、妻帯する年になったら、書類上の架空《かくう》の結婚をする気でいた。

そんなやさぐれきっていた彼なのに、ウルリーカを見ていたら人生に怯《おび》えて逃げていた自分が恥ずかしくなったと言い、女王の愛人役を辞して彼女を妻にしたいと願い出た。

ウルリーカには、それほどフレデリクの心を惹《ひ》きつける『何か』があったのだろう。

一方で、渾身《こんしん》の告白をしてもライナーに気持ちを上手く伝える事すらできなかったアナスタシアにはその『何か』が欠けているのかもしれない。

（これは調べてみる価値があるわね……）

アナスタシアはトントンと机を叩きながら考える。

ウルリーカは魔力なしの出来損ない令嬢と虐《しいた》げられても健気《けなげ》に耐え、数少ない味方である双子の妹とも仲が良く、勉強を教えている子どもたちにも好かれる、裏表のない優しい娘だとフレデリクから聞いた。

絶大な魔力を生まれ持ち、表面上は上手く猫をかぶりながら、猛烈に腹黒《はらぐろ》い内面を駆使《くし》し、父王と異母兄二人から王位を奪い取ったアナスタシアとは、まさに対極である。

容姿のタイプだってまるで違う。二人に共通しているのはせいぜい、若い女性というくらいだ。

全てがあまりに違いすぎて、アナスタシアの求める『何か』がわからない。

それに、彼女を直接城に呼んで話をするというのも、得策とは思えなかった。

面識もない女王にいきなり呼び出されても、萎縮《いしゅく》して気軽に私的な会話などできない。

それよりも彼女がフレデリクへ接する自然な姿をこっそり傍《はた》から観察するのが理想だ。

(なんとしても、ウルリーカをよく観察してみなくては)

そう決意し、アナスタシアは机の脇にまだ残っていた書類の中から昨日の会議記録を取り出す。

そろそろ社交シーズンが始まるので、今年の夏に王宮で開催する催《もよお》しについて最終決定したのだ。

幾《いく》つかの大きな会議の他、娯楽として茶会や園遊会、それに例年通り、舞踏会も三度ほど行《おこな》われる予定になっていた。

アナスタシアは指先で項目をなぞっていき、一ヶ月後の催《もよお》しに目を留《と》める。

「仮面舞踏会……二重に役立つなんてね。ちょうど良かったわ」

ニンマリと唇を上げ、小さく独り言を呟《つぶや》いた。

催《もよお》しの内容や日程はここ数年ほぼ同じだが、一つだけかなり違うものがある。

シーズン半ばに行《おこな》われる、国内貴族のみを招待する舞踏会。これが今年は仮面舞踏会となっているのだ。

煌《きら》びやかな仮面で正体と身分を伏せる仮面舞踏会は、以前は国内で頻繁に開かれていた。

表向きは単なる洒落《しゃれ》た趣向とされているが、実のところはその夜かぎりで気に入った相手とあと腐《くさ》れのない関係を持つという、いかがわしい裏の目的がある。

ロクサリスの結婚制度が一夫一妻であったその昔、跡継《あとつ》ぎができずに悩む魔法使いの男女がこっそり参加していたらしい。結婚制度が変わったあとも、そうした目的の仮面舞踏会は消えたものの、伝統文化としてロクサリスの王宮でも時々開かれつづけていた。

だが宮廷闘争の酷《ひど》かった先王の時代に、仮面で顔を隠した暗殺者が入り放題の宴《うたげ》など危険すぎると禁止され、それからもう二十年も開かれていない。

ところが今年になって幾人《いくにん》かの家臣から、急に王宮での仮面舞踏会の再開を推《お》す声が上がった。

アナスタシアが即位して十八年。幼なかった女王も立派に成長し、熱心な改革により国の治安は大幅に改善した。

小規模な平民の反乱もなくなり、他に王座を狙う者もいないのだから王室内の争いも問題なし。だからこそ女王の功績を知らしめ祝う意味でも、伝統的な宴《うたげ》を再開するべき……というのが建前だ。

本当のところは、アナスタシアに相手にされない貴族たちが女王を落とすために企《たくら》んだのだと、フレデリクが調べ上げている。

ギュンターたちは家臣の一部を味方につけ、仮面舞踏会で昔ながらの裏の目的……つまり、気に入った相手と密《ひそ》かに関係を持つというのを狙っているらしい。

当然ながら、相手はアナスタシアだ。

古式に則《のっと》るのなら、仮面舞踏会では王族も身分を隠して会場に紛《まぎ》れるのだが、さすがにそれは警備上の問題からできない。アナスタシアも一応、仮面をつけて参加するが、見物するだけにとどまり、その場所も装《よそお》いも一部の家臣にしか告げられない事になっていた。

ギュンターたちは仲間の家臣の他に数人の使用人を買収して、女王を舞踏会場の休憩室から攫《さら》う算段を企《くわだ》てている。

そして一室に連れ込み、強引に身体を開かせようという考えだった。

呆《あき》れた事に彼らは媚薬《びやく》や催淫《さいいん》魔法まで使うつもりのようだ。

『幾《いく》ら王座で高慢に振る舞っていても、口を封じて身体の自由さえ奪ってしまえば、魔法も使えない。そうなれば、女王も無力な若い女だ。媚薬《びやく》漬けにしてしまえば、あとはこちらのもの』

などと、思い通りにならない女王に対する憤《いきどお》りから、嘲笑《ちょうしょう》していたという。

薬と魔法を使って無理やり手籠《てご》めにしたあとは、王宮の一室にアナスタシアを監禁し女王の愛人として自分たちが政治を牛耳《ぎゅうじ》るつもりらしい。

自身で望んだのか、誰かに強《し》いられていたのか定かではないが、家臣たちに政務を丸投げして、一室でずっと淫蕩《いんとう》に耽《ふけ》っていたロクサリス女王は過去にいた。

だから、アナスタシアが男の味を覚えて、それに溺れたのだと世間も納得するだろうというのが彼らの考えだ。

このとんでもない計画をフレデリクから聞いた時、あまりにバカらしすぎて、アナスタシアは怒るのを通り越し大笑いしてしまった。

あえて気づいていないフリをして彼らを調子に乗せ、どんどん謀反《むほん》の計画を進めさせているのは、大掃除のためだ。

この際、愚者《ぐしゃ》を集めてから、まとめて一気に叩き潰した方がいい。

即位から十八年。確かに、アナスタシアは前王時代に権勢《けんせい》を振るっていた魔術師ギルドと、カビのようにそこへ付着していた者たちを一掃《いっそう》した。

だが、国を部屋にたとえれば、掃除というものは基本的に終わりがない。

生活の場には常に新たな汚れが入り込むものだし、適度に奇麗にしているつもりでも、ふと気づけば家具の裏などに埃《ほこり》やカビが溜《た》まっていたりする。そこで暮らしている以上、完璧に汚れのない部屋を保つのは不可能だ。汚れが目にあまるようになったら、大掃除が必要となる。

思った通り、アナスタシアが気がつかない素振《そぶ》りを続けていたら、最初はそんな計画が上手くいくだろうかと日和見《ひよりみ》をしていた者の中からもギュンターの誘いに乗る者が幾人《いくにん》か出てきた。

計画のバカらしさが程度を証明しているが、企《たくら》みにかかわる貴族や家臣は愚《おろ》かな小悪党ばかりで、アナスタシアが見込んでいる家臣は誰も含まれていないのが幸いだろう。

愚《おろ》かでも小悪党でも、彼らが分《ぶん》を弁《わきま》えてそれなりに職務をこなしつつ、そこそこに小遣い稼ぎをする程度ならば、アナスタシアは登用を続けるつもりだった。

だが、単なる小さな埃《ほこり》にとどまらず、彼らが部屋に毒の胞子を撒《ま》きちらすカビとなるならば、容赦《ようしゃ》なく駆除するまでだ。

魔術師団長やフラフス伯爵などはもちろん企《たくら》みと無縁だった。

彼らは切れ者なだけあり、ギュンターたちの不穏《ふおん》な気配を察知して進言にきたくらいだ。アナスタシアは愚《おろ》か者を一掃《いっそう》する計画を話して協力を求め、仮面舞踏会の開催を承認させた。

仮面舞踏会では、妻か恋人を同伴させた宮廷魔術師たちに仮面をつけさせ、招待客に紛《まぎ》れて女王ではなく会場を警備させる事にしている。謀反者《むほんもの》たちを油断させ、一網打尽《いちもうだじん》にする準備だ。

これがアナスタシアにとって好都合となった。

何しろ、件《くだん》のウルリーカも宮廷魔術師である夫に伴《ともな》われ、仮面舞踏会に参加するだろうから。

貴族社会で蔑《さげす》まれてきた彼女は必要以上には夜会に参加しないというが、女王の命令なので今回は出席する。

それに彼女もフレデリクも仮面をつけているのだから、二人が『牙《きば》の魔術師』と『出来損ない令嬢』と露見する事もない。そう気後《きおく》れせずに済むはずだ。

フレデリクを骨抜きにするウルリーカをこっそり観察するのに、これほど最適な場はないだろう。

アナスタシアは、ニンマリほくそえんだ——が、すぐにその笑みは消えてしまった。

腕組みをし、脳裏に浮かんだ悲しげなライナーの顔にしかめっ面《つら》となる。

ライナーにはずっと、調子をくるわされっぱなしだ。

どうしてここまで悩みまくり、他人の妻をこそこそ観察するような事態に陥《おちい》っているのか。

ずっと言い寄る男にうんざりするばかりで、誰かに恋をするなんて思ってもみなかった。

それでも、ライナーという信じがたい相手に出会えたから、頑張ってみたけれど、全然駄目だ。

さっさと諦《あきら》めてしまえば済むのに、それができないのが腹立たしい。

そもそも自分には、恋愛など向かないのかもしれない。

そんな甘ったれた考えに耽《ふけ》りそうになったのに気づき、アナスタシアはブンブンと頭を振った。

(悩むのも困るのも全部、私が自分で選んだのだからね。貴方《あなた》のためではなくてよ！)

本人には届かないのを承知だが、アナスタシアは思い浮かんだまま離れないライナーへ、フンッと言い切ってやった。

＊＊＊

昼近くになって目を覚ましたライナーは、今日が休日で良かったと、寝惚《ねぼ》けたままぼんやりと考えた。

昨夜……というより帰宅した時には既《すで》に早朝で、心身共に疲弊《ひへい》していた事もあって、思い切り寝坊してしまったのだ。

外はさぞいい天気なのだろう。カーテンの隙間《すきま》から、強くなってきた陽射しが差し込んでいる。爽《さわ》やかな日光を無視して、ライナーはボフッと枕に突っ伏した。

（陛下が誰かをお好きだからといって、私が落ち込むのがそもそもおかしいのだが……）

しかも、片想いに苦しんでいるらしいアナスタシアから縋《すが》られ、それなりにやる事はやっておいて……と、頭の隅《すみ》っこで冷静な自分にツッコまれ、居《い》た堪《たま》れない事この上ない。

何度か頭をかかえてゴロゴロのたうった末、ライナーは起き上がって身支度を整えた。

休日なので、夏用でもかさ張って暑いローブは羽織《はお》らず、身軽な服装で寮を出る。

特にどこかへ行く予定もなかったのだが、一人で家にいる気になれず、せっかくだから久しぶりに昼の街並みでも眺《なが》めてみようかと思った。

魔術師ギルドから王宮までは何本かの道があり、それぞれ住宅街や商店街などになっている。

見習い魔術師だった頃は、休日に友人たちと商店街へ遊びに行ったりした。

帰国したあとは忙しい日が続き、休日にも何かと予定が入っていた。王宮と行き来する時も馬車は他の道を通るので、まだその懐《なつ》かしい場所に行けていない。

（そういえば……ハーヴィスト食料品店も、あそこだったな）

商店街の一角に大きな店を構えていた食材店をライナーは思い出す。

自炊と無縁の見習い魔術師が食材店に用があるはずもなく、彼はいつも店の前を通り過ぎるだけだった。

今でも特に用がないのには変わらないが、数日前に会った赤毛猫《ヴィント》の姿が頭に浮かんだ。

気分が落ち込んでいるせいか、あの不思議な可愛い猫にまた会いたくなる。

もしかしたら店先にいるかもしれないと、ライナーはちょっとだけ軽くなった足取りで商店街に向かった。

八年ぶりの商店街は幾分《いくぶん》か改装され他の店になっていたところもあったが、記憶の中の風景とあまり変わらなかった。

見習い時代によく利用した店で軽食をとったあと、ライナーは商店街をゆっくり眺《なが》めながら歩く。

魚屋、八百屋、肉屋、パン屋といった店では、主婦やメイドと思《おぼ》しき女性たちが買い物をしている。

小さな本屋の隣には陶器を売る店があり、そのさらに隣に、立派な店構えのハーヴィスト食料品店があった。

国内は元より大陸各国の珍味なども取り揃《そろ》えた高級食材店で、品物はどれも一級品。値は高くてもそれに恥じぬ、確かな満足を提供する店として有名だ。

店を訪れるのは、主に富裕《ふゆう》層の台所を預かる使用人たちで、店先では上品なお仕着せのメイドたちが、買い物ついでのお喋《しゃべ》りに夢中になっていた。

一日中主人に仕《つか》えている使用人たちにとって、買い物ついでに他家の使用人とする気楽なお喋《しゃべ》りは、大いなる息抜きだ。

話が盛り上がるうちに「ここだけの話にしてほしいんだけど、実はね……」と、主家の内情までポロポロ漏《も》れる事もあるらしい。

そのため、ハーヴィスト食料品店には各国の諜者《ちょうじゃ》が変装して客に紛《まぎ》れ込んでいるなどと、冗談めかして言われるほどだ。

その噂《うわさ》が本当かどうかはともかく、今のように簡素なシャツとズボン姿でも、魔術師のローブを着ていても、ライナーにはかなり場違いな店ではある。

他の客の邪魔にならないよう、ライナーは少し離れた店の脇でヴィントを遠目に探す事にした。

この店は商店街の中央に位置し、陶器店の反対側には住宅街へ続く道がある。

そちらの道に面した店の裏手には前庭つきの屋敷があった。店と続き通路があるという事は、店主の自宅のようだ。

ライナーは店と屋敷の境に移動しあちこち見回したが、残念ながら目当ての猫は見えない。

(やっぱり、そう都合良くはいないか……)

気紛《きまぐ》れにフラッと来るから、風《ヴィント》なんて名づけられたと繁華街でも聞いたし、いなくても仕方ないだろう。

そう結論づけ、ライナーは早々に切り上げる事にする。

ハーヴィスト食料品店は有名なだけあり、この付近は他の店よりも格段に人が多かった。

店を目印にして、近くで待ち合わせているらしい人もいたから、ライナーがうろうろしていても、奇異な目で見られなかったのは幸いだろう。

本屋にでも寄ってから帰ろうかと思った時、ちょうど辻馬車《つじばしや》がやってきて屋敷の前に止まった。

御者が扉を開け、若い女性が一人で降りてくる。ヘーゼル色の髪と瞳をした優しげな顔立ちの美女だ。控えめだが上品な衣服の襟元《えりもと》に、猫の形をした銀細工のブローチが光っている。

奇麗な人だなとライナーは極《ご》く普通に思っただけで、そのまま歩きだそうとしたが、不意に背後から聞こえた御者の声に思わず足が止まった。

「では、クロイツ夫人。四時にお迎えにあがります」

「お願いします」

水のせせらぎのように涼やかな声で女性が返答するのを、ライナーは固まったまま聞いていた。

（クロイツ夫人？）

反射的にフレデリク・クロイツの顔が浮かぶが、クロイツはかなりありふれた苗字である。

そう思いつつも、ライナーは動けなかった。

そのまま待ち合わせでもしているような素振《そぶ》りで突っ立っていると、屋敷から可愛いワンピースを着た小さな女の子と、その母親らしいふくよかな女性が出てくるのが見えた。

「ウルリーカ先生！　いらっしゃい！　わたしのお茶会に来てくださってありがとうございます」

ペコリと礼をした女の子は、とても痩《や》せて青白い顔をしていた。もしかしたら病弱なのかもしれないが、ウルリーカにかける声は嬉しそうに弾《はず》み、表情も明るい。

「エイダ、牙《きば》の魔術師様に嫁《とつ》がれたのだから、クロイツ夫人とお呼びしなさいと言ったでしょう」

傍《かたわ》らの母親が、苦笑して女の子をたしなめる。

「失礼いたしました、クロイツ夫人。エイダが、いつまでも先生と……」

「どちらでも私は構いませんわ。エイダにはその方が慣れているでしょうし」

ほがらかに答えた女性は、やはり偶然にもフレデリクの妻だったようだ。そして彼女は女の子へ優雅に礼をし、優しげな笑みを向ける。

「エイダ嬢。貴女《あなた》が初めて開くお茶会にお招きいただき、光栄ですわ」

大人びた扱いをされて嬉しかったのだろうか、病弱そうな女の子は母親の後ろに半分隠れ、照れくさそうな笑い声を上げた。

三人は談笑しながら屋敷に入っていく。

扉が閉まると同時にライナーは、知らずに詰めていた息を吐いた。

フレデリクの事は帰国して初めて知ったが、その妻のウルリーカの名はずっと前から知っている。

彼女は魔力を持たない『出来損ない令嬢』として、悪い意味で有名だったから。

魔力は基本的に血筋で引き継がれるものだが、魔力のない平民の夫婦から極《ごく》たまに一等魔術師レベルの魔力を持った子が生まれる事がある。

その逆に、魔法使いの夫婦から魔力を持たない子が生まれる事があった。彼女がそれだ。

ウルリーカは、魔法使いの家には珍しい双子で、しかも生家の男爵家は爵位こそ低くても、酒造で相当の財を成している社交界でも名が知られた家だ。

そうした目立つ要素に囲まれた彼女を、魔力がないなら平民にでも養子に行けば良いのに親の厚意に甘えて夜会を渡り歩き貴族の一員として振る舞う図々《ずうずう》しい女だ、と悪《あ》し様《ざま》に言う人は魔術師ギルドにも多かった。

とはいえ、夜会に行かないライナーは彼女と直接に面識がなく、実際にどんな女性か知らないから、そういう話を聞かされても特になんとも思っていない。

ヴィントは見つけられなかったものの、思いもよらぬ人物を見かけてしまったと、ライナーはしばし呆然《ぼうぜん》としていたが、すぐ我に返った。

頭を一つ振って、さっさとその場を立ち去る。

ほんの僅《わず》か見ただけだが、ウルリーカは美人で感じの良さそうな女性だった。そして、いかにも控えめで物静かそうで、アナスタシアとはまったく真逆のタイプにも見えた。

でも、それがどうしたと言うのだ。

もし、ウルリーカの容姿や性格が悪かったり、あるいはアナスタシアと同じような雰囲気に見えたら、昔から傍《そば》にいた女性の方に目を向けろとフレデリクに言うのか？

それこそ、その場でアナスタシアに瞬殺されても仕方ないほど、余計なお世話だ。

誰もが相思相愛になるなんて有り得ず、想いが叶《かな》わず泣く人はいつだっている。

少なくとも、フレデリクとウルリーカが幸せそうな夫婦になっているのだから、アナスタシアが彼らを本当に祝福しているのは事実のはず。

『フレデリクとは違う』と俯《うつむ》き困り切って告げたアナスタシアの姿が脳裏にチラつき、胸が痛んだ。

昨夜、かろうじて純潔を奪うまではしなかったものの、限りなくそれに近い事はした。

特別な存在に見てもらえない事は承知で、それでも自分の与える快楽に咽《むせ》び泣く彼女に夢中になって、散々に貪《むさぼ》ったのだ。

アナスタシアに利用されているという建前で、紛《まぎ》れもなく自分は彼女につけこんでいる。

なんだか本屋に寄る気も失《う》せてしまい、ライナーは重い胸中と足取りで魔術師ギルドへ帰った。

5　波乱の仮面舞踏会

ライナーが牙《きば》の魔術師の愛妻を見かけてから、特に何事もなく一ヶ月が経《た》った。

もちろん何事もないというのは、個人的にという意味だ。

貴族の社交シーズンに入ったため、王都はとても賑《にぎ》わっていた。

シーズン中、見習い魔術師たちは夏季休暇となる。王都の別邸で家族と過ごしたり、そこまで裕福でない家の者なら、故郷に帰ってのんびり過ごしたりする。

一口に貴族と言ってもかなりの落差があり、夏の王都で社交に勤《いそ》しむのは、せいぜい中流から上流クラスの家庭だ。よって、エルヴァスティ家も没落してからは社交シーズンとは無縁。ライナーも見習い時代は、田舎の領地に帰っていた。

だが見習いではなく、魔術師ギルドの研究室に勤める身となった今は、そうもいかない。

ギルド主催の夜会の手伝いや、研究室を見学に来る地方領主の接待と、目が回るほど忙しい。

一介の魔術師にすぎないライナーでさえこうなのだ。国の頂点たるアナスタシア女王はさらに忙しくしている事だろう。

宮廷では多くの会議や宴《うたげ》が開催され、女王はその全ての主催者となるのだから。

多忙なシーズンの前から、準備などで自由な時間がとれなくなっていたのかもしれないが、『ライナーを偽の愛人と公言しない』と宣言したあの夜以来、王宮には一度も呼ばれていない。

毎晩の伝令魔法のやりとりもやめるべきかと思ったのだが、アナスタシアの凄《すさ》まじく怒った声が『貴方《あなた》が必要だと言っているでしょう！　あのニヤケ面《づら》の髭男《ひげおとこ》がまた何かしてくるかもしれないのだから、伝令は続けなさい！』と、金色の蝶に乗せられて飛んできた。

なので、短い近況報告は未《いま》だに続けており、それを密《ひそ》かに喜んでいる自分は単純だなぁと、ライナーは自嘲《じちょう》する。結局、どんな形であれアナスタシアに必要とされて、接点を持てているのならば嬉しくなってしまうのだ。

そんなある日の昼過ぎ。

ライナーは魔法薬の小瓶をいっぱい詰めた籠《かご》を持ち、ギルドの救護室へ向かった。

小瓶の魔法薬は、体内から過度なアルコールを消し去るものだ。つまり、二日酔いの薬である。

この時期は夜会に参加して二日酔いになったギルドの職員が連日、救護室に押しかけるのだった。

ギルドのホールで夜会が開かれる時は、飲みすぎた酔っ払いがそのまま担《かつ》ぎ込まれる。

ライナーは今年になって初めてシーズン中のギルド勤めを経験したが、救護室で泥酔《でいすい》患者と二日酔い患者を毎年相手にしているセティエがシーズン前から憂鬱《ゆううつ》な顔をしていた気持ちがよくわかった。

「セティエ。今日の補給分を持ってきました」

ライナーは扉を叩き、消毒液のにおいが染みついた救護室に入る。

クリーム色と淡いミントグリーンで統一された救護室は、見習いの頃から変わらない。違うのは、救護室にいるのが真っ白い髪をお団子にした老女史ではなく、セティエだという事くらいだ。

彼女やダリウスも実家が領地を持たない小貴族なので、社交シーズンの賑《にぎ》わいとは無縁らしい。

「ありがとう、助かるわ。本当は、皆が飲酒を控えてくれるのが一番嬉しいのだけれど」

「そうですね」

ライナーがセティエと顔を見合わせて苦笑した時、廊下から多数のざわめき声がし、重い石柱でも打ちつけるような音と振動が近づいてきた。

「セティエ！　大急ぎで石化解呪を頼む！」

ダリウスの大声が聞こえ、同時に、勢いよく救護室の扉が開く。

「ダリウス！」

殆《ほとん》ど悲鳴のような声を上げて、セティエが椅子《いす》を撥《は》ね上げて立ち上がった。

ダリウスの右足と右腕の指先から肘《ひじ》までがすっかり灰色の石と化していたのだ。

「どうしてこんな……いえっ、理由なんてあと！　すぐに治すわ！」

セティエが薬品棚に飛びついて石化用の軟膏《なんこう》を取り出している間に、ダリウスは重そうな足を引き摺《ず》って救護室に入った。あの音と振動は、この石化した足音だったようだ。

「来期の入学希望者だって見学に来た侯爵家の悪ガキが、カドブレバスの飼育小屋に忍び込みやがったんだよ。本人は髪の毛数本で済んだが、こっちはこのザマだ」

腹立たしそうに言ったダリウスは部屋の奥にいたライナーに気づくと、さらに顔をしかめて視線を逸《そ》らした。

彼はあの一件以来絡《から》んでくる事はなかったが、こうして露骨《ろこつ》に避けられている。

席を外した方が良さそうだと思い、ライナーは石化した足に軟膏《なんこう》を塗りつけているセティエの横をそっと通り、救護室を出た。

カドブレバスは雄牛のような姿をした魔獣だ。視線から放つ光線には石化の効果があり、解呪魔法の練習のために、魔術師ギルドで一頭を飼育している。

非常に危険なので、石化解呪の授業は一定以上の魔力を持つ生徒しか受けられない。複数の教官の付き添《そ》いのもとで行《おこな》うほどの慎重な扱いが必要だ。

ダリウスに助けられなかったら、悪戯《いたずら》な子どもは、全身石化で即死していただろう。

セティエの卓越した治癒《ちゆ》魔法なら半端に石化した部分はすぐに治せるが、心臓まで石になった死人を生き返らせる事はできない。

セティエの唱《とな》える呪文が聞こえ、金の粒子が交じった白い光が扉の隙間《すきま》から僅《わず》かに漏《も》れてくる。

「……さすがだな。助かった」

扉越しに、ぶっきらぼうなダリウスの声が微《かす》かにした。下手な魔法使いなら石化を治すのに一週間はかかるが、セティエは相変わらず一瞬で治せたようだ。

ライナーはホッとし、ダリウスとまた顔を合わせないうちに急いで立ち去る。

どのみち今日の仕事は魔法薬を届けて終わりだった。そして、その後は急いで支度を整えて出かけなくてはならない。

(……仮面舞踏会か)

これから出かける先を思い浮かべ、ライナーは少々複雑な気分になる。

今年、王宮にて二十年ぶりに開催される仮面舞踏会は、魔術師ギルドでもかなり話題になっていた。

ギルドに勤める魔術師は全員が招待されるそうだから、ライナーにも招待状が届けられたのは不思議ではない。

ただ、招待状とは別に、送り主の名を伏せた小包が届き、開けてみるとアナスタシアからだった。

ライナーは部屋に戻り、衣装棚の奥から小包を取り出す。

中身は、顔の上半分を覆《おお》う仮面が一つ。黒く塗られた仮面は目の部分が形良くくりぬかれ、銀色の塗料で描かれた小さな星と細い螺旋《らせん》模様で飾られている。

同封されていた手紙を開くと、貼りつけられていた金色の蝶がヒラヒラと飛び立った。

『必ずこれをつけて仮面舞踏会に参加し、会場に入って左三本目の柱の側《そば》で踊りの相手を待つように。あとは当日まで一切の質問を禁じます』

アナスタシアの声で伝令を告げた蝶はいつものようには消えず、また手紙に戻って貼りつく。

伝令魔法を一度きりで消さず、残して置きたい時には、こうした方法も取れる。ただし、最初に封じられた言葉を繰り返すだけなので、何度聞いたって内容は同じだ。

(待てと言われても……誰が来るのだろう?)

仮面舞踏会では、王族から下級貴族まで一切素性《すじょう》を隠すそうだ。古式に則《のっと》るならば、女王も素《す》性《じょう》を隠し、客の一人に紛《まぎ》れ込む事になる。

だが、アナスタシアは宮廷魔術師たちにでも付き添《そ》われ、こっそり会場を見て回るくらいだろう。警備の面から言って、気軽に踊りの相手を探したりはしないとわかっていた。

一人で密《ひそ》かに呼び出した相手に会うはずはないから、ライナーが会場で会うのは他の人だ。踊りの相手というなら、普通に考えて女性になる。

アナスタシアにも何か考えがあるのかもしれないし、その『誰か』には悪いと思うものの、こればかりはとても喜べそうになかった。

他の女性をアナスタシアからあてがわれるくらいなら、会場の壁際で突っ立っているか、いっそ王宮に行かずに二日酔いの魔法薬でもつくっていた方が断然マシだ。

（しかし、必ずと言われているし……）

仮面と手紙を交互に眺《なが》め、ライナーは深いため息をつく。しばらく悩んだ末、衣装棚から夜会服を引っ張り出して着替えはじめた。

誰となんのために引き合わされるかは知らないが、相手の用が済んだら、失礼にならない程度にさっさと帰ろうと決意して。


今夜はよく晴れていた。王宮に無数の魔法灯火が輝《かがや》いているので、星の大部分がそちらへ落ちてしまったように城は明るい。

アナスタシアから贈られた仮面をつけたライナーは、城の入口付近で招待状を見せて大広間に入る。

舞踏会はこの広間で行《おこな》われ、隣接している小さな二つの部屋がそれぞれ、女性用と男性用の休憩室となるそうだ。そちらでは、軽食や飲み物などが提供される。

大広間に入った瞬間、ライナーは心の中で呟《つぶや》いた。

（うわ、凄《すご》い）

仮面舞踏会では仮面も衣装もかなり奇抜で派手なものが好まれると聞いたが……これほどとは思わなかった。

仮面と一口に言っても、顔の半分を覆《おお》う形のものから全体をスッポリ覆《おお》ってしまうもの、斜めに覆《おお》う変形など様々だ。蝶、花、鳥、太陽、月、星など、あらゆるモチーフを模《かたど》った仮面がある。

女性たちは各々《おのおの》、仮面に合わせて趣向を凝《こ》らした華やかなドレスを着ていた。

普段なら王宮の舞踏会では胸元の大きく開いたドレスが盛装となるが、今日は首元まで薄布で覆《おお》い、派手な帽子を被《かぶ》って髪をすっかり隠している女性が多い。仮面舞踏会ならではだろう。

男性は殆《ほとん》どが夜会服に羽根飾りなどをつける程度だが、中にはもう仮装としか言いようがない帽子や虹色のマントなどをつけている者もいる。

王宮で仮面舞踏会が開かれると知り、ギルドの年長魔術師たちは古き慣習が蘇《よみがえ》って喜ばしいと非常に張り切っていた。セティエなどは上機嫌の女上司から物凄《ものすご》い仮面とドレスを譲られてしまったと、頭をかかえていたほどだ。

ライナーは普通の夜会服だし、寄越された仮面もそう派手な方ではない。知り合いがよく見れば、彼だとわかってしまうかもしれない程度だ。

しかし、非常に派手な装《よそお》いのご婦人方が目立つものの、よくよく見れば普通の夜会ドレスに極控《ごくひか》えめな仮面をつけただけの人もいる。

人それぞれかと密《ひそ》かに安堵《あんど》し、ライナーは指定された入口近くの柱へ向かった。

＊＊＊

——その頃。

アナスタシアは数人の侍女に手伝わせ、私室で着替えを終えた。

仮面舞踏会用に仕立てた紫と黒のドレスは、あまり人目を引かないように、地味すぎも派手すぎもしない、そこそこの豪奢《ごうしゃ》さだ。

金色の薄いヴェールで顎《あご》の付け根から首元までをグルグルと巻いて隠し、羽根飾りの帽子を被《かぶ》る。

黒い手袋をつけ、王の証である指輪も外した。

アナスタシアは最後に金模様の施《ほどこ》された白い仮面を鏡台から取り上げて、自分の手で顔につけた。

仮面は顔全体を覆《おお》い隠す形で、これで女王の身体はどこもかしこもすっかり隠れた事になる。

姿見で己《おのれ》の姿を確認したアナスタシアは満足気に頷《うなず》き、振り返って侍女たちに労《ねぎら》いの言葉をかけた。

「ご苦労様。とても良い仕上がりだわ」

アナスタシアが部屋を出ると、扉のすぐ外に壮年の魔術師団長が控えていた。

団長は片手にシンプルな装飾の仮面を持っており、今夜は屈強な体躯《たいく》に夜会服を着ている。

残りの宮廷魔術師も全員、仮面と夜会服を身につけて、既《すで》に舞踏会場の客に紛《まぎ》れているはずだ。

魔術師団長に付き添《そ》われて廊下を歩き出す女王を侍女たちが頭を下げて送り出す。

家臣たちに告げられている表向きの予定では、アナスタシアは会場の一角で魔術師団長夫妻と共に舞踏会を見物する事になっている。踊ったりはせず、休憩も客とは別室を用意していた。

だが、アナスタシアはその通りにする気なんか、これっぽっちもない。

二人は廊下を曲がるとすぐ、辺りを見渡して誰もいないのを確認する。団長が頷《うなず》いたので、アナスタシアは壁の一部に手をついて素早く呪文を唱《とな》えた。

魔法国の王城なだけあり、この城には各所に魔法使いだけが開ける場所がある。

ここもその一部だ。呪文を唱《とな》え終わると、壁に扉が現れた。

アナスタシアと団長は扉を開いて素早く飛び込む。扉を閉めると、内側からはそのまま扉に見えるが、外はただの壁に戻ったはずだ。

扉の中は、そこそこ広い部屋となっている。

小さな通気穴だけで窓一つないが、魔法灯火が明るく室内を照らし、上品なドレスを着た壮年の貴婦人が大きな衝立《ついた》ての側《そば》で待っていた。

彼女はアナスタシアが大きな信頼を寄せる数少ない者の一人であり、魔術師団長の妻でもあるカトラ女子爵だ。

「せっかくの仮面舞踏会なのに、世話をかけるわね」

仮面を取ったアナスタシアに、カトラは満面の笑みで返した。

「とんでもございません。女をバカにする輩《やから》を一掃《いっそう》するなど、考えただけで爽快《そうかい》ですわ。徹底的に叩き潰してやりましょう。それにわたくし、愛する夫とは素顔を見ながら踊る方が好きですのよ」

なかなかに過激な事を笑顔で言い切ったカトラに、彼女の夫の魔術師団長は少々脅えるような照れたような複雑な顔になり、アナスタシアは笑い声を上げた。

カトラのこういう正直なところが昔から好きだ。

「陛下、こちらへ」

団長はその場に残り、カトラが衝立《ついた》ての向こうへとアナスタシアを促《うなが》す。

木製の衝立《ついた》ての向こうには木の椅子《いす》が二つ置かれ、一つにはダークレッドのドレスがかけられていた。共布でつくられた薔薇《ばら》が華やかに飾りつけられ、胸元も大きく開いた典型的な夜会ドレスだ。

そしてもう一つには、アナスタシアそっくりの姿をした等身大の人形が座り、くたりと背もたれによりかかっている。

人形の着ているドレスはアナスタシアが今着ているものとまったく同じで、青ざめた頬《ほお》には生気が感じられないものの、閉じた瞼《まぶた》についている金色の睫毛《まつげ》までそっくりだ。

まるで、女王の死体がそこに座り込んでいるようにも見える。

これは、魔力を与えれば一定時間は擬似生命体となるゴーレム人形だ。

これほど人間らしく見えて、しかも特定の人物にそっくりのゴーレム人形をつくれる者はそうそういない。

カトラの家は代々『人形師』と称号を受けるゴーレム制作の名家であり、彼女は現当主の名に恥じぬ腕前を持っていた。

鳥や小動物など極《ごく》小さく一定の動きしかできないゴーレムならばつくれる者は多いしかなり長持ちするので、家の飾りや玄関の呼び鈴がわりにしている魔法使いの家庭もある。

これは人の形で、しかも人間そっくりに飲み食いまでできるものだから、動かせばせいぜい数時間で魔法が解《と》け崩れてしまう。だがそれだけあれば十分だ。

「いかがでしょうか？」

「ありがとう。最高よ」

自分そっくりな人形の顔をしげしげと眺《なが》め、アナスタシアは感心して頷《うなず》く。

無理を承知で急ごしらえさせたというのに、さすが稀代《きたい》の人形師。納得の出来栄《できば》えだ。

ゴーレムに着せているドレスと靴、帽子もカトラにこっそり図案を渡して今アナスタシアが着ているものと同じにつくらせていた。

アナスタシアは、人形の着ているドレスのボタンを一つ外して襟元《えりもと》を開く。それからカトラが差し出した小さなナイフを受け取り、自分の人さし指の先端を少しだけ切った。

鋭い微《かす》かな痛みのあと、じわじわと滲《にじ》んできた血で、まだ生気のないゴーレムの首筋に一時の命を吹き込む魔法文字を描く。

赤い魔法の文字は鈍《にぶ》い光を放ち、黒褐色《こっかっしょく》に変化して焼印のように人形へ染み込んだ。その文字を中心に、青ざめていた肌が血の気の通う生き生きとした色へと変わっていく。

アナスタシアがボタンを元通りに留《と》めると、ちょうどゴーレム人形がゆっくりと目を開いた。深い緑色の瞳は、アナスタシアとそっくりな色だけれど、放心しているように虚《うつ》ろだ。幾《いく》ら人間そっくりにさせても、こればかりはゴーレム人形の限界だが、仮面をつけてしまえば大して目立ちはしない。

アナスタシアは手に持っていた仮面を自分そっくりなゴーレム人形の顔にかけた。

「この女性の言う通りに行動なさい。返事は『ええ』というのよ」

アナスタシアは治癒《ちゆ》魔法で手の小さな傷を治すと、カトラを示しながら、複雑な命令を聞けないゴーレムが理解できる程度に命じる。

「エエ」

アナスタシアそっくりの声で言ったゴーレムをそのまま座らせておき、次の支度に取りかかった。

「さ、陛下。お着替えを急ぎましょう」

精巧《せいこう》な人形をつくるカトラは、さすが手先が器用《きよう》だ。

瞬《また》く間にアナスタシアの髪からピンや帽子をとり除いてドレスも脱がせ、もう一つの椅子《いす》にかけてあったドレスに着替えさせる。手袋も肘《ひじ》まである白いレースのものに変えた。化粧を直し、散らばった長い金髪を編み込む手際の良さは、私室にいた侍女たちの誰一人として敵《かな》わないだろう。

もっとも、アナスタシアは普段であれば、ここまで早業《はやわざ》での身支度など求めず、侍女たちを手際が悪いと叱りつけた事もない。

飛び抜けて有能でなくとも、給金分を真面目《まじめ》に仕《つか》えるならば良いと思っている。

ただ、侍女の一人がギュンターに金で釣られているのまで見過ごすほど、お人よしではない。

フレデリクが、猫の姿でちゃんと調べてきたのだ。

とある侍女が家臣の一部と専属侍女にしか教えられない女王の予定をギュンターに教えていた。

さらに、ギュンターから渡された遅効性で無味無臭の睡眠薬をアナスタシアのつける仮面に塗りつけていたのも知っている。舞踏会が始まってしばらく経《た》ち、女王が眠気を覚えて休憩室に入ったら、急用と嘘をついて団長夫妻を女王から引き離す約束までしていた。

もちろん、アナスタシアはその侍女に気づかれないよう仮面に浄化魔法をかけて薬を消したうえ、自分の護衛役を兼ねている宮廷魔術師団の全員に、今夜の手はずを全て告げている。

事が済んで全員が捕《つか》まれば、件《くだん》の侍女にも相応の処置がくだされるが、それはもう少しあとだ。

アナスタシアは口角を上げ、ドレスの陰に置かれていた新しい仮面をつける。

顔の上半分を覆《おお》う、白地に赤と金で模様を描いた、猫の形をした面だ。

「よくお似合いですわ」

少し下がって全体を眺《なが》めたカトラが満足そうに頷《うなず》き、大人《おとな》しく座っていたゴーレムの手を取って椅子《いす》から立たせた。

そして、透視魔法で廊下に誰もいないのを確認して隠し部屋から出る。アナスタシアは一人で、魔術師団長とカトラは女王に扮《ふん》したゴーレムと、それぞれ目的の場所へ向かった。

（……あ、忘れるところだったわ）

途中でアナスタシアは足を止め、カトラがドレスの隠しに入れておいてくれた小さなキャンディーを取り出して口に放り込んだ。

口に入れた瞬間、凄《すさ》まじく生臭くて苦い味が広がったので、急いで噛《か》み砕《くだ》いて呑み込む。

「うえっ……」

あまりの不味《まず》さに出た呻《うめ》き声は、いつもよりかなり低かった。

このキャンディーは、ライナーからの伝令魔法の雑談で聞いた、フロッケンベルクの錬金術師ギルドで試作されたという子ども向けの玩具菓子だ。

声色《こわいろ》を普段と変える魔法はあるが、それを使うと一週間近く声が戻らなくなってしまう。

これは、その魔法効果を薄め、小一時間ほど声が変えられる程度にしたものだった。

だが、どうしても味が良くならず、見本を配布しても壮絶に不評で企画倒れになったという。

面白そうだから何かに使えるかもと、錬金術師ギルドにいるツテを使い、サンプルの残りを特別に取りよせておいたのは正解だったが……

(これは売れないわよ！　酷《ひど》すぎる味！)

まだ口の中に残っている味に、アナスタシアは仮面の下で顔をしかめた。

＊＊＊

舞踏会の開始は、主催者の挨拶《あいさつ》から始まるのが普通だ。

ただ、主催も変装して正体を隠す仮面舞踏会ではその辺りも工夫されているのだと、ライナーは今夜初めて知った。

開始時間になると、数人の従者が広間のバルコニー席に現れ、上質な大判の紙を広げる。

伝令魔法が仕込まれていた紙から金色の蝶が飛び立ち、仮面舞踏会を心行くまで楽しむようにと、堂々とした女王の声が客たちに告げた。

所々に立っている警備兵はさすがに素顔だったが、今夜は楽団員まで仮面をつけている。

優雅な曲と共に仮面をつけた人々が踊るのを、ライナーは指定された場所でじっと見ていた。

一曲目が終わる頃になっても特に誰も来なかったので彼はホッとした。

(しかしまさか、陛下の指定された人どころか、ダリウスと会うなんて……)

思わぬ出来事だが、ついさっきダリウスと会ったのだ。

彼もライナーと同じく普通の夜会服に青い簡素な仮面をつけていただけなので、声を聞けばすぐわかった。もうすっかり手足が治っている彼とたまたまぶつかってしまい、謝った声で互いに誰か気づいたのだ。その時は、酷《ひど》く気まずい空気が流れた。

ダリウスはそのまますぐ去ってしまったし、女王の使いとなる人も来ない。

いっそこのまま、誰も来てほしくないと思っていた時だ。

「──待たせたわね」

洒落《しゃれ》た猫の仮面で顔の上半分を隠した女性が近寄ってきた。

「え……?」

女の低い声に聞き覚えはないが、奇麗にまとめられた金色の巻き毛と紅を塗った少し薄めの唇を見て、ライナーはまさかと目を見開く。

「つれないわね。初めて二人きりになった日に、こんな事までした仲なのに」

いきなり、頬《ほお》を摘《つま》んでぐにぐにに引っ張られる。

「やっぱり、陛……っ!?」

思わず声を上げかけたら、手袋の指先を唇に押し当てられた。

「もう少し嬉しそうな顔をしたら？　それとも、私が踊りの相手では不満かしら？」

「っ……」

ライナーはうろたえ一度口を閉じたものの、やっぱり納得がいかなかったので、急いでアナスタシアを柱に押しつけると、覆《おお》いかぶさるように自分の腕と身体で隠し、耳元にひそひそと囁《ささや》いた。

「お相手が貴女《あなた》で不満な訳はありませんが、無用心にお一人でここにいらっしゃったのは非常に不満です。警備担当者のところまで、すぐにお連れしても構いませんか？」

「貴方《あなた》はきっと、そうお説教すると思ったわ」

アナスタシアが小声で返し、拗《す》ねたように唇を尖《とが》らせた。

「それは私の機嫌よりも、私の身を案じてくれるからでしょうね」

ちょうど楽団が曲の最後を大きな音で締めくくったので、アナスタシアの言葉をライナーは聞き取れなかった。

「申し訳ありません。今、なんとおっしゃったのか聞こえなくて……」

「ああっ、もういいわよ」

猫の仮面の下に覗《のぞ》く頬《ほお》を赤く染め、アナスタシアがヒラヒラと手を振る。そして小柄な彼女は背伸びをして、ライナーの耳元へ小声で囁《ささや》き返した。

「詳しくはあとで教えるけれど、とにかく私はここで他人のフリして踊っている方が安全なの。宮廷魔術師団長の許可つきだから、貴方《あなた》も大人《おとな》しく協力なさい」

そう言い切られてしまうと、ライナーとしては頷《うなず》くしかない。

アナスタシアに促《うなが》され、ちょうど始まった二曲目の踊りに加わる。

ライナーは夜会で女性と踊るのに慣れておらず、なんとか困らない程度に踊れるくらいだ。

いつもよりかさばる衣装を着ている客たちへの配慮なのか、幸いにも奏でられているのは一曲目に引きつづいて緩やかな踊りやすい音楽だった。

広間の中では、仮面をつけた大勢の魔法使いたちが、楽しげにゆったりと踊っている。

本来、仮面舞踏会は一切の正体を隠して一人で赴《おもむ》き、相手の素性《すじょう》も知らぬまま、その場で相性の良さそうな踊り相手を選ぶものだったそうだ。

だが、そうしたやり方は今の時代にはそぐわないうえ、仮面舞踏会の初経験者も多数となるという事で、信頼のおける相手と一緒に来てもマナー違反とはしないと招待状には記されていた。

魔術師ギルドの同僚たちも殆《ほとん》どが決まったパートナーと行くか、相手がいなければ覗《のぞ》くだけにしておくと言っていたので、踊っている人はちゃんと互いを知っている間柄なのかもしれない。

それでも、周りの人々の正体までは容易にわからないはずだ。

まさか女王が踊りの中に交ざっているなんて、思いもよらないだろう。

アナスタシアはここにいた方が安全だと言うし、自分が想いを寄せている女性と踊れるなんて、本来ならば喜んでしかるべきだ。

ライナーもそれは十分に承知しており、実際にかなり喜んでしまっているのは確かである。片手を握り合わせ、アナスタシアの腰に手を回して踊っていると、ドキドキと胸が高鳴る——が、ライナーと楽しげに踊りつつも、アナスタシアが近くで踊っている一組の男女をやたら気にしているようなのは、どうも気のせいではない。

その二人は、ヘーゼル色の髪をした女性と黒に近い焦《こ》げ茶色の髪をした男性だった。

二人共、顔の上半分だけを覆《おお》う仮面をしている。仲の良さを示すように、仮面は色違いで対のデザインになっていた。女性の方は淡いピンク地に銀の模様で、男性は深緑の地に金模様だ。

仮面の下に見える口元の様子で、多分それなりに若いとだけはわかる。

周囲の身のこなしなどを見てだんだんわかってきたのだが、大仰《おおぎょう》なドレスや仮面をつけているのは、仮面舞踏会を昔に楽しんだ年配者が殆《ほとん》どのようだ。

二人は若い世代らしく、男性は普通の夜会服の胸元に深緑と金の小さな羽根飾りだけをつけ、女性の方も仮面と色を合わせた特に奇抜ではない、胸元の開いた一般的な夜会用の美しいドレス姿だ。

それはともかく、アナスタシアにつられてライナーも彼らに目が行ってしまう。

彼らは見ている方が少々照れるくらいイチャイチャしまくっていた。

正確に言えば、そんなにくっついたら踊りづらいだろうと思うほど男性が相手を抱き寄せ、女性の方はやや困惑気味のように見える。

おかげで男性の顔はわからなくても、彼が自分の相手に夢中で仕方ないというのはよくわかった。

（それにしても、あの女の人の髪……）

女性のすっきりした細面《ほそおもて》の顎《あご》や、少し明るい艶《つや》やかなヘーゼル色の髪は、どうもウルリーカを思い起こさせる。

けれど、ライナーはすぐにそのバカな考えを打ち消した。

ヘーゼル色の髪をした細面《ほそおもて》の若い女性なんて、それこそ大勢いる。おまけに彼女を溺愛しているのは、珍しいほど鮮やかな緋色《ひいろ》の髪をした牙《きば》の魔術師だ。

そんな考え事をしているうちに、二曲目が終わった。

アナスタシアがライナーから手を離し、ひそひそと囁《ささや》きかける。

「そろそろ行かなくてはならないの。貴方《あなた》と踊れてとても楽しかったわ」

「……こちらこそ」

アナスタシアは本当に楽しかったのかなと少々モヤモヤしつつライナーは返礼して、踵《きびす》を返した彼女を見送る。

すぐに王宮の奥に戻るのかと思ったアナスタシアは、例の男女に話しかけると、ヘーゼルの髪をした女性を伴《ともな》って女性用の休憩室へ向かっていった。

残った男性の方はあからさまに名残惜《なごりお》しそうにパートナーを見送ったあと、ツカツカとライナーの方へ来た。

「久しぶり、留学達成者くん」

小声で囁《ささや》かれた男性の声にライナーは軽く目を見開く。

「え……フレデリクさん、ですか？」

周囲に聞こえないよう声を抑えて尋ねると、彼は肯定するようにニヤリと笑い、自分の前髪を少し摘《つま》んだ。

「染め粉って面倒だけど、なかなか便利なんだ。カツラより自然に見えるだろ？」

フレデリクは「じゃ」と、あっさり去ろうとしたので、ライナーはとっさに彼を追いかけた。

フレデリクは男性用の休憩室へ向かう扉ではなく、別の扉を抜けて大広間を出る。

扉の向こうは広めの廊下になっており、兵も立っていない。大広間の賑《にぎ》わいが嘘のように、ガランと静まり返っていた。

「フレデリクさん！」

ライナーが扉を閉めて声をかけると、フレデリクが仮面を外して振り返った。

今の彼は襟元《えりもと》にタイと緑のピンをつけ、染め粉で髪の色も違う。

緋色《ひいろ》の髪をした彼の姿はかなり有名だから、これなら顔を半分隠しているだけで、誰も彼だと気がつかなかっただろう。

ライナーも自分の仮面を外して、手に持った。

「貴方《あなた》に少々、お伺《うかが》いしたい事があります」

「何か用かな？　できれば手短に済ませてくれると助かるんだけど」

首をかしげられ、ライナーは一瞬言葉に詰まった。

こんな事、自分が口を出すのは間違っているとわかっているのに……

「フレデリクさんは先ほど奥様と踊っていらしたのですよね？　陛下が傍《そば》にいるのをご承知で……」

知らずに低くなった声で尋ねると、フレデリクは少し不思議そうな顔をしつつも、すぐに頷《うなず》いた。

「うん。今日は宮廷魔術師も全員、舞踏会場で警備をする事になっているからね。奥さんたちには、あれが陛下ってのは内緒にするよう命令されてるけど」

困ったもんだと言うように、フレデリクは軽く肩を竦《すく》めた。

「陛下はたまに非公式で、宮廷魔術師の妻たちと話してみたがるんだけど、ルゥ……俺の奥さんを呼ぶのはやめてもらってたんだ。聞いているかは知らないけど、ルゥは魔力が少なくて、親の見栄で無理やり出されてた貴族の催《もよお》しでは、嫌な目に遭《あ》いつづけてたからさ。陛下の個人的な茶会にいきなり呼ばれるとか、キツイと思うんだ」

「……そうですか」

ライナーは小さく頷《うなず》いた。

彼女と面識のない自分でも『出来損ない令嬢』と揶揄《やゆ》される表現を耳にしているくらいだ。

先日、実際に見かけたウルリーカは控えめな装《よそお》いで、小さな女の子の茶会に喜んで招待されていた。噂《うわさ》されているように派手好きで傲慢《ごうまん》な女性には見えない。きっと、魔力はなくても良いところを持つ女性なのだろう。その魅力に、フレデリクは夢中になって溺愛しているのかもしれない。

（それは別に、いい事だと思うけれど……）

ざわつくライナーの胸中など気がつかないように、フレデリクは平然と話しつづける。

「だから陛下に、この舞踏会で正体を隠してルゥと少しだけ話をさせろって言われてさ。まあ、陛下の好き嫌いの判断基準は魔力じゃないから、ルゥなら大丈夫だと思うし。これを断って茶会に呼ばれるよりましだから……」

「そんな事は、どうでも良いんです！」

自分でも驚くほど険《けわ》しい声で、ライナーはフレデリクの言葉を遮《さえぎ》っていた。

「奥様を愛していらっしゃるのはよくわかりますし、それ自体は何も悪くないと思います。ですが、陛下の前であれは、少し無神経ではありませんか⁉」

アナスタシアがやたらと気にしていたのは、やはり相手がフレデリクだったからだ。

本当は、代用品にもなれないライナーでなく、フレデリクと踊りたかったのだろう。傍《そば》で見ているだけでも十分だと思ったのかもしれない。

（それを、この男は陛下が見ているのを承知で、自分の愛妻とイチャイチャイチャイチャ……っ！）

考えるほど、むかむかと腹が立ってきて仕方がない。

だいたいフレデリクは、アナスタシアが他の男をあれだけ遠ざけているのを知っているくせに！

ずっと傍《そば》にいて、女王の牙《きば》とまで言われて……彼女にとって自分があからさまに特別な存在なのを気づかないのか⁉

とんだおせっかいだと必死に止める冷静な自分もいるのに、上手く感情がついていかずに持てます。

身勝手な父に振り回される母を見て育ったせいか、どんなに嫌な思いをしても、いつもどこか諦《あきら》め気分で穏便《おんびん》に事を収めるのを第一に生きてきた。

こんなに腹を立てて誰かを怒鳴《どな》った事なんて、生まれて初めてかもしれない。

フレデリクはあっけに取られたようにポカンとライナーを見つめていたが、ややあって非常に困惑した顔になり、言いづらそうに口を開いた。

「……俺は、どうして君に怒られているのか、さっぱりわからないんだけど」

「私が口を出す事でないのは承知のうえですが、それでも……」

言いかけた時、ライナーの背後で勢いよく扉が開いた。

ライナーが振り向くと、夜会服を着た黒髪の若い男が扉を閉めると同時に、自分の顔から青い仮面をむしりとった。

「ライナー、お前って奴《やつ》は!?」

低い唸《うな》り声と共にこちらを睨《にら》みつけるダリウスに、ライナーはフレデリクへの憤《いきどお》りも一瞬忘れて目を見開く。

「ダリウス?」

原因は知らないが、とにかく彼が今、凄《すさ》まじく怒っているのは確かだ。

彼の全身から立ち上る怒りの気配が目に見える気がする。

彼はチラリとフレデリクに目を向けたものの、すぐにまたライナーを睨《にら》みつけ、いきなり二の腕を掴《つか》んだ。

「話があるから、ちょっと来い」

そのまま、ぐいぐいとフレデリクと反対の方へ引っ張られる。

「ダリウス！　すみませんが、あとに……」

「こっちも急用だ！」

ライナーは踏ん張ろうとしたが、昔からバカ力で有名なダリウスに全力で引っ張られるので、磨かれた廊下をズリズリと足が滑っていく。

しかもフレデリクときたら、これ幸いとばかりにニヤッと笑う。

「悪いけど、俺も急いでるから！　そちらさんの用件を先に済ませてくれ！」

などと明るく言い放ち、スタコラと通路を曲がって逃げてしまった。

「ちょっ！　フレデリクさん！」

慌《あわ》てて追いかけようとしたが、ダリウスに袖を引きちぎられんばかりにして引っ張られる。本当に、ブチブチと糸の千切れる音までした。

「逃がすか！」

とても振りほどけそうもなく、おまけに今さら頭が冷えてきて、ライナーはため息をついた。

たとえフレデリクに追いつけたところで、これ以上何を言うつもりだ。他人の恋路《こいじ》に首を突っ込んで掻《か》き回すなんて、今のやりとりでも十分すぎるほど余計なお世話だった。

がっくりと力が抜けてしまい、そのまま引っ張られながら、ライナーはダリウスに尋ねた。

「どこに連れていく気です？」

「話を他の奴《やつ》に聞かれないところなら、どこでも良い」

無愛想に答えたダリウスは、どうやら適当に歩いているだけのようだ。

「そうですか……」

もうそれ以上尋ねる気力もなく、ライナーは大人《おとな》しく引っ張られていく事にした。

どのみち今夜はもう、これ以上ないほど最悪だ。

＊＊＊

アナスタシアは、ウルリーカと女性用休憩室に備《そな》えられた小卓の一つについていた。

休憩室には幾《いく》つもの小卓や広いソファーが用意され、お茶をいれる侍女も控えている。

まだ二曲が終わっただけなので、休憩室に他の客はいなかった。

フレデリク以外の魔術師は三曲目が終わってから舞踏会場を出る事になっているから、他の妻たちが来るまでにもう少し時間がある。

他の宮廷魔術師の妻にはウルリーカの信頼する双子の妹もいるから、二人で話せるのは、まずそれまでの間だろう。

「突然お誘いして、驚かせたでしょうね」

侍女がお茶を置いて離れると、アナスタシアは仮面をつけたままウルリーカに微笑みかけた。

休憩室では仮面をつけたままでも良いし、取っても良いのだが、アナスタシアは正体を明かしたくないのだから取るはずもない。ウルリーカには休憩室へ誘う際「アーニャ」と名乗った。

「いいえ。夫も、ちょうど休みたかったそうですし……私も、それほど踊りは得意ではなくて」

微笑み返したウルリーカも、仮面を外そうとはしない。

滅多に気づく人はいない程度だが、ウルリーカの愛想の良い声には僅《わず》かに身構える気配がある。

彼女はロクサリス貴族に生まれながら魔力を持たない『出来損ない令嬢』として、少女時代から散々この国の貴族から蔑《さげす》まれたのだ。無理もないだろう。

目の前の見知らぬ女も、この舞踏会にいる以上はロクサリス貴族なのだから、自分の素性《すじょう》を知れば途端に軽蔑《けいべつ》の視線を向けると、条件反射の怯《おび》えがしみついているに違いない。

アナスタシアはそれを知っているから、ウルリーカの素性《すじょう》には気づいていないフリをする。

「もしかして、最近ご結婚なされたばかりなのかしら？　ご主人と、とても仲が良いように見えたので、そうではないかと思ったのだけれど」

「え、ええ。結婚してから、まだあまり年月は……」

ウルリーカは照れたような笑みを浮かべ、具体的に一年前とは言わずに、用心深く答えた。

彼女は貴族に対して抜け切れない警戒心と怯《おび》えを抱《いだ》いてる。けれど、それ以上にお人よしで、困っている相手は絶対に見過ごせないようだというのも、調査済みだった。

アナスタシアは、そういった部分につけこむ事を欠片《かけら》も躊躇《ためら》う気はない。

「まぁ、羨《うらや》ましい。私もそうなれたら、どんなに良いかと思う人がいるのだけれど……今日だって、せっかく会えたのに……」

いかにも思い悩んでいるようなため息混じりで、悲しげな声をつくって呟《つぶや》くと、ウルリーカがそっと声をかけてきた。

「先ほど踊っていらした、黒い仮面の方の事ですか？」

「ええ。でも、今までこういう事を誰かに相談するのは気が引けて……誰にも言えなくて悩んでいたところに、貴女《あなた》たちの姿が目に入ったの。仮面をつけていると、案外大胆になってしまうのかしらね。どうしたら貴女《あなた》のように愛されるのか、お話が聞けたらと、思わずご迷惑を承知でここにお誘いしてしまったのよ」

上手く話に持ち込めたと内心で歓声を上げつつも、アナスタシアはうな垂れて悲しげな様子を保つ。

夫といるウルリーカを観察したものの、フレデリクがひたすら彼女にベタベタしているだけで、まるで収穫がなかった。

ウルリーカがどうやって夫の気を引くかが見たいのだから少し我慢して大人《おとな》しく待てと、フレデリクを蹴《け》っ飛《と》ばしてやりたかったくらいだ。

おかげで、予定ではさりげなく眺《なが》めるつもりが、つい苛立《いらだ》たしげな視線を向けてしまった。

「私は特に何も……デ……いえ、夫が優しい人なので……」

ウルリーカが、仮面から覗《のぞ》く頬《ほお》を真っ赤に染めてうろたえた。

「そうご謙遜《けんそん》なさらないで。私が名乗ったのは偽名だし、貴女《あなた》の素性《すじょう》も聞かないから、もっと気楽にお話ししましょうよ。せっかく、仮面舞踏会でのご縁ですもの」

アナスタシアが笑い声を上げると、ウルリーカも少しホッとしたように「ええ」と頷《うなず》いた。

安堵《あんど》した様子の彼女に、アナスタシアはもっと具体的に話を振ってみる事にした。

「あの黒い仮面の……彼も、とても優しい人よ。お人よしすぎるくらいにね。私の事を心配してたまに叱ってくる事もあるけれど、大抵はなんでも言う事を聞いてくれるわ。……でも、私の気持ちを信じてはくれないの」

そこまで言ってアナスタシアは、自分がウルリーカの同情を誘うためではなく、不覚にも本当に仮面の下の表情を苦くしている事に気づく。

だって、ライナーに気持ちが伝わらないのはショックだったし、どうして良いかわからないのだ。

「私にとって、自分は一時の遊び相手だと思っているようなのよ。確かに最初はそのつもりだったけれど、私がそうしたくないのだと本当の気持ちに気づいたから、違うと告げたのに……」

「お好きだと、告げられたのですか？」

ウルリーカから静かに尋ねられ、アナスタシアはコクリと頷《うなず》きかけた……が、少し考えてやめた。

よく考えてみれば、未《いま》だに『好き』という単語を直接言えていない。

今だって、考えただけで顔が熱くなり、うろたえそうになってしまうのだ。

コホンと咳払《せきばら》いをし、アナスタシアは急いで答える。

「ええと、まぁ……そう。あの人が必要だと、私の気持ちを伝えてみたわ。でも、そうしたらなぜか、とてもショックを受けたような顔をされてしまったの。不要とでも言われたみたいに」

あの時のライナーの顔が脳裏に蘇《よみがえ》り、さらに声が苦くなる。

「何が気に食わなかったのかわからない。それからも相変わらず、優しくはしてくれるけれど……」

ウルリーカはアナスタシアの話を聞き、何か考え込むように黙っていたが、やがて遠慮がちな声を発した。

「私の勘違いでしたら大変失礼なのですが、もしかしてその方には、貴女《あなた》のおっしゃりたかった言葉の意味が間違って伝わっているのではないでしょうか……？」

「え？」

「こんな事を申し上げてしまったのは、私が結婚の際にかなり夫と行き違いがあったからなのです……夫が仕方なく私に求婚したのだと思い込んでしまって……」

呆気《あっけ》にとられた声を上げたアナスタシアに、ウルリーカは懸命に言葉を選びつつ説明しはじめる。

「結婚した初日、私の行動が妙だったので、見かねた家令が誤解を解《と》こうとしてくれたのに、私はまたそこでも変に拗《す》ねた解釈をして、曖昧《あいまい》なやりとりで夫に愛されていないと解釈してしまったのです。表面上は普通に会話していても、互いに受け取っている意味が正反対でした」

「……それはつまり、私があの人を必要だと言ったのに、あの人は不要と断言されたと受け取った、という事かしら？」

ちょっと待てと、アナスタシアは片手を額に当て、混乱しかかってきた頭を整理しようとした。

「先ほど、想いを告げたら、ショックを受けた顔をされたとおっしゃいましたから。私が実際に、会話をお聞きした訳ではないので、はっきりそうとは言えませんが……」

ウルリーカが気まずそうに言葉尻を濁《にご》すのを聞きながら、アナスタシアはあの夜のライナーとの会話を、一字一句正確に頭の中で再現する。

必要とはっきり言ったのだ。いくらなんでも不要だと受けとっている事はないだろう。

そして……あまりの衝撃に、いきなり足元の絨毯《じゅうたん》を引っこ抜かれたような気分になった。

（っ‼　もしかして、フレデリクとは違うと、私が言ったのを……っ‼）

思わずガタンと小卓を揺らし、アナスタシアは勢いよく立ち上がった。

「あ、あの……お気に障《さわ》ったのでしたら、申し訳ありません」

「……いいえ。ありがとう。思い当たる節《ふし》があったの。貴女《あなた》に声をかけて正解だったわ」

不安そうに見上げるウルリーカに、心から礼を言う。

彼女からは、アナスタシアが期待していたような男を籠絡《ろうらく》する手管《てくだ》を見つける事はできなかった。

けれど、彼女は見ず知らずの相手の愚痴《ぐち》を親身になって細部までよく聞き、自分の考えをきちんと述べてくれた。

アナスタシアが言葉を濁《にご》した事で、『好き』と正確に言わなかったのだろうかと、薄々気づいたのかもしれない。素顔も知らない、一時の話し相手の悩みにさえ、誠実で真剣だった。

それができるのはきっと、彼女が自身にも真剣だからだ。魔力なしと蔑《さげす》まれつづけた境遇《きょうぐう》に苦労しても、不貞腐《ふてくさ》れたり投げやりになったりせず、懸命に生きているからだろう。

人生に投げやりだったフレデリクが惹《ひ》かれたのは、こういうところなのかもしれない。

その時、ちょうどホールで三曲目の演奏が終わったのが、扉越しに聞こえてきた。

「誘っておいて申し訳ないけれど、私はもう行かなくては。失礼」

少しズレかかっていた仮面の位置を直し、アナスタシアはドレスの裾《すそ》を摘《つま》んで軽く礼をする。

「ええ……さようなら」

ウルリーカが慌《あわ》てて立ち上がってお辞儀《じぎ》をした。

もう喉《のど》の違和感が消え、声が戻っているのを感じたので、アナスタシアはそのまま一言も発せず、踵《きびす》を返してすぐに休憩室を出る。

入れ替わりに数人の女性が休憩室に入ってきた。おそらく宮廷魔術師の妻や同伴の女性だろう。宮廷魔術師たちに同伴者の今夜の装《よそお》いをあらかじめ聞いていたから、女性の一団の中にウルリーカの双子の妹ベリンダがいるのがわかった。

社交界の苦手なウルリーカも、心強い妹が傍《そば》にいれば安心のはずだ。

アナスタシアは戸が閉まる寸前、ウルリーカが隣に座った妹と楽しげに会話をしているのを隙間《すきま》から確認し、それから大急ぎで舞踏会場をあとにした。

＊＊＊

ダリウスに引っ張られたままライナーが少し歩くと、前に見た覚えのある小さな中庭に出た。

中庭の向かいには、ちょうど大時計のある正面ホールが見える。

大広間に入ったのもこの通路も初めてで位置が混乱したが、ここは正面ホールの近くらしい。

外灯は魔法で点《つ》けられているが、夜の小さな中庭にはまったく人の気配がなかった。

短い石段を下りて手入れされた芝生《しばふ》に立つと、ダリウスは突き飛ばすようにライナーを離す。

「まず、前の事を謝っておく。幾《いく》らお前が嫌な奴《やつ》でも後ろから攻撃したのは悪かった。すまない」

友好的とはとてもいえない苦々しげな声だったが、告げられた謝罪にライナーは耳を疑う。

「そう思ってくれたなら、もう気にしません」

我に返り、慌《あわ》てて返事をした。

ずっと心にチクチクと引っかかっていたのは確かだが、ダリウスがライナーを嫌いつづけているのは変わらなくても、彼自身が嫌な方向に変わっていなかったなら十分だ。

「そうか……」

ダリウスが一つ息を吐き、次の瞬間、さらに険《けわ》しい顔でライナーを睨《にら》んだ。

「という事で、お前を改めて、正面から決闘でぶちのめす」

「はあっ!?」

「同意書を書いて、思いっ切りやるからな。明日の朝一で城の決闘場を借りるか、今すぐギルドに帰って学舎の練習場でやるか、どっちにするか選ばせてやる。この場で決めろ」

魔法の決闘は、それこそ軽い学生同士の練習から何かどうしても譲れない事があった時に、当人同士が同意書を書いて命がけで行《おこな》うものまである。

一等魔術師同士が全力で戦う場合は、周囲に被害を及ぼさないために、強力な結界の張られた場所で行《おこな》うのが規則となっていた。王都にあるのでは、ダリウスが口にした二箇所だ。

「すみません。さすがにそれは、遠慮します」

ライナーは率直に拒否した。

見習い時代に模擬試合を何度もしてきたから、双方の実力は大体わかる。

彼と規制なしに全力でやりあえば、どちらが勝っても両者が大怪我《おおけが》をするか下手をすれば死ぬ。

「お前が遠慮しても、俺は引く気はないからな。どんな手段を使っても受けさせるぞ」

「ダリウス……貴方《あなた》が実家の件で私を軽蔑《けいべつ》しているのは知っていますが……」

困惑してライナーが言うと、ダリウスのまとう怒りの気配が増した。

「ああ。お前は昔から、誰よりも実力があるくせに、足を引っ張るクズな父親を見捨てもしないで、何を言われてもヘラヘラ笑ってかわしてたな。なんでやり返さないんだって、見ててずっと苛《いら》ついてたさ。……でもな、お人よしに見えて所詮《しょせん》はお前もクズだと思い知った。偽善者ぶったあげく、セティエの人生をメチャクチャにしたのは許せねぇ！」

「セティエの!?」

「幾《いく》ら幼馴染《おさななじみ》でもあいつの恋に俺が口出しする権利はないと、今まで我慢してたんだ！　でもな、お前は無神経すぎる！　セティエがなんで王宮の引き抜きを断ったか、考えてみなかったのかよ！　見習い時代から、あいつが一番親しくしてた男は、お前だろうが！　セティエは縁談も全部断って、隣国からお前が帰るのを待ってたんだぞ！」

今にも掴《つか》みかからんばかりの勢いでダリウスは怒鳴《どな》るが、ライナーは完璧に面食《めんく》らってしまった。

とんでもない誤解をされているようだ。

そのうえ、この怒り方と理屈には、なんだかやけに覚えがある……というか、ついさっき自分がフレデリクに抱《いだ》いた憤《いきどお》りと驚くほど被《かぶ》っている気がする。

「いえ、ダリウス！　セティエは……」

なんとか誤解を解《と》こうとするが、興奮し切ったダリウスは怒鳴《どな》りつづける。

「八年も経《た》って帰ってきたお前は、女王陛下の愛人になったとか言いやがる！　それどころか今夜だって、陛下と奥に引っ込んで仲良くするのかと思っていたら、会場で声をかけてきた女とイチャつきはじめやがって！　お前は、金髪女なら誰でも良いのか!?」

そこまで一息に怒鳴《どな》ると、さすがのダリウスも息が続かなくなったらしい。

彼の言葉が途切れた隙《すき》に、ライナーは大急ぎで簡潔に告げた。

「セティエは昔からダリウスが好きなんですよ！　ギルドに残ったのも貴方《あなた》がいるからです」

言うと同時に大きく後ろに仰《の》け反《ぞ》ったのは、ダリウスに拳《こぶし》で殴られそうになったからだ。

「信じられるか。セティエはギルドに入ってから、俺にはすっかり余所余所《よそよそ》しくなったんだぞ。反対に、お前とはすぐ仲良くなって……」

険《けわ》しい顔で言いながら、ダリウスは明らかに動揺して見えた。語気も先ほどの剣幕《けんまく》が嘘のように弱くなっている。

それを見て、ダリウスがライナーを嫌った一番の理由は、嫉妬《しっと》だったのだとすぐにわかった。

「セティエは昔、わざわざ俺にお前と仲良くしろなんて言いにきたじゃないか！　アイツはお前を好きだから、悪く言われたくないんだって聞いたぞ！」

「聞いた？　それは、セティエ本人に聞いたのですか？」

動揺と焦りと困惑の混じったダリウスの言葉に、ライナーは引っかかるものを感じた。

ダリウスは、喉《のど》に何か詰まらせたような顔で、息を呑む。

「いや……俺はあの時、お前を庇《かば》うセティエに腹が立って、初めてアイツに怒鳴《どな》っちまったんだ。それを見てた女がセティエの気持ちもわかってやれって……ええと、なんて名前だったかな……」

ダリウスの口から告げられた人物に、ライナーは思わず眉をひそめてしまった。

今は交流もないが、見習い時代に同年だった女生徒だ。

ライナーとダリウスを仲良くさせるよう、幼馴染《おさななじみ》ならば進言してあげるべきだとセティエに熱心に言い含めていたのは彼女だった。

あの時ライナーは、セティエがダリウスと気まずくなるかもしれないと止めたが、とても親しくしていたその女生徒から強引に勧められたセティエは、迷いながらも橋渡しをしてしまい、結局は大失敗したのだ。

あの彼女は、ライナーとさして仲が良くもなかったはずなのに、なぜいきなりそんな事を言い出したのか不思議だった。その後、友人だったセティエと急に距離を置きだしたのも。

だが、これでわかった。彼女は、セティエとダリウスの仲を引き裂きたかったのだろう。

二人が互いに好き合っているのに気づいたのかもしれない。

今の話から、嘘を教えて傷心したダリウスにつけこもうとしたのだと、用意に推測できる。

もっとも、そんな事をしても、彼女はダリウスを手に入れられなかった。ダリウスが彼女と仲良くしていた様子はないし、今では名前もよく覚えられていない存在にしかなれなかったのだ。

しかし、そんな友人を装《よそお》った者にセティエが嵌《は》められた事以外にも、こじれた原因はあると思う。

だからライナーは、礼儀に反するのを承知で、セティエの気持ちを言う事にした。

本来ならば当人が告げるべきだろうが、遠慮ばかりで彼女が何も言わなかったのが一番の原因だ。

「セティエがダリウスを避けたのは、気後《きおく》れしていたのですよ。貴方《あなた》の周りは華やかな女性ばかりで、自分は相応《ふさわ》しくないと言っていました。それでも一度、思い切って派手な装《よそお》いをしてみたら、貴方《あなた》に似合わないと言われてしまったと……確か、四学年目の春でした」

「なっ⁉」

目を剥《む》いて絶句したダリウスの顔が、見る見るうちに蒼白《そうはく》になっていく。

「あ、あれはっ！　セティエは飾りたくって誤魔化《ごまか》す必要なんかないから、変な格好するなって言っただけで……だいたい、俺に寄ってくる女は、最初から何股もかけてる奴《やつ》ばっかりなんだぞ！　セティエにフラレたと思ったあと、俺は何人に弄《もてあそ》ばれたかっ！」

おろおろと言い訳を始めたダリウスは、最後の方はもう涙目になっていた。

ライナーとて、舞踏会での件から立てつづけの出来事に精神的に参り切って頭痛までしてきたが、額を押さえてため息混じりになんとか告げる。

「それは私でなく、セティエに告げた方が良いかと思います」

もちろん、最後の弄《もてあそ》ばれた云々《うんぬん》は抜きにして……と、一応つけ加えようとした時、ふと中庭を囲む通路の一角から、複数の足音が近づいてくるのが聞こえた。

正面ホールやライナーたちの来た方角ではなく、別の通路から来るようだ。

そしてようやく、ライナーは奇妙な事に気がついた。

なぜここまで、周囲が静かなのだろうか？　大広間に衛兵を集めるのは当然にしても、仮にも王宮の正面ホール付近がここまで無防備など、普通ならありえない。

「なんだ、あいつら？」

ダリウスも目を眇《すが》めて、通路を急ぐ者たちに不審そうな顔をする。

やって来るのは五、六人の男たちで、一目でわかるほど高価そうな衣服を身につけていた。

「薬も効いているし予定通りだ。見張りが戻る前に、急いで私の滞在部屋にお連れしろ」

先頭を歩く男が得意そうな声音で言う。以前、女王に近づくなとライナーに釘を刺した男――ギュンターだ。

彼の後ろにいる男たちが、グッタリしている黒と紫のドレスを着た女性をかかえている事にライナーは気づいた。

その女性が誰かは知らないが、今の一言だけでこれが褒《ほ》められた行為でないのは明らかである。

ちょうど植え込みで陰になって、彼らは中庭にいるライナーたちに気がつかないようだ。時おり背後を気にしつつ、どんどん近づいてくる。

「おい。厄介事《やっかいごと》に首突っ込もうとしてるだろ」

彼らの前に出ようとしたライナーを、ダリウスが肩を掴《つか》んで引き止め、小声で早口に囁《ささや》いた。

「ですが、明らかに……」

「誘拐か、それに近いとこだろうな。誰か知らないが、もしいけ好かない女だとしたって止めるのが当然だ」

ダリウスが思い切り顔をしかめてライナーを睨《にら》み、自分の上着から魔導の杖《つえ》を取り出す。

「だからお前、頭に来るんだよ。一人で首突っ込んで、女を人質に取られたらどうする気だ。総合首席はずっとお前に譲ったが、模擬戦闘や捕獲の試験は俺が勝ってたぞ」

彼から協力をすると言外に言われ、ライナーは一瞬目をしばたたかせたが、すぐ我に返った。

「……私が気を引きますから、女性の保護をお願いします」

長い付き合いの中で一度も協力なんてしなかったけれど、もしできたら最高に心強いだろうと思っていた相手に、初めて頼み事をする。

そしてライナーは、わざと大きく音を立てて植え込みから姿を現した。

「誰だ！」

ギュンターがぎょっとした顔になり、飛び上がらんばかりにして杖《つえ》を構える。

「先日お会いしました、ライナー・エルヴァスティです。ギュンター殿」

ダリウスにはそのまま植え込みの陰にいるよう目配せし、ライナーは彼らのいる通路に上がる。

「君か……」

相手がライナーと気がつくと、ギュンターの笑みが小バカにしたようなものに変わった。

彼の後ろにいる男たちが慌《あわ》てて女性を隠そうとするが、ここまで近くては隠しようもない。ヒラヒラしたドレスの裾《すそ》や力なく下がった細い手足の先が通路の魔法灯火にはっきりと照らされている。

男たちのうち二人が女性の上体と下半身をそれぞれ支え持ち、その左右と後ろに一人ずつ、計三人の男が他から隠すように囲んでいた。

「ライーナくん。すまないが今、少々立て込んでいてね。ゆっくり話している暇はないのだよ」

そのまま横を通りぬけようとしたギュンターをライナーは立ちはだかって止めた。

「私の名前はどうでも宜《よろ》しいですが、先ほどのお声が聞こえてしまったので、あえて言わせていただきます。そちらの女性が具合を悪くされているのでしたら、医務室にお連れするべきではないでしょうか？」

「……あの方は、私と懇意《こんい》にされている方でね。君には関係のない話だ」

ギュンターは左手で魔導の杖《つえ》を持ち、威嚇《いかく》するようにライナーへ突きつけたが、呪文を唱《とな》える気配はない。

代わりに、おそらく利《き》き手であろう右の手を上着のポケットにそろそろと忍ばせているのにライナーは気づく。

素早く変形させた盾《たて》の呪文を唱《とな》え、ギュンターがポケットから小瓶を取り出して振りかけた液体を防《ふせ》ぐ。強い刺激臭が辺りに広がり、魔法の盾《たて》に阻《はば》まれた液体は盾《たて》が消えると共に足元の床へ落ち、ジュウジュウと焦《こ》げ臭い泡を立てた。

「このっ！」

ギュンターの上げた怒声に呼応し、他の男たちも一気に敵意を剥《む》き出しにする。女性をかかえた二人は後ろに下がり、他の三人がライナーへ魔導の杖《つえ》を向けた。

ギュンターも今度こそ杖《つえ》を取り、稲妻《いなずま》の魔法呪文を詠唱しはじめる。

だが、遅い。

魔法使いとしては邪道だが、ライナーは素早くギュンターの手を蹴《け》り上げ、杖《つえ》を弾《はじ》き飛ばした。

稲妻《いなずま》の魔法は至近距離からでは避けられない速度だが、杖《つえ》を使って唱《とな》えれば魔力はそちらに溜《た》まる。詠唱が終わる前に杖《つえ》を手放させれば良いだけだ。

悲鳴を上げて手を押さえたギュンターに、そのまま足払いをかけて転倒させる。

あまりこういうやり方はしたくないものの、今は手段を選べなかった。

単なる嫌がらせどころか、男たちは殺意を隠そうともしない。

後ろの三人から放たれた熱波《ねっぱ》と霜《しも》、風斬《かざき》りと、それぞれ違う魔法をライナーは身を翻《ひるがえ》して避けた。

外れた魔法は通路の壁や床へ当たり、華麗な王宮を無残に傷つける。

ライナーを殺す事しか考えないで放たれた魔法は、ギュンターが転倒していなければ、彼にも当たっていただろう。

熱波《ねっぱ》にすぐ頭上を掠《かす》められたギュンターは、口から泡を噴き白目を剥《む》いていた。

油で撫《な》でつけられた彼の髪が焦《こ》げ、嫌なにおいが立ち上る。

「お仲間に当てるつもりですか！」

つい苦言を申し立てつつ、ライナーは一気に三人に駆《か》け寄る。手刀でそれぞれの手首を打ち、魔導の杖《つえ》を落とさせてから、微弱化した痺《しび》れの呪文を広く放った。

補助の杖《つえ》を使わず一度に複数へかけたため身体からごっそりと魔力が減り、微《かす》かに目眩《めまい》がする。

よろめきかけた足を踏みしめ、女性をかかえた二人に顔を向けると、彼らがビクリと怯《ひる》んだ。

女性を盾《たて》にする気になったのだろう。片手で女性をかかえつつ、もう片手で魔導の杖《つえ》を取り出す。

「く、来るな！　陛下の身柄《みがら》は我々が……」

だが、彼らが最後まで口上を述べないうちに、植え込みの陰から飛び出したダリウスが鋭い呪文の詠唱と共に通路へ杖《つえ》を向け、その先端から紫の光が放たれた。

ライナーのように微弱化はしていない、強烈な金縛《かなしば》りの魔法だ。

紫の稲光《いなびかり》が、男たちにだけ直撃する。

盾《たて》のように前面へ押し出されていた女性を上手く避けて、当てづらい位置にいた二人を正確に仕《し》留《と》めたのは、さすがダリウスといったところだろう。

男たちは女性を落とす事すらなく、その場でピクリとも動けなくなり、目玉だけギョロギョロと忙《せわ》しなく動かしていた。

「お前、今の状況でこれじゃ甘すぎるぞ。だからいつも模擬戦で、減点されてたろうが」

通路に上がってきたダリウスが言い、床に倒れていたギュンターと一時的な痺《しび》れだけを受けていた残りの三人にも、続けざまに金縛《かなしば》りをかけた。

「性分《しょうぶん》ですから」

ライナーが苦笑すると、ダリウスは呆《あき》れたように肩を竦《すく》めた。

「ま、勝手にしろよ。それにしても……陛下って聞こえた気がしたんだが」

ダリウスが非常に複雑そうな顔で、固まっている男たちと担《かつ》がれている女性を見る。

確かにライナーも、男たちが『陛下の身柄《みがら》』と口にしたのをはっきり聞いた。

だが、先ほど会ったばかりのアナスタシアは、まったく違う装《よそお》いをしていたはずだ。

（まさか……）

ライナーの脳裏に、自分は舞踏会場で他人のフリをしている方が安全と言っていたアナスタシアの声が蘇《よみがえ》る。

「ダリウス。私にもそう聞こえましたが、もしかしたらあの女性は……」

女王陛下の身代わりかもしれないと、ライナーが言いかけた時だった。

「そこにいる全員、動くな!!」

空気をビリビリと震わせるほど、野太い大声が辺りに響いた。

続いて、ギュンターたちの向かっていた通路の先から、夜会服にローブを羽織《はお》った宮廷魔術師の一団が現れる。先頭にいるのは厳しい顔をした壮年の魔術師団長で、その左隣にはまだ髪を染めたままのフレデリクだ。ただし、牙《きば》の首飾りはきちんとつけていた。

そして団長の右隣には……

「あら、腹黒《はらぐろ》い小悪党たちを捕《つか》まえるつもりが、なんだかおかしな事になっているわね」

ライナーの知る限り、腹黒《はらぐろ》さでは最高に大物の女王陛下が、猫の仮面を片手に首をかしげていた。

6　魔術師の告白

『伝統ある宴《うたげ》を悪用し、女王陛下への重大な謀反《むほん》行為を起こした者が出た』

あの夜、唐突《とうとつ》な発表と共に仮面舞踏会は中断され、会場は大騒ぎになったそうだ。

数名の貴族が女王をかどわかし、自分たちが寵愛《ちょうあい》を受けているように見せかけ今後の実権を握ろうと企《たくら》んでいたと、証拠の計画書までもがその場で公表された。

卑劣《ひれつ》な計画に当然ながら多大な非難が上がった。特に、女性からの声が大きかったそうだ。

ライナーとダリウスは宮廷魔術師たちに別室で事情を聞かれていたため、あとから聞いただけで、それを実際には見てはいない。

他言無用と念を押されたうえで、謀反《むほん》計画を事前に察知した女王が現行犯でギュンターたちを捕《つか》まえる事にしたのだと教えられた。

絶対に言い逃れのできない状況が揃《そろ》っていれば、ギュンターの縁戚《えんせき》であるホランティ侯爵家のように権力のある一族でも庇《かば》いきれない。むしろギュンターは、トカゲの尻尾《しっぽ》のように一族から切り捨てられるはずだ。

彼らの買収した衛兵や侍女たちも、女王の手の中で踊らされているとも知らず、仲間を他の場所に誘い出したりと、自分たちの本性を剥《む》き出しにしてせっせと働いた。

その協力者たちも全て捕《つか》まり、取調べの末にしかるべき処分を受けるだろう。

ライナーたちがギュンターに出くわしたのは、人気《ひとけ》のない場所で話をしようとした結果の偶然にすぎないが、舞踏会の際中に王宮を勝手にうろつくのは無礼に変わりなく、怪《あや》しまれるのは当然だ。

しかしライナーとダリウスが危険な状況におかれている女性を助けようとしたのは明らかだった。

それにフレデリクが、ライナーと話をしようとダリウスが彼を引きずっていくのを見たと証言してくれたので、お咎《とが》めはなしで済んだ。

それでも結局、ライナーとダリウスが魔術師ギルドに帰れたのは明け方近くで、互いにぐったりと疲弊《ひへい》し切っており、帰りの馬車の中では一言も口を利かなかった。

もう皆が寝静まっている寮に入り、部屋に行くための通路で別れた時、ライナーの背にダリウスの声が投げられた。

「今まで悪かった……けど、俺がしてたのは謝られて許せるようなもんじゃないから、今のは聞かなかった事にしろ」

ダリウスらしいと、なんだかライナーはおかしくなってしまい、振り返ってにこやかに告げた。

「お断りします」

「おいっ!?」

「私が誰を許すかなんて、人に指図されて決める事ではありません。それに、ダリウスと和解できるきっかけを逃す気もありませんよ」

笑みを浮かべて言い切ると、ダリウスが唖然《あぜん》としたような顔になったあと、ため息をついて顔をしかめた。

「やっぱりお前、本当はかなりタチの悪い奴《やつ》だよ。……お疲れさん！」

ダリウスが踵《きびす》を返して自分の部屋へ入るのを見送ったあと、ライナーは窓に視線を移した。

白々《しらじら》と明けはじめた空の下、深緑と金の屋根の荘厳《そうごん》なロクサリス王宮がうっすら遠くに見える。

今頃、王宮内は大騒ぎだろうし、アナスタシアはその中心となる人物だ。

廊下で別れてから、宮廷魔術師たちに話を聞かれる間も、彼女とは一度も会えなかった。

とにかく無事でいたのだから良かった……と、ライナーが部屋に戻ろうとした時、視界の隅《すみ》にキラリと金色の小さな光が見えた。

窓の外を金色の蝶がヒラヒラと飛んでくるのが見える。

魔法の蝶はガラス窓をすり抜けライナーの中に飛び込むと、女王からの伝言を告げた。

『まさか、貴方《あなた》が巻き込まれるなんて思わなかったわ。でもこれで、私が会場にいた方が安全だとわかったでしょう？　貴方《あなた》と踊れて楽しかったから、その部分だけはあの連中に感謝しても良いわね。……一週間後に、いつもの時間に部屋へいらっしゃい』

聞き終わるとライナーは伝令魔法を唱《とな》え、返事を籠《こ》めた翼竜を放つ。

(私も、陛下と踊れてとても嬉しかったです。しかし……貴女《あなた》が他の相手を見ていたのが、悔しくもありました)

伝令魔法には籠《こ》める気になれなかった部分を、心の中で呟《つぶや》く。

フレデリクに憤《いきどお》る自分とそっくりの言葉をダリウスにぶつけられて、ようやく気がついた。

廊下でフレデリクに怒ったのは、アナスタシアのためではない。単なる嫉妬《しっと》だ。自分の欲しいものを持っている相手が羨《うらや》ましくて、それなのに相手がその価値をわかっていないと、勝手に怒っていただけだ。

(こんな事は、もうやめよう)

ライナーはそう決意して、自室に戻った。

＊＊＊

大騒ぎのあげくに中断された仮面舞踏会から一週間が経《た》った。

忙しい社交シーズンの最中に王宮の人事にも影響を及ぼした事件だったが、園遊会に茶会などさして重大でない催《もよお》しを幾《いく》つかを中止して会議を行《おこな》い、アナスタシアは諸々の処分をすっかり終えた。

そして夜。

重い豪奢《ごうしゃ》な女王の装《よそお》いから気楽な室内用のドレスに着替えたアナスタシアは、私室でライナーが来るのを待っていた。

(なるほど……確かに大失敗だったわ)

安楽椅子《あんらくいす》にもたれ、アナスタシは前にライナーが来た晩を思い起こす。

どうも噛《か》み合っていないように感じた会話だったが、彼がアナスタシアの言葉を『フレデリクと〝悪い意味で〟違う』と受け取り、前の愛人役を務めていたフレデリクを今も好きだと勘違いした……そう仮定して考えたら、驚くほど合点がいった。

舞踏会でアナスタシアがウルリーカと休憩室に行ったあと、穏《おだ》やかそうなライナーからいきなり怒られてびっくりしたとフレデリクが困惑していたので間違いない。

『陛下、彼に何か妙な事でもおっしゃったんですか？　なんで俺がルゥと仲良くしてただけで、陛下に対して無神経だなんて怒られたのか、訳がわかりません』

ジト目で苦言を申し立てるデリクにはとりあえず、ライナーの誤解は解《と》くように努力するけれど、人前で愛妻にベタベタするのはもう少し自重《じちょう》しろと告げておいた。

（まったく。私とデリクはただの幼馴染《おさななじみ》だと、初日に言ったのに！）

フレデリクが結婚しても、彼との仲をどこまでもしつこく疑われるのには困ったものだ。

本当は彼とは兄妹《きょうだい》なのだが、フレデリクが王家の血を引いていると迂闊《うかつ》に公表すれば、たとえ本人にその気がなくとも、彼を放っておかない者が必ず出てくる。

それに、舞踏会のあとでウルリーカの体調が優《すぐ》れないと思ったら、どうやら妊娠していたらしいと聞いた。

フレデリクが前王の息子と知られれば、その子も王家の血筋とみなされる。

前王を憎悪するフレデリクは、絶対にそれを拒否するはずだし、アナスタシアも望まない。

昔、アナスタシアの伯父の庇護《ひご》を受けて辺境に隠れ住んでいたフレデリクは、王の末娘と本当に半分血が繋がっていると知らぬまま、実の兄のように優しくしてくれた。

毒蠱と化した王家の、自分以外の全てを殺して女王となると誓っても、フレデリクは殺したくなかったから、無邪気な猫かぶりの皮を剥《は》いで彼に本性を見せたのだ。

力の差を徹底的に思い知らせ、王と血の繋がりのない新たな人間となったうえで、生涯女王の牙《きば》となれと、服従と忠誠を誓わせた。

アナスタシアがフレデリクに王家との血縁を絶たせたのは、彼が自分にとって本当に『兄様』と思えるただ一人の異母兄だからだ。

しかし、それを知る由《よし》もないライナーが誤解するのも無理はない。

いずれ彼にもこの真実を明かすかもしれないが、今はまだ必要ないだろう。

そもそも誤解をされたのは、アナスタシアの言い方が悪かっただけなのだ。こういう部分を直さなくては、この先だって何かと上手くはやっていけないはず。

(率直に言えばいいだけだもの……つまり……好き、と)

そう考えた瞬間に顔が熱くなってしまい、アナスタシアは慌《あわ》てて火照《ほて》った頰《ほお》に両手を押し当てる。

幾《いく》ら誤解されている事が判明し解決する方法がわかっても、こればかりは直せそうにない。

扇《おうぎ》でパタパタと顔を必死に煽《あお》いでいると、扉がノックされてライナーの声がした。

「入りなさい」

急いで扇《おうぎ》をしまって告げると、静かに扉を開けてローブ姿のライナーが入ってきた。

先日、夜会服に仮面をつけていたライナーの姿は非常に好みで、密《ひそ》かに見惚《みほ》れてしまったのだが、彼はやはりこの姿が落ち着く。

「失礼いたします、陛下」

まだ誤解が解《と》けていないせいだろうか。そう言った彼からはやや緊張して思い悩んでいるような雰囲気が見てとれた。

とりあえずかけなさいと言おうとしたところ、その前にライナーが早足で近づき、片膝《かたひざ》をついて玉座の前にいるような礼をとった。

「陛下。誠に申し訳ございませんが、以前にお約束しました事の一つを白紙にさせていただけませんでしょうか。もちろん、相応の処罰はお受けします」

「なっ⁉」

思いもよらぬ彼の言葉にアナスタシアは驚愕《きょうがく》し、とっさに怒鳴《どな》った。

「駄目！」

「あの、まだ何についてかも……」

「駄目よ、絶対に駄目！　どうせ誤解したまま変に思いつめて、もう私に会わないよう、役目を降ろさせてくれと言い出す気でしょう⁉」

地団駄《じだんだ》を踏まんばかりに喚《わめ》くと、今度はライナーが唖然《あぜん》とした顔で片膝《かたひざ》をついたままアナスタシアを見上げた。

「陛下が私を必要となさってくれるのであれば、一年間はお約束通りにお仕《つか》えします。ただ……」

ライナーは一瞬、躊躇《ためら》うように言葉を切ったが、すぐに先ほどよりきっぱりとした声音を発する。

「約束というのは、陛下がこの先、もしお好きな方を見つけられたら協力すると言ってしまった事です。正直に申し上げますが、私は陛下に惹《ひ》かれてしまいましたので、失礼ながら他の方への協力はできません。お約束の期限が切れましたら、陛下に全力で言い寄らせていただきます！」

「……？」

ポカンと口を開いたまま、声も出ないアナスタシアの前で、ライナーが深々と頭《こうべ》を垂れた。

「フレデリクさんの代わりになれないのは承知ですが、私なりの方法で陛下にこちらを見ていただけるよう努力いたします！」

「……そんなの、いらないわ」

ポツリとアナスタシアが呟《つぶや》くと、頭《こうべ》を垂れたままのライナーが、静かに息を吐いた。

「やはり、お許し願えませんか」

悲しげに呟《つぶや》いた彼はゆっくりと顔を上げたが、火照《ほて》ったアナスタシアの顔を見て目を見開く。

「だから、いらないというのは……もうとっくに達成しているのだから、必要ないという意味よ。私が絶対に異性として見ないフレデリクと、貴方《あなた》は違うの。以前にそう言った事を、貴方《あなた》は悪い意味に誤解したようだけれど……」

緊張に身体を強張《こわば》らせ、アナスタシアはライナーを睨《にら》んだ。安楽椅子《あんらくいす》の肘置《ひじお》きを掴《つか》んで、顔を隠してしまいたいのを堪《こら》える。

「ライナー。もう私は、とっくに貴方《あなた》を好きになっているの。偽の愛人役としては扱えない。本物になってほしいという意味で言ったのよ……だからもう、言い寄る暇なんかあげないわ！　今すぐ、私の王配になると約束なさい！」

椅子《いす》から憤然と立ち上がり、一気にまくし立てた。

「陛下……」

大きく肩で息をするアナスタシアを見上げ、ライナーは泣き出しそうな、笑っているような、凄《すご》く変な顔をしていた。

「かしこまりました。謹《つつし》んでお受けいたします」

恭《うやうや》しく取られた手の甲に口づけられる。

手袋越しにされるのだって他の相手からなら不快でしかない行為が、やっぱりライナーだと嘘のように幸せな気分になった。

立ち上がったライナーに、そっと抱き締められる。

壊れ物を扱うみたいに頬《ほお》を撫《な》でられ、啄《つい》ばむような口づけを何度も落とされた。

アナスタシアを抱き締める手や触れ合う唇から、前よりもいっそう強い心地良さが伝わってくる。

甘くて優しい彼の想いは、強い酒なんかよりも、よほどアナスタシアを酔わせた。

頭の芯《しん》まで痺《しび》れる陶酔感《とうすいかん》に、アナスタシアも夢中でライナーの背に手を回して抱きつく。

しばらく、じゃれつくように身を擦《す》り合わせたあと、ライナーがアナスタシアをさらにぎゅっと抱き締めて首筋に流れる金髪へ顔を埋《う》めた。

「……陛下。申し訳ありませんが、このまま襲ってしまいそうなので、少し頭を冷やしてきます」

とても情けなさそうな小声で言い、そそくさと離れようとしたライナーのローブをアナスタシアは反射的にがしっと掴《つか》んだ。

「待ちなさい！　いっ、今さらでしょうが！」

かあっと頬《ほお》が熱くなるが、こうして自分がライナーを引きとめるのに、もう躊躇《ためら》わなくて良いのが少し嬉しい。

ローブを引っ張って怒鳴《どな》るアナスタシアに、ライナーが狼狽《ろうばい》し切った顔を向ける。

「それは、そうですが……」

彼は片手を額に当てて天井を仰《あお》ぎ、小さく呻《うめ》く。そして次の瞬間、アナスタシアは息が詰まりそうなほど強く抱き締められた。

ライナーがアナスタシアの顎《あご》を掴《つか》み、重ねられた唇を舌でこじ開ける。

先ほどの穏《おだ》やかな睦《むつ》み合いとはうって変わり、熱烈に舌を絡《から》ませ、激しく口腔《こうこう》を貪《むさぼ》られた。

「今、陛下を抱いたら、手加減できる自信がないので我慢しようと思ったのですが……無理です」

すっかり息が上がってしまったアナスタシアの耳元に、情欲に掠《かす》れた声が注《そそ》がれる。

「んんっ」

ゾクリと官能を揺さぶる声音に、アナスタシアが身を竦《すく》めると、カプリと耳朶《じだ》を食《は》まれた。

「陛下、愛しています。貴女《あなた》を今すぐ、全て奪いたい……」

熱に浮かされたように囁《ささや》き、ライナーがアナスタシアをふわりと抱き上げる。

そのまま素早く、隣室に連れていかれた。

アナスタシアを寝台に押し倒し、性急に衣類を剥《は》ぎとりながら、ライナーが星灯りの呪文を呟《つぶや》く。

ドレスを脱がせる彼の手から極小の光の粒《つぶ》が無数に湧き上がって天井に上っていくのを、アナスタシアは呆然《ぼうぜん》と見ていた。

柔らかな光が、互いの姿を薄く照らし出す。

アナスタシアに覆《おお》いかぶさったライナーが首筋や肩に唇を落とした。

大きな手が乳房を包み、やわやわと揉《も》まれる。

色づいた先端を吸い上げられて、アナスタシアの背がしなった。

「あっ……ん、ライナー……」

愉悦《ゆえつ》に背筋を震わせ、胡桃色《くるみいろ》の髪を掻《か》き抱《いだ》いて喘《あえ》ぐ。

尖《とが》った乳首を舌で弾《はじ》かれると、下腹部がじんじん疼《うず》いた。胸の膨《ふく》らみの下側を強く吸われ、微《かす》かな痛みが走る。

「あっ……」

何をされたのか首を上げて確かめようとしたら、今度は二の腕の内側を吸われた。ライナーが唇を離すと、白い肌に赤い花びらのような小さな鬱血《うっけつ》が浮いている。

(こ、これ……)

アナスタシアは声も出せず、唇を戦慄《わなな》かせる。

こういう情交の痕跡くらい聞いていたが、己《おのれ》の肌に刻まれたのを初めて目にすると、想像以上の羞恥《しゅうち》に眩暈《めまい》を覚えた。

うろたえている間に、首筋に顔を埋《うず》められて、そこも強く吸い上げられる。

「やっ」

ライナーの肩を押しのけようとしたが、ビクともしなかった。

「終わったら治癒《ちゆ》魔法で消しますから……今だけでも貴女《あなた》に、私を刻ませてください」

首筋を甘噛《あまが》みしながら陶然《とうぜん》とした声で言われ、また一つ、彼の痕《あと》を刻まれた。

恥ずかしいからやめさせたいのに、そんな事を言われると、アナスタシアの腕からはくにゃりと力が抜けてしまう。

「はっ……あ、す……好きに、すれば……」

ツキリと肌を刺す痛みにさえ、どうしようもないほど感じる。

彼の唇が腹や腰に移動していき、そこかしこを吸い上げられるたび、アナスタシアはビクビクと魚のように裸身を跳ねさせた。

「ひっ、あっ」

金色の淡い茂みにまで唇が落ち、アナスタシアは目を見開く。

閉じようとした足を広げられ、蕩《とろ》けて愉悦《ゆえつ》の蜜《みつ》を零《こぼ》していた秘所へ、ぬるりと舌が這《は》った。

頭の先まで強烈な快楽に貫《つらぬ》かれ、ガクガクと腰が震える。

奥からいっそう熱い蜜《みつ》が溢《あふ》れるのを感じ、慌《あわ》ててライナーの頭を引きはがそうとした。

「あっ、あ、だめ……や、ああ……」

両手で短い髪を掴《つか》んだが、敏感な花芽を舐《な》められて、瞼《まぶた》の裏に稲妻《いなずま》が走った。

舌で小刻みに刺激されると、たまらない愉悦《ゆえつ》に頭の芯《しん》が痺《しび》れる。手の指を髪に絡《から》めたまま、そこへ押しつけるように腰が自然と揺らめいた。

たちまちのうちに快楽の熱が爆《は》ぜ、アナスタシアは昇りつめた身体を何度も痙攣《けいれん》させる。

「はっ……ふ……はぁ……っ」

脱力した身体を敷布に落とし、空気中で溺れているように、浅い呼吸に胸を喘《あえ》がせる。

くたりと横たわったまま、身を起こしたライナーがローブやシャツを脱ぐのをぼうっと眺《なが》めた。

彼は柔和な雰囲気もあってか、かなり細身に見える。けれど、ほのかな灯りに照らされた身体は、意外なほどしっかりと筋肉がつき、均整のとれたものだ。

アナスタシアが小柄とはいえ、軽々と抱き上げられるのも納得できる。

ライナーが覆《おお》いかぶさってきて、アナスタシアの頬《ほお》や額に口づけた。

「んっ、ん」

過敏になった乳房の先に、彼の裸の胸が擦《こす》れるとチリチリともどかしく疼《うず》いて、アナスタシアは短く喉《のど》を鳴らす。

太腿《ふともも》に熱い塊《かたまり》が触れていて、秘所を擦《こす》られた感触を呼び覚まされる。じゅんと蜜口がまた潤《うるお》いを増した。

それでも今夜は、もっと深い行為をすると知っている。

ドクンと心臓が大きく跳ね、不安と期待が入り混じって早鐘のように鳴り出す。

ライナーの指が蜜口をくすぐるように撫《な》でてから、濡《ぬ》れた音を立てて差し込まれた。

「ふ、ああっ！」

背筋を震わせた快楽に、アナスタシアは喉《のど》を反《そ》らして高い声を放った。

微《かす》かな違和感はすぐに消えてしまい、熱く潤《うる》んで疼《うず》く内襞が彼の指に絡《から》みついて締めつける。

軽く抜き差しをし、二本、三本と指を増やされた。

ぐちゅぐちゅと音を立てて掻《か》き混ぜられた秘所から、たっぷりの蜜《みつ》が滴《したた》って臀部《でんぶ》を伝い、敷布を濡《ぬ》らす。

柔襞を揉《も》むように動かされると、鈍痛《どんつう》に似た快楽が子宮を震わせ、アナスタシアは身悶《みもだ》えた。

両手で敷布を握り締め、背骨を走り抜ける疼《うず》きをやりすごそうと身体をくねらせるたび、乳房がふるふると揺れ弾《はず》む。

先日、執拗《しつよう》に攻められた蜜洞の感じる箇所をしっかりと覚えられていたらしい。内部で指を折り曲げられ、鮮烈な快楽に目の前が白《しら》み、アナスタシアは喘《あえ》ぎながらきつく目を瞑《つむ》った。

「んんっ！」

十分に解《ほぐ》れた蜜洞から指を引き抜かれ、その衝撃にも打ち震える。

「先日、陛下を抱いてしまおうかと、どれほど誘惑に駆《か》られたか……」

ふと、独り言のように呟《つぶや》く声が聞こえ、アナスタシアは濡《ぬ》れた重い瞼《まぶた》をこじ開けた。

さっきからとても気になって、凄《すご》く言いたい事がある。

ブルブルと震える手を伸ばし、ライナーの腕に触れた。

「王配、になる約束、したのだから……っ。二人の時は、ちゃんと……名前で、呼びなさいっ……ア、アナスタシアって……」

まだ整わない呼吸の合間に、切れ切れに告げる。

五歳からずっと『陛下』という呼称がアナスタシアの名前も同然になっていた。

ライナーにだって普通にそう呼ばせていたのに、さっき『愛しています』と言われた時から、やけに違和感がして仕方ない。

潤《うる》んだ視界の中で、ライナーの瞳が大きく見開かれたあと、とても嬉しそうに細められた。

アナスタシアの顔を覗《のぞ》き込み、愛しそうに額へ唇をつける。

「愛しています……アナスタシア」

口づけられた箇所から、ゾクリと全身を震わせるほどの歓喜が滲《にじ》む。

「あ……あ……」

『私も愛している』と、上手く言葉が紡《つむ》げなかったから、代わりに夢中でライナーの首を引き寄せ、自分から唇を押しつける。

角度を変えて何度も唇を合わせ互いに舌を絡《から》めて貪《むさぼ》り合ううちに、ライナーに片足をかかえられた。

秘所に擦《こす》りつけられる熱い昂《たか》ぶりに、アナスタシアの喉《のど》からくぐもった声が上がる。

「少し、痛い思いをさせてしまいますが……」

ペロリと、名残惜《なごりお》しそうにアナスタシアの唇を舐《な》め、ライナーが囁《ささや》いた。

僅《わず》かに押し込まれた質量に冷や汗が滲《にじ》んだが、腰が引けそうになるのを懸命に堪《こら》える。

「あっ……は、はぁ……平気、だから……」

続けてと、見上げた視線で訴えると、彼が息を呑んだ。大きな手に腰を掴《つか》まれ、徐々《じょじょ》に熱く硬い屹立《きつりつ》が侵入してくる。

覚悟はしていたが、やはり圧迫感が凄《すご》い。押し広げられた蜜口がひりひりと痛む。

それなのに、先日執拗《しつよう》なほど指で解《ほぐ》され、絶頂の快楽を教え込まれた膣襞は、刺激を待ち望むようにヒクヒクと淫《みだ》らに蠢《うごめ》いて、奥から蜜《みつ》を溢《あふ》れさせる。

「くっ、うう」

下腹部をじんじんと疼《うず》かせる火照《ほて》りと痛みがないまぜになり、アナスタシアは眉を寄せて呻《うめ》く。

腕を伸ばし、奇麗に筋肉のついたライナーの背中にしがみついた。

「力を抜いて、そのまま掴《つか》まっていてください」

彼の手が腰を掴《つか》んで深く押し込まれた瞬間、身体の中で引き裂かれるような痛みが起こり、ボロボロと涙が零《こぼ》れた。

隘路《あいろ》の奥深くまで押し込まれ、衝撃に呼吸が詰まる。

「う、うぅ……」

はくはくと口を戦慄《わなな》かせて呻《うめ》くと、ライナーの動きが止まった。

下腹部を密着させたまま、なだめるように髪を撫《な》でられる。

触れるだけの口づけが目じりや鼻先、頬《ほお》へと緩やかに落ちてきて、アナスタシアはほぅっと息を吐く。

強張《こわば》り切っていた身体から僅《わず》かに力が抜け、薄く目を開くと、心配そうなライナーの顔がすぐ傍《そば》にあった。

「大丈夫ですか？」

じくじくした破瓜《はか》の痛みはまだつらかったが、アナスタシアは頷《うなず》いた。

「ん……ふ、ぅ……」

息を整えるうち自然と意識が下腹部に集中してしまい、自分の中で熱く脈打っている彼を感じる。

自分の純潔を奪ったのが、他の誰でもないライナーで良かったと思った。

ロクサリス女王の義務として嫌々ながら誰かを利用するのではなく、ライナーに渇望《かつぼう》されて抱かれたのが、たまらなく嬉しい。

それに改めて気がついた途端、アナスタシアの心臓がほわりと温かいもので満ちる。同時に、きゅうと膣襞が収縮して雄に絡《から》みついた。

ライナーが眉を寄せて呻《うめ》き、僅《わず》かに腰を引く。

「あぅっ……やだ、もっと……」

抜かれるのを防《ふせ》ぐように、反射的にアナスタシアは、彼の腰に足を絡《から》めていた。

「はっ……アナスタシア、あまり煽《あお》るのはやめてください」

ライナーが苦悶《くもん》するような声を上げ、再びアナスタシアの腰を掴《つか》み、最奥まで押し込んだ。彼の熱はいっそう質量を増した気がして、狭い蜜襞をいっぱいに押し広げる。

「ん、ん……痛くても、良いと……この前も、言ったじゃないっ」

痛みと膣襞を擦《こす》られる快楽に声を上擦《うわず》らせ、アナスタシアは体内の彼を締めつける。

「私だって、貴方《あなた》が欲しいの……っ」

殆《ほとん》ど無意識に白状したら、貪《むさぼ》られるように唇を塞《ふさ》がれた。

口蓋《こうがい》や歯列を舐《な》められ、乳房もパン種のように捏《こ》ねられる。

「……貴女《あなた》が、こういう事にどれだけ慣れても、他の男になんか絶対に触れさせません」

熱い吐息混じりに告げたライナーが、アナスタシアの片足をかかえ、揺るやかな律動を開始した。

蜜壷が淫猥《いんわい》な濡《ぬ》れ音を立てて彼を呑み込む。抽挿《ちゅうそう》が繰り返されるたび、下腹部がじんじんと熱くなる。

自分の身体なのに、ライナーに合わせて自然と動き、溶け合っているみたいに気持ち良い。

子宮の窄《すぼ》まりを強く穿《うが》たれ、激しい喜悦にアナスタシアは高い声を放った。寝台の上で白い裸身が跳ね、金色の波打つ髪も敷布の上で乱れる。

アナスタシアを気遣っていたライナーの動きが、次第に切羽詰《せっぱつ》まった性急なものになっていく。

淫猥《いんわい》な濡《ぬ》れ音に、二人分の荒い呼吸と肌を打ちつける音が入り混ざる。

アナスタシアの身体がいっそう熱くなり、結合部からじゅぶじゅぶと蜜《みつ》が溢《あふ》れた。

いつの間にか痛みよりも、快楽の方が遥《はる》かに強くなっている。硬い切っ先に擦《こす》り上げられる膣襞が収縮し、押し込まれる熱に絡《から》んで愉悦《ゆえつ》を訴えた。

「あ、ライナー……あ……あああっ！」

閉じた瞼《まぶた》をピクピクと震わせ、アナスタシアは大きく身体をしならせた。今までで一番深い絶頂に、頭が真っ白になる。

強すぎる愉悦《ゆえつ》に身悶《みもだ》えていると、ライナーが呻《うめ》くようにアナスタシアを呼んだ。

彼が身体を震わせ、膣奥に熱い飛沫《ひまつ》が吐き出されるのを感じた。

「は、ああ……」

身体の奥に注《そそ》がれる精に、アナスタシアはしっとりと汗ばんだ胸を大きく上下させる。

ふわふわと身体が浮いているみたいな気がした。天井で光っている柔らかな星灯りが、本当の星空のように見える。

それを見つめながら放心していると、ライナーにそっと抱き締められた。

魔法をかけている訳でもないのに、じんわりと染み入る温かさに自然と瞼《まぶた》が重くなる。

「ん……」

アナスタシアはもそもそと身体を動かし、ライナーの胸に甘えて頭を擦《こす》りつけた。普段の自分なら絶対にしない行為だろうが、ぼぅっとしているせいか抵抗がない。

こうすると、もっと気持ち良いとだけ思い、微笑んで心地良いまどろみに落ちていった。

エピローグ

大騒動が起きた今年の社交シーズンは終わった。

王都から地方貴族が出立し、魔術師ギルドには夏季休暇を終えた見習い学生が戻り、授業や日常の業務が開始される。

よく晴れた秋の日。ライナーは魔術師ギルドの広い芝生《しばふ》の上で手の平サイズのミニドラゴンたちを追いかけ回していた。

見習い学生が魔法薬の量を間違い、大量繁殖させてしまったのだ。

魔法薬で増えた分は半日ほどで消えるが、これは火を噴いて噛《か》みつく凶暴な種なので困る。

「ライナー！　網を張って一気に捕《つか》まえるぞ。左から頼む！」

ダリウスの声に、ライナーも捕獲用の魔法の網を広げる呪文を唱《とな》えた。ベタベタした網が広範囲の芝生《しばふ》を覆《おお》い、ミニドラゴンたちは大部分が貼りついて動けなくなる。

あとは、咬《か》まれたり火傷《やけど》をしたりしないように気をつけながら、一匹ずつ慎重に眠らせればいいだろう。

「怪我《けが》をした人はこっちに来て！」

少し離れた場所でセティエが手を振っており、火傷《やけど》や咬《か》み傷を治癒《ちゆ》してもらう列がすぐにできた。

彼女はダリウスとこの秋に結婚式を挙げるが、救護室の後任が見つかるまでしばらく勤めつづけるそうだ。

結婚するなら、二人は寮を出て近くに住まいを探さなくてはいけない。他にも式の打ち合わせなど忙しくしているが幸せそうだ。

ちなみに寮と言えば、ダリウスが以前に女子寮の裏口にいたのは、下着泥棒が見習い学生のようだと目ぼしをつけたからだった。

数人の男子生徒がちょっとした度胸試《どきょうだめ》しのつもりで盗んでいたそうだ。犯人たちはダリウスに捕まり、本来ならばギルドから追放となるところを、大変な作業を一年間手伝う事でどうにか許されたらしい。

そしてライナーも自分のとんでもない誤解の末、仮面舞踏会で怒鳴《どな》りつけてしまったフレデリクへ謝りに行った。

アナスタシアから、フレデリク本人にも絶対にこの件は触れるなと念押しをされたうえで、彼が異母兄だと打ち明けられた時は、卒倒しそうになったものだ。

そういう意味で特別だったのかと思いつつ、容易に打ち明けられない秘密だと納得した。

なので、その部分には触れず、ただ誤解があったと率直に言ったが、快《こころよ》く許してもらえてホッとしている。その際に『デリク』と愛称で呼んでくれと、親しげに言われたのも嬉しい。

(今年の夏は、今までで一番忙しかったな)

感慨を籠《こ》めて、ライナーは秋らしくなった空を見上げる。人生が大きく変わった数ヶ月だった。

ライナーは、今はもうギルドの寮を引き払って他の場所に住んでいる。

愉快な話を聞くのが大好きな『彼女』に、今夜はこの騒動を話そうかと、ライナーは小さく笑い、網に引っかかっているミニドラゴンたちを魔法で眠らせていった。

＊＊＊

「走りキノコやドラゴンを追いかけたりと、調査報告で聞いていたよりも、魔術師ギルドは随分《ずいぶん》と面白そうな事をしているわね」

夜。アナスタシアは寝台に腰をかけ、ライナーから聞いた本日の出来事に感想を述べた。

寝室は真っ暗ではなく、かといって煌々《こうこう》と明るくもない。

天井ではライナーの呪文でつくった奇麗な無数の星灯りが煌《きらめ》き、お気に入りの寝衣を着たアナスタシアをほのかに照らしている。

「どれも単なる失敗騒ぎですから、大した被害がなければ報告書には書かれません」

隣に座って苦笑するライナーも、簡素な寝衣姿だった。

何しろ、彼はここで一緒に住んでいるのだから。

――これが認められたのは、少し時間を遡《さかのぼ》ったシーズン終盤、王宮で開かれた緊急会議での事だ。

その日。王宮の廷臣《ていしん》と国内の主だった諸侯たちを大会議室に集め、彼らの前でアナスタシアはライナーを王配に迎えると宣言したのだ。

当然のごとく、ロクサリス王家の慣習を破るのかと猛烈な反対が出る。

ライナーとの間に世継ぎができなかったらどうするのだと言われるのも、全て予想通りだった。

だが、女王が王配を取ってはいけないという法律はどこにもない。

アナスタシアは反対者たちにそれを示したうえで、過去にロクサリス王家が女王の統治となっていた時は必ず女王の愛人となった者とその一族が不当に厚遇されていた事から、自分はずっと愛人を囲いたくなかったのだと告げた。

もちろん、本当の理由は個人的に嫌だったせいだが、彼らの下心が不快さの原因だったのだから、それだってあながち嘘でもない。

『私がこのまま生涯一人も男性を寄せつけないよりも、信頼できる王配を得て仲睦《なかむつ》まじくする方が、跡継《あとつ》ぎができる可能性があるのでは？』と、女王に言われた諸侯たちは、反論できぬまま非常に渋い顔をした。

先日、仮面舞踏会でギュンターたちが行《おこな》ったのは、婚姻制度をこれ以上ないほど悪用しようとしたものだ。それを庇《かば》うような事を口にするほど捨て身で反対する者もいなかった。

さらに大きかったのは、ライナーが王配となっても国政にはかかわらないと宣言した事だろう。

これは、ライナーとも話し合って決めた。

彼は非常に優秀な魔術師なので、もしもギルドの見習いを卒業後、宮廷魔術師へ志願していたら、アナスタシアは彼を採用していただろう。他の官吏《かんり》部門だって、楽々と試験に受かっていたはずだ。

だから、ライナーが王宮勤めになっても何も問題はないのだが、彼は魔術師ギルドで魔法薬をつくっているのが一番性に合うという。

そして、アナスタシアは国政の重みを知っていても、それを愛人や伴侶《はんりょ》に委《ゆだ》ねたがってはいない、そんな事を求められたらむしろ不快に思うのではないかとライナーに指摘され、驚いた。

伯父やフレデリクのように長い付き合いならともかく、まったくこの短期間にアナスタシアの中身をよく理解したものだ。

王配がまったく国政にかかわらないなど、他の国では考えられない事だろうが、ロクサリス女王の王配は前例がないのだからこそ、その王配の立ち位置も全て、前例に縛られる事はない。

とにかく、ライナーが王宮に住んでも、今後も魔術師ギルドで一等魔術師として勤めるというのは、女王の愛人を狙う輩《やから》たちに最大の痛手になったはずだ。

何しろ、ただ一人、女王を手に入れられる王配になっても、王宮で権勢《けんせい》を振るう事ができない。アナスタシアに愛人を囲うように勧めていた連中も、それで大人《おとな》しくなった。跡継《あとつ》ぎ問題よりも愛人となって権力を得る方が、重要視されていた証拠だ。

社交シーズンの最後まで何度かの会議がなされた末、無事にライナーとの婚約が公式に認められた。来年の春にはロクサリス国で初の、女王の結婚式が行《おこな》われる。

「それにしても、まさか私が婚礼衣装を着る日が来るとは思わなかったわ」

今日、大量に見せられた純白ドレスのデザイン画を思い出し、ポツリとアナスタシアは呟《つぶや》いた。

まだ父王が健在で、二人の王子が王位継承権を争っていた頃、周囲は幼い末姫アナスタシアを見て、いずれどこかへ政略結婚に出されると囁《ささや》いていたものだ。

けれどアナスタシア自身は、必ずこの国の女王になると決意していたから、自分が誰かと結婚して婚礼衣装を着る日は来ないと思っていた。

まさか、ロクサリス女王として婚礼衣装を着るという、ありえないはずの事が起こるなんて！

「とても楽しみです。どんな衣装を選んだのですか？」

「多すぎて、まだ決めてはいないの……そうね。いっそ貴方《あなた》に選んでもらおうかしら？　どんなドレスを着た花嫁が理想？」

ちょっとからかいたくなって尋ねると、ライナーは面食《めんく》らったような顔をした。

「そうですね……」

少し困った様子ながら真剣に考えている彼をニヤニヤしながら眺《なが》めていると、不意にライナーが顔を上げ、苦笑した。

「返答に困りますね。私にとって理想的な花嫁は、ドレスを着る本人ですから」

その途端、アナスタシアは真っ赤になる。

「ああっ、もう！　貴方《あなた》ってこれだから！」

悲鳴を上げると、ライナーがうろたえた。

「アナスタシアなら何を着ても似合うと思いますが、全部素敵になるので悩むという意味で……」

「そ、そうじゃなくて……っ」

ライナーは毎度毎度、どこまで自分を照れさせたら気が済むのか。

力尽きてバタンと寝台に仰向《あおむ》けに倒れると、彼がそっと覆《おお》いかぶさってきた。

「私もまさか、王配になるなど思ってもいませんでした。ですが、こんなに可愛らしい貴女《あなた》の傍《そば》にずっといられるなら、それだけでとても魅力的な地位です」

嬉しそうにそんな事を言われ、もう勘弁してくれとアナスタシアは目を瞑《つむ》る。

『権力目当てではない。貴女《あなた》の傍《そば》にいられるだけで幸せなのです』なんて、女王の愛人になりたがっていた数々の男たちから、耳にタコができそうなほど囁《ささや》かれてきた。

でも、それを本心から言って実行してしまうのは、きっとどこを探したってライナーだけだ。

枕で顔を隠そうとしたけれど、手を押さえられて阻《はば》まれてしまい、唇を柔らかく塞《ふさ》がれる。

「愛しています……アナスタシア」

唇が僅《わず》かに離れ、吐息がかかるほど近くで囁《ささや》かれる。

胡桃色《くるみいろ》の瞳が、とても愛しそうにアナスタシアをまっすぐ見つめていた。

恥ずかしくてたまらないし、相変わらず翻弄《ほんろう》されるのが悔しくもあるのに、こんなに幸せなのだから困惑してしまう。

初めてライナーと二人で話した日に、変な男だと思ったのは正しかった。

本当にどうしようもないほど変わり者で……でも、天井で煌《きらめ》いている星灯りのように心地良い。

そんな星灯りの魔術師は、散々に利用されたくせに、この猫かぶりの女王を好きだと言う。

そして自分も彼を好きになってしまったのだから、とにかくこれは幸せなのだろうと、アナスタシアはライナーの首に手を回して抱き返した。

番外編　魔法の素敵な使い道

ライナーが女王の婚約者として城に住みはじめてしばらく経《た》った、ある秋の晩。

寝衣に着替え、いつものように寝台でライナーとお喋《しゃべ》りをしていたアナスタシアは、ふと彼の口から出た名前に、ギクリとした。

「ヴィント？」

「はい。赤毛の雄猫で、市井《しせい》の一部ではそう呼ばれています。今日の帰宅時に王宮の庭で、それとよく似た猫を見かけたのですが、城で飼われているのですか？」

まだ普通の魔法灯火を点《つ》けたままだから、寝室は十分に明るい。

ライナーの屈託《くったく》ないニコニコ顔をじっくり眺《なが》めつつ、アナスタシアは返答に悩んだ。

ヴィントの正体がフレデリクというのは極秘事項《ごくひじこう》の一つだし、ライナーはそれに今のところまったく気づいてなさそうだ。

たまたま野良猫が入り込んだのではとか、誤魔化《ごまか》そうと思えば簡単にできるが……

「他言無用という事で教えるけれど、あの猫の正体はフレデリクなの。私の魔法を籠《こ》めて造らせた魔道具を使って、魂《たましい》の一部を具現化したのよ。女王の牙《きば》として、密偵の仕事をするためにね」

簡潔に言うと、ライナーが目を丸くした。しかし驚愕《きょうがく》の表情はすぐに、納得がいったとばかりのものになる。

「デリクさんの魔道具はたいした逸品《いっぴん》だと思いましたが……なるほど。あの魔法を魔道具にするなら、相応の素材が必要になる訳ですね」

独り言のような彼の呟《つぶや》きを聞きながら、アナスタシアはやはりと胸中に頷《うなず》く。

ロクサリスの魔法使いは隣国でつくられる魔道具の類《たぐい》に疎《うと》く、フレデリクの牙《きば》が特注品の魔道具だと見ぬける者はまずいない。また、隣国の錬金術師であっても、パッと見ただけでは容易に魔道具とわからないはずだ。

氷竜《ひょうりゅう》の牙《きば》は普通の魔道具製作には使われないし、ただのアクセサリーに見えるよう魔法文字も極力目立たないように小さくしてある。

それをライナーは、一目で氷竜《ひょうりゅう》の牙《きば》を使った魔道具と気づいたと、フレデリクから聞いていた。大した観察眼だ。そのうえロクサリスの魔術師でありながら、錬金術師ギルドで稀少《きしょう》な素材を見せてもらえるほどの信頼を勝ち取っていたという事になる。

またライナーは魔法薬研究の一環として、魔術師ギルドの古代魔法文献も熱心に学んだという。猫に変化する魂《たましい》分離の魔法についても、使えはしなくても詳しいだろう。

アナスタシアが教えなくても、これから王宮にずっと住んでフレデリクとも身近に接するうち、いずれ、彼が魔道具を使ってヴィントに変身していると気づく可能性が高い。

だからアナスタシアは、あえて先に自分の口から教えて、線引きをする事にした。

「あれの事はあくまでも『ヴィント』と呼びなさい。それに、これからどこかで見かけても、どこに行くのかなんて余計な詮索《せんさく》はしない事ね」

きっぱり言い切ると、ライナーは「はい」と、にこやかに頷《うなず》く。

彼は研究者らしい探究心はあっても、不要な好奇心をそれに混同するほど愚《おろ》かではない。

「あっ」

不意に、ライナーが小さな声を上げ、やや緊張を孕《はら》んだ目でアナスタシアを眺《なが》めた。

「では、ヴィントが以前、私の部屋に来たのは……」

「あれは私が命じた訳ではないわ。ヴィントは城から出た貴方《あなた》を見かけた時、随分《ずいぶん》と落ち込んでいるようだから、私に苛《いじ》められて参っちゃったのかと心配になって、様子を探《さぐ》りにいったのよ」

一応、ライナーをこっそり探《さぐ》った事に対してフレデリクへのフォローは入れてから、アナスタシアは口の端を上げた。

「もちろん、事後報告は受けたけれど。私の十五歳の姿絵は、まだ持っているの？」

「やっぱり、それも聞いていましたか！」

見る見るうち赤面してから、ライナーが額を押さえて息を吐く。

「大切にしまってあります。なんでしたら持ってきましょうか？」

彼は城に住みはじめてから、寝室の向かいに私室を持っている。そこに置いてあるのだろう。

「別にいいわよ。あと、結局はこっそり探《さぐ》った事になるから、そのうち何かお詫《わ》びをするわ」

アナスタシアがクスクス笑うと、ライナーもホッとしたような笑みを浮かべた。

「正直ついでに言いますと、ここに住むようになってからは、引き出しにしまったきりです。本物のアナスタシアがいますからね」

さらりと言われ、今度はアナスタシアが一瞬で赤面した。

「……勝手にすれば良いと思うけれど」

そっぽを向いてモゴモゴと呟《つぶや》くと、顎《あご》にライナーの手がかかって彼の方を向かされた。

軽く触れるだけの口づけをされ、その続きを無意識に求め、アナスタシアは目を閉じる。だが唇はそのまま離れ、耳元で囁《ささや》かれた。

「お詫《わ》びをくださるなら、一つお願いがあるのですが……」

「え？」

目を開けると、ライナーがとても期待に満ちたような顔をしていた。

「アナスタシアなら、自分の力だけで猫になれるという事ですよね？　なってみてくれませんか？」

「構わないけれど、私の意識を持ったまま猫の姿になるだけよ？」

そんな事で良いのかと困惑したが、ライナーは嬉しそうに頷《うなず》く。

「ぜひ見たいです。あの魔法を実際に見られるなど、思ってもいませんでした」

そう言われ、アナスタシアは納得した。

自分はこれが使えるのですっかり感覚が麻痺《まひ》していたが、一般的には失われたとされる魔法だ。研究職にある魔術師にとって、実際に見る機会は垂涎《すいぜん》ものだろう。

「わかったわ」

アナスタシアは寝台に横たわり、目を閉じた。

とても長くて難しい呪文を唱《とな》えると、すぅっと身体が浮き上がる感覚に包まれる。

手足の下に柔らかな感触を感じて目を開けると、アナスタシアはもう金色の毛並みをした猫の姿になって、眠っている自分の胸の上に座っていた。

あまり慣れない四足《よつあし》は変な感じがするが、アナスタシアはひょいと自分の身体から飛び下りると柔らかな敷布の上を数歩進んで、目を見開いているライナーの傍《そば》に行く。

自分で要求したとはいえ、初めて猫になるのを見て驚いたのだろう。

当たり前だが、猫になっている今、人間の時よりも彼は随分《ずいぶん》と大きく見えた。

ライナーの膝《ひざ》に飛び乗り、彼の胸に前足をついて伸び上がる。

〈これでどう?〉

アナスタシアの言葉はニャア、という鳴き声にしかならなかったが、ライナーはまるでちゃんと聞こえているみたいに目を細めて答える。

「こんなに可愛らしい猫は初めて見ました」

猫になった自分の姿をアナスタシアは鏡で見て知っている。

金色のすんなりした体躯《たいく》の猫で、かなり見た目が良いのは承知だ。

だいたい人間の時でも、容姿を褒《ほ》められまくるなんていつもの事ですっかり慣れ切っている。

でも、ライナーに言われると、つい嬉しくなってしまうから不思議だ。

両手でそっと顔を包まれ、ピンと立った猫耳の後ろを指でくすぐられると、気持ち良くて勝手に目が細まり、喉《のど》がグルグルと鳴った。

意識はアナスタシアのままでも、身体は猫らしい反応を自然に示すのだ。

「気持ち良さそうですね。もっと撫《な》でても良いですか？」

自分からも熱心に頭を擦《こす》りつけ、尻尾《しっぽ》を揺らしていると、ライナーがクスリと笑って尋ねてきた。

ハッと我に返り、少々気恥ずかしい思いにはなったものの、アナスタシアは了承の意に一声鳴いてライナーの胸元に頭を擦《こす》りつける。

〈っ……まあ、いいわよ。好きになさい〉

魔法で猫になってみた事はあっても、撫《な》でられるのは初めてで、こんなに気持ちいいなんて知らなかった。

もちろん、撫《な》でる相手がライナーだからなのだろうけれど、大きな手で毛並みを撫《な》でられるのは、抱かれる時とは少し違う、穏《おだ》やかな心地良さでうっとりしてしまう。

小さな身体をくるんと丸めて腕にすっぽり包まれるのだって、猫の姿になってこその感覚で新鮮だ。

ライナーに左手で抱かれながら、右手で猫耳の付け根や顎《あご》の下、柔らかな腹も撫《な》でられる。

喉《のど》がグルグル鳴り通しで、とにかく気持ち良い。

フレデリクは魔道具に籠《こ》めたこの魔法を諜報活動《ちょうほうかつどう》に大変役立てているのだが、一方で自在に使えるアナスタシアにとっては、今ひとつ使い道がなかった。

この姿で市街地へお忍びできたら楽しそうだと、チラッと考えた事はあったが、幾《いく》つか問題があった。

この姿では魔法も使えなくなるうえ、常日頃から厳しい鍛錬《たんれん》を積んでいなければ、極《ご》普通《く》の猫程度の動きしかできない。

フレデリクは幼い頃から鍛え上げているから、非常に素早い動きや気配を完全に消す事もできる。そして市街地の自分の屋敷や、時には宮廷魔術師の仮眠室を使い、眠っている肉体から猫となって抜け出し、裏庭などから簡単に城の外へ出ていく。

だが、アナスタシアの寝室は警備の厳しい王宮の奥。猫になっても廊下に出た途端、衛兵に見つかるだろう。それに魂《たましい》が抜け出ている間、肉体は眠っているような状態となり、まったくの無防備となる。

だから滅多なところで使う訳にはいかない。

フレデリクに協力させればなんとかなるかもしれないが、職務では目一杯にこき使っている自覚があるから、ただの無意味な遊び目的ではさすがに気が引ける。

これでも一応は気を遣っているのだ。

他にも猫になってやりたい事を幾《いく》つか考えてみたが、結局はリスクと面倒の方が大きくなりそうだったのでやめた。

でも、猫になってライナーに撫《な》でてもらうのがこんなに気持ち良いのなら、時々は部屋の中でこの姿になるのも良い。

（そうね、意外と良い使い道があったわ……）

うつらうつら眠気に誘われながら、そんな事を考えていると、ひょいとうつ伏せにされた。今度は、首の後ろや背中を撫《な》でられる。

〈はぁ～……気持ち良い……〉

ライナーの左腕に顎《あご》を乗せ、アナスタシアがすっかりご満悦で喉《のど》を鳴らした時、背中を撫《な》でていた手がスルリと尻尾《しっぽ》の付け根まで移動した。

「フミャッ⁉」

ゾクリと背筋を駆《か》け抜けた妖《あや》しい感覚に、眠気が吹き飛ぶ。

〈そこ、は……っ！　だめっ、や、ああっ！〉

「ここも気持ちいいでしょう？」

〈そ、そうだけど……で、でもっ、や……は、ああっ！〉

性感帯である尻尾《しっぽ》の付け根を指先で撫《な》でられると、尻尾《しっぽ》がピンと立って、どんどん勝手に腰が持ち上がってしまう。

その合間にライナーは、左手でアナスタシアの耳の付け根を擦《こす》りはじめた。

うっとりするような甘美な心地良さと、腹の奥をジクジク疼《うず》かせる快楽が入り混じって、クラクラと目眩《めまい》がする。

〈あ、だ、め……あ、ああ……〉

しなった背中と高く掲《かか》げた腰を強張《こわば》らせ、アナスタシアは強く目を瞑《つむ》る。同時に、肉体へ戻るよう必死で念じた。

「あ」

瞬時に何もなくなった膝《ひざ》の上を見つめ、ライナーが短い声を漏《も》らした。

一方で、人間の身体に戻ったアナスタシアは、はぁはぁと荒い息をつきながら上体を起こす。

こちらの身体は指一本触れられていなかったのに、全身がかっかと急速に火照《ほて》り、疼《うず》く秘所の奥から熱い蜜《みつ》がどっと溢《あふ》れた。

魂《たましい》分離の魔法は、たとえば猫の間に傷を負えば、人間の肉体にも同等のダメージを受けるというように影響する。

軽く撫《な》でられるくらいならともかく、さっきのように強い性感は、しっかりと伝わったらしい。

「っ……こっちの身体にも感覚が影響するのを、知っていたわね？」

確信と非難を籠《こ》めてジロリと睨《にら》んでやると、ライナーはバツが悪そうな顔で頬《ほお》を掻《か》く。

「ええ、まぁ。私にその魔法は使えませんが、本には書かれてあったので。影響は傷だけでないかなと……」

彼は広い寝台の上に乗り、アナスタシアに身を寄せて手を伸ばす。熱を持った頬《ほお》に触れる彼の手は、少しひんやりと感じた。そのまま指で耳の後ろをくすぐられる。

「っふ……」

軽い愛撫《あいぶ》なのに、昂《たか》ぶりはじめていた身体はゾクゾクするような快楽を覚え、アナスタシアは肩を跳ねさせる。

「こうやって撫《な》でると喉《のど》を鳴らすのが嬉しくて、もっと感じさせたくなってしまいました」

反対側の頬《ほお》にも手を添《そ》えられ、そちらの耳も同じようにくすぐられる。

「あ、んんっ……猫に変な気を起こすなんて、変態……っ」

すっかり潤《うる》んだ目で睨《にら》みながら悪態をつくと、ライナーが愛しげに口元を緩めた。

「猫のアナスタシア限定ですが、駄目でしょうか？」

そんな事を言われてしまい、アナスタシアはぐっと声を詰まらせる。

駄目な訳はないけれど、そう言うのも癪《しゃく》に障《さわ》る。

猫の姿で性感に悶《もだ》えさせられたのを喜んで受け入れるみたいじゃないか。

それはまぁ、気持ち良かったけれど……

「……次は貴方《あなた》を先に、猫にしておこうかしら」

口を尖《とが》らせて返答を濁《にご》すと、ライナーがいっそう嬉しそうな顔になった。

「それは楽しみです」

猫がするみたいに、額をペロリと舌先で舐《な》められた。

「んっ」

そのまま敷布へうつ伏せにされ、肩口に圧《の》しかかられる。

「一緒に猫になったら、こんなふうに思い切りじゃれつかせてください」

楽しげに言われ、アナスタシアはぎょっとする。

「えっ？　ちょ……」

慌《あわ》てて振り向こうとしたが、肩にかかる重みで上手く動けない。

ライナーはアナスタシアの首の後ろにかかる髪を掻《か》きわけ、露《あら》わになったうなじに顔を埋《う》めた。ちょうど猫の姿の時に撫《な》でられていた場所を熱い舌で舐《な》めまわされ、緩く噛《か》みつかれる。甘噛《あまが》みで痛みはなく、代わりに湧き上がった愉悦《ゆえつ》が背筋を伝って子宮を震わせる。

「ひゃっ、あ……ふ、ぅ……」

何度も軽く歯を立てられるたび、蜜《みつ》を零《こぼ》す秘所がじんじん疼《うず》き、下腹部が重く痺《しび》れる。

じわじわと温度を増す熱に身悶《みもだ》えすると、うつ伏せになった身体の下で乳房もぐにぐにと刺激された。先端は既《すで》に硬く尖《とが》って、寝衣に擦《こす》れてチリチリと疼痛《とうつう》が湧く。

ライナーがうなじから口を離し、今度は熱く火照《ほて》った耳朶《じだ》をカプリと噛《か》まれる。

「あ……あぅっ、あ……ん、ん……」

「アナスタシアの猫耳、撫《な》でるとピクピク震えて……噛《か》みつきたくてたまりませんでした」

ピチャピチャと水音を立てながら耳の穴を舐《な》められ、低く囁《ささや》かれた。

ライナーの指が、唾液に濡《ぬ》れたアナスタシアのうなじから背骨にそって寝衣の上をなぞっていく。

「ん、んんぅ……」

ゾワゾワした妖《あや》しいくすぐったさに、アナスタシアは敷布を強く握り締めた。

衣服越しに、背骨の一つ一つを丹念《たんねん》に辿っていた指は、やがて腰に到達する。

「特にここが……とても気持ち良さそうでしたね」

尾骶骨《びていこつ》の上をさわさわと弄《いじ》られ、アナスタシアはブルリと身体を震わせた。

「ああっ！」

背中がしなり、さっき猫の姿でしていたように無意識に腰を高く浮かせてしまう。ないはずの尻尾《しっぽ》までが、ピンと立っているような気がした。

幾《いく》らなんでも恥ずかしすぎる姿勢だ。しかも今は星灯りでなく、魔法灯火は十分な明るさを保っており、痴態《ちたい》がはっきりと見えてしまっている。

寝衣の下では、触られてもいないのにぐっしょりと濡《ぬ》れそぼった秘裂がヒクヒクと蠢《うごめ》いているのがわかった。

「や、これ……恥ずかし……や、あぁ……」

喘《あえ》ぎながら抗議したが、ライナーは嬉しそうにアナスタシアの頬《ほお》に流れる愉悦《ゆえつ》の涙を舐《な》めとる。

「とても可愛らしいです。お願いですから、もっと見せてください」

「あっ……んあ……は、ぁ……」

大して力を入れて押さえられている訳でもないのに、うなじや髪に優しく唇を落とされると、ぐずぐずに蕩《とろ》けさせられてしまい、撥《は》ねのけられない。

魔法灯火を消す余裕もなく、上半身を伏せて敷布を握ったまま、ますます腰を掲《かか》げて誘うように揺らしてしまう。

上体を起こしたライナーに、腰帯の辺りまで寝衣の裾《すそ》を捲《まく》り上げられ、濡《ぬ》れて貼りついていた下着も取り払われる。

「もうこんなに濡《ぬ》らしていたんですね」

陶然《とうぜん》とした声で言われ、あまりの羞恥《しゅうち》に気絶しそうになった。

「バ、バカッ！」

反射的に身を丸めて隠そうとしたが、素早く腰を掴《つか》まれてしまった。

焦《じ》らされつづけていた秘所へ、唐突《とうとつ》にぬるりと熱くぬめる感触が触れる。

「ひっ、あああ！」

頭の先まで突き抜けた鮮烈な快楽に、喉《のど》を反《そ》らして悲鳴を上げた。

「ああ、はぁ、あ……」

大きく開いた唇を戦慄《わなな》かせ、アナスタシアは何度も身震いをする。

目が眩《くら》みそうなほど恥ずかしいのに、全身が蕩《とろ》けてしまいそうなほど気持ちいい。

太腿《ふともも》がブルブルと震え、膝《ひざ》から力が抜ける。崩れ落ちそうになる腰をライナーがかかえ、陰唇を一枚ずつ丁寧に舐《な》められる。ぐちゅりと音を立てて舌をこじいれられ、溢《あふ》れ出した蜜《みつ》を啜《すす》られると、どんどん全身に渦巻《うずま》く熱が膨《ふく》らんでいく。

いつしか秘所を這《は》う舌の動きに合わせて、淫《みだ》らに腰を揺らしはじめていた。溢《あふ》れた蜜《みつ》が内腿《うちもも》から膝《ひざ》まで伝い、敷布を濡《ぬ》らしている。

「ひ、あ、あぅ……ライナー……っだめ、も……っ……」

次第に近づく絶頂の気配に、なんとかしてこの状況から逃げようとするが、快楽に痺《しび》れた手足はまともに言う事を聞いてくれない。

「良いですよ。このままイッてください」

とんでもないセリフに、アナスタシアは目を剥《む》く。

「なっ、ひゃんっ……わ、私、はぁ、良くな……っ！」

そう叫びかけた途端、尖《とが》らせた舌を蜜壷に捩《ね》じ込まれ、片手で膨《ふく》らんだ花芽を摘《つま》まれた。

ドクンと大きく子宮が震え、快楽の絶頂に追い上げられる。

「あ、あああっ!!」

アナスタシアは限界まで背を仰《の》け反《ぞ》らせた。強張《こわば》り切った全身を何度か痙攣《けいれん》させたあと、がっくりと上体を落とす。

汗ばんだ頬《ほお》を敷布に押しつけ、はぁはぁと荒い呼吸を繰り返していると、まだひくつく秘所にそっと指を這《は》わせられた。

「っ!!」

快楽の余韻《よいん》に痺《しび》れている蜜壷に、ずちゅりと指を突き込まれ、声にならない悲鳴が上がる。

そのまま差し込んだ指を軽く曲げ伸ばしされ、蜜《みつ》を掻《か》き出すように動かされた。

「いつもより興奮しています？　凄《すご》く熱くなっていますよ」

そういう彼の声も、抑えがたい情欲を孕《はら》んでいるように上擦《うわず》っている。

「あ、あ、あっ……あ……」

ライナーは突き入れる指を増やし、ゆっくりと抽挿《ちゅうそう》を繰り返す。

奥から蜜《みつ》がとめどなく溢《あふ》れ、ぐぷぐぷと下腹部から立つ淫《みだ》らな音を聞きながら、アナスタシアは何度も短く喘《あえ》いだ。

一度達してしまえば、もう一度押し上げられるのはあっという間だ。過敏になった濡《ぬ》れ襞がきゅうと収縮し、体内の指を締めつける。

膣襞の蠢《うごめ》きが増し、アナスタシアの呼吸が浅く速くなっていくにつれ、ライナーも指の動きを激しくする。臍《へそ》の裏側を押され、目の前が白《しら》んだ。

高い嬌声《きょうせい》と共に腰を跳ねさせ、昇りつめる。ひくひくと痙攣《けいれん》する内襞から指が引き抜かれると、トプリと大量の蜜《みつ》が零《こぼ》れて敷布に滴《したた》り落ちた。

再び脱力し、ぐったりと目を閉じていると、瞼《まぶた》にライナーの唇がそっと触れた。

「こんな姿を見せられたら、もう我慢できなくなってしまいます」

いきなり後ろから腰を引き寄せられ、蜜壷に熱い昂《たか》ぶりを感じたかと思うと、一気に貫《つらぬ》かれた。

「ふあああっ！」

蕩《とろ》け切っていた蜜壷は、埋《う》め込まれる太い雄を難なく受け入れていく。

きゅうきゅうと絡《から》みつく襞を擦《こす》り上げられ、頭の先まで突き抜ける強烈な愉悦《ゆえつ》に、アナスタシアは唇を震わせた。

ぐちゅ、ぬちゅと音を立てて蜜壷を掻《か》き回される。

後ろからされたのは初めてで、いつもと違う角度で奥深くを抉《えぐ》られると、全身が戦慄《わなな》いた。

肘《ひじ》で上体を支える事すらできず、上体を敷布に伏せたまま腰だけを支えられ、猫みたいに後ろから雄に貫《つらぬ》かれている。

苦しいほど気持ち良いのに、自分を抱いている相手が見えないのは少し不安になった。

「んんっ、これ、やぁっ！　あ、貴方《あなた》が、見えない……」

肩越しにライナーを振り返り、癪《しゃく》だけれど素直に訴える。

「アナスタシア……」

ライナーが呻《うめ》くように呟《つぶや》き、アナスタシアの片足をかかえ上げて、繋がったまま身体を反転させた。

「あうっ」

その拍子に蜜壷を雄に深く抉《えぐ》られ、息が止まりそうな快楽に貫《つらぬ》かれる。

顎《あご》を反《そ》らしてヒクヒクと喘《あえ》いでいるアナスタシアの腰帯をライナーは手早く解《ほど》き、寝衣をはだけさせた。彼は自身の衣服も取り払い、素肌を密着させるように覆《おお》いかぶさってくる。

明るい魔法灯火の中で、いつも穏《おだ》やかな胡桃色《くるみいろ》の瞳に、情欲の光がはっきりと見える。それに嫌悪ではなく、甘い愉悦《ゆえつ》を感じるのは、彼が欲しているのがアナスタシアだけだと感じるからだ。

「姿絵に描かれている女王の顔も素敵ですが……貴女《あなた》のこういう可愛らしいところが、私を夢中にさせるんです」

切羽詰《せっぱつ》まった声と共に、激しく唇を奪われる。

じわりと染み入るような陶酔《とうすい》が込み上げてきて、アナスタシアも彼の首に抱きついて歓喜のままに口づけに応《こた》えた。

ライナーこそ、いつもこうやってアナスタシアを有頂天《うちょうてん》にさせてしまう。どこまで好きになってしまうのかと、困るくらいだ。

濡《ぬ》れ音を立てながら痺《しび》れるまで夢中で舌を絡《から》めたあと、ライナーが唇をちょんと啄《つい》ばみ愛しそうに囁《ささや》いた。

「どんな姿でも、貴女《あなた》なら愛しています。アナスタシア……」

もうアナスタシアの頭の中も、舌と同じくらい痺《しび》れ切っていた。

「ん……あいしてる……」

うっとりとライナーを見つめながら、あまり呂律《ろれつ》の回らない声で告げたら、ぎゅっと強く抱き締められた。腰をかかえなおされ、ずぶずぶと深く侵入してきた雄に子宮の入口を小刻みに突かれる。奥に響く振動が全身に愉悦《ゆえつ》を広げ、つま先で敷布をぐしゃぐしゃに掻《か》き混ぜた。

「あっ、ああっ！　ああぁ！」

短い期間にすっかりライナーに馴染《なじ》まされてしまった身体は、良い場所を攻められると際限なく感じてしまう。

揺さ振られる動きに合わせて自分からも腰を揺らし、甘ったるい啼《な》き声を放って、何度も達した。気持ち良すぎて、ライナーがもっと欲しいとしか考えられない。

揺れ弾《はず》む胸を揉《も》みしだかれ、尖《とが》った先端を摘《つま》まれると、快楽の糸が子宮へピンと繋がって、蜜壷の壁が収縮する。

ヒクヒクと蠢《うごめ》く襞が雄を愛撫《あいぶ》し、ライナーの動きが激しさを増した。

密着した腰が打ちつけられるたび、敏感な花芽も刺激されて、アナスタシアの中でまた快楽が膨《ふく》らんでいく。

一際激しく穿《うが》たれ、奥に熱い飛沫《ひまつ》を感じると同時に、アナスタシアも深い絶頂を味わった。

ライナーの頭を抱き、身を震わせながら、断続的に吐き出される精を受け止める。

しばらく荒い呼吸を繰り返してから、じゃれつくみたいに軽い口づけを互いの顔に降らせた。

ライナーが目を細めて微笑み、アナスタシアの額に汗で貼りついた金色の前髪を払う。

「猫になると……髪と同じ毛色になるのですね」

「そうみたいね」

アナスタシアはフフッと笑って答え、頭の中に猫となったライナーの姿を思い描く。

きっと、胡桃色《くるみいろ》の毛並みをした、大人《おとな》しくて地味だけれど賢そうな猫になるだろう。

尻尾《しっぽ》の付け根の件はともかく、ライナーに撫《な》でられるのは凄《すご》く気持ち良かったから、今度は彼を猫にして、思い切り撫《な》でてあげるのも良いかもしれない。

そう思った瞬間、ライナーが上体を起こし、一緒に引き起こされた。殆《ほとん》ど腕に引っ掛かっていただけの寝衣がするりと脱げ落ちる。

「ふああっ」

まだ身体の中に埋《う》められていた雄が硬度を取り戻していくのを感じ、アナスタシアは腰を震わせた。

繋がったまま向かい合って座り、ライナーは膝《ひざ》に乗せたアナスタシアの背中をゆっくりと撫《な》でる。

「もう少し付き合ってください。今夜はまだ全然足りない……」

「んっ、んんん……」

弱い場所だと探《さぐ》り当てた尾骨やうなじをさっそく執拗《しつよう》に撫《な》でながら囁《ささや》かれ、アナスタシアは心の

中で反論する。

（今夜『も』でしょうが！）

本格的に身体を繋げるようになってから思い知ったが、ライナーは鍛えられた身体つきをしているだけあり、かなり体力がある。

最初の時は気遣って手加減していたそうだが、アナスタシアが行為に慣れた今では、一度で終わる時など殆《ほとん》どない。

それでなくとも今日は、初めての体位をしたあとで散々にイかされ、もうクタクタだ。このまま心地良く眠ろうと思ったのだが……そうはいかなかったようだ。

「ライ……んっ！」

開いた唇を塞《ふさ》がれ、抗議の声は途中でかき消されてしまう。

くちゅくちゅと音を立てて、煽《あお》るように舌を絡《から》めとられるうちに、アナスタシアの中にも淫《みだ》らな快楽の火がまた燃えだす。

（……もうっ、仕方ないわね！）

不快な相手を撃退できるだけの魔力を持ちながら、いつだってアナスタシアはライナーを拒まないし、強すぎる快楽に咽《むせ》び泣かされながら、何度だって受け入れてしまうのだ。

だから結局のところは、自分もこれを望んでいるのだろう。

そう結論づけてアナスタシアはこっそり苦笑し、愛しい相手に頭を擦《こす》りつけた。甘える猫みたいに。

——数日後。

秋晴れの下、賑《にぎ》やかな市街地をアナスタシアはライナーに抱きかかえられて移動していた。

そう、片腕に大きなバスケットを引っさげたライナーの、もう反対側の腕に抱きかかえられてだ。

今、アナスタシアは魔法で、金色の毛並みをした猫になっていた。

ライナーも一等魔術師のローブではなく、休日用の衣服を着ている。

趣味は悪くないが地味な装《よそお》いだし、非常にもの静かな彼は賑《にぎ》わいの中を歩く人々の目を大して引かないようだ。

（……まさかライナーが、こういう事の片棒を担《かつ》いでくれるなんてね）

まだ信じられない気分で、アナスタシアは彼を見上げた。

正式な結婚後も国政にはかかわらないと決めたライナーは、以前と同じように一介の魔術師の立場で、休日も護衛をつけず普通に城に出入りしている。

ただし、アナスタシアと一緒に出かける時は、さすがに護衛がくっついてくる。

たまには市井《しせい》の恋人のようにライナーと二人で出かけてみたいと、ちょっぴり思ったりもしたけれど、アナスタシアは意地でもそれを口に出さなかった。

気恥ずかしいのもあるが、どうせ周囲には渋い顔をされるし、何よりもライナーが絶対に賛成しないと思ったからだ。

ライナーは基本的にお人よしのクセに、意外と堅物だ。仮面舞踏会がいい例で、アナスタシアが無茶な行動をとろうとすると、すぐにお説教して止めようとする。

しかし意外な事に猫の姿でこっそり出かけませんかと言い出したのは、ライナーの方からだった。

どうやら彼は、アナスタシアが休日に護衛なしで市街地を出歩きたいと思っているのを、薄々気づいていたらしい。もしアナスタシアが変装でもしてお忍びで街をふらつこうとしたら絶対に止める……が、この魔法で猫になるなら、少しだけ外出しても良いのではないかと言った。

何しろ、アナスタシアの身体は今、城の自室で昼寝をしている事になっている。鍵の魔法も厳重にかけているので安全だ。

猫のアナスタシアはライナーが厳重に守るが、万が一、何かあったとしても、魔法を解《と》けば一瞬で城にある本来の身体へと戻れる。

そうした事まで考えた末にライナーから申し出された外出の提案は、アナスタシアが今までに貰ったどんな宝物よりも嬉しかった。

嬉しすぎて、不覚にも少しばかり泣いてしまったくらいだ。

思い出したら、また涙ぐんでしまいそうになったので、アナスタシアは慌《あわ》てて前足で顔を擦《こす》った。

気を取り直し、せっかくの機会を目いっぱいに楽しむべく、興味津々に辺りを見渡す。

護衛に囲まれた馬車の窓から見る景色と、今の市街地はまったく違って見えた。

いつもなら、人々が王家の馬車を注目する中を通るので、こちらが見世物のような気分になっていたものだ。でも、地味な若い男と一匹の猫に注目する者はいない。

せわしなく歩く人々や買い物客で溢《あふ》れた雑多で生き生きとしている市街地は新鮮で、嬉しさに耳や猫ヒゲがピクピクと震えた。

市街地の地図を示した看板の前で、ライナーは立ちどまる。

「どちらに行きましょうか？」

小声で尋ねられ、アナスタシアは金色の毛並みの前足を看板に向け、迷わず噴水のある公園を指す。

市井《しせい》の恋人たちに人気のデート場所だと、侍女たちがお喋《しゃべ》りしているのを聞いたからだ。

「ちょうど良かった。私も、貴女《あなた》と行きたかった場所です」

ライナーが猫耳に口を寄せ囁《ささや》いた。

心地良さにヒクンと耳を震わせ、アナスタシアも小さく一声鳴いて答える。

ライナーは愛しそうにちょっとだけ頬擦《ほおず》りしてから、アナスタシアをかかえなおして公園への道を歩きはじめた。

その心地良い腕の中で、アナスタシアはグルグルと喉《のど》を鳴らす。

大好きな人が、使い道がなかった魔法から考え出してくれたとびきり素敵な休日に、猫の女王はとてもご満悦だった。

鋼将軍の銀色花嫁
大好評連載中!
(毎月第1・第3木曜日更新)
Saki Asaoka
漫画 朝丘サキ
Kei Kozakura
原作 小桜けい
怪我はないか?
……明日お迎えに上がります
実はピュアな強面将軍とワケあり伯爵令嬢のファンタジーロマンス待望のコミカライズ!
ALPHAPOLIS WEBMANGA
アルファポリスWEB漫画!
他にも面白いコミック、小説などWebコンテンツが盛り沢山!
無料で読み放題!
今すぐアクセス!
アルファポリスWEB漫画
検索

Noche
ノーチェ
小桜けい
Kei Kozakura
蛇《へび》王《おう》さまは休暇中
A Long Vacation of King Snake
「嬉しいですね。
さっそく色々しても
よろしいんですか」

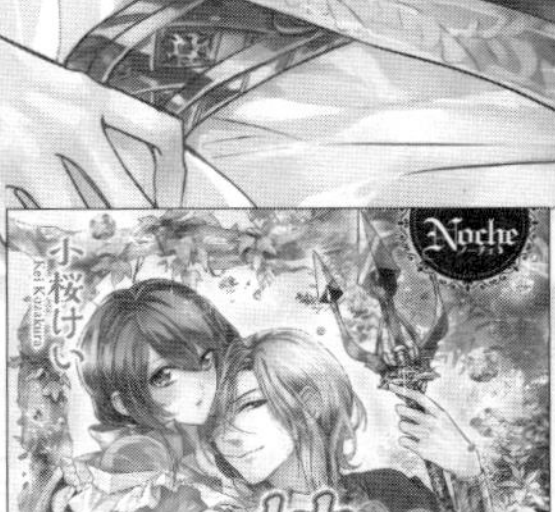
Noche
小桜けい
Kei Kozakura
蛇王さまは休暇中
初心者妻とたっぷり蜜月!?
蛇王さまの夜の営みは、長さも濃度も想定外！
彼に溺愛されたメリッサの運命やいかに――？

小桜けい（こざくらけい）

静岡在住。ファンタジー好きが高じて小説を書き始め、2014年連載開始した「鋼将軍の銀色花嫁」で出版デビューに至る。その他の著書に「牙の魔術師と出来損ない令嬢」などがある。

イラスト：den

星灯《ほしあか》りの魔術師《まじゅつし》と猫《ねこ》かぶり女王《じょおう》

小桜けい（こざくらけい）

2016年6月30日初版発行

編集ー黒倉あゆ子・宮田可南子
編集長ー塙綾子
発行者ー梶本雄介
発行所ー株式会社アルファポリス
〒150-6005 東京都渋谷区恵比寿4-20-3 恵比寿ガーデンプレイスタワー5F
TEL 03-6277-1601（営業） 03-6277-1602（編集）
URL http://www.alphapolis.co.jp/
発売元ー株式会社星雲社
〒112-0012東京都文京区大塚3-21-10
TEL 03-3947-1021
装丁・本文イラストーden
装丁デザインーansyyqdesign
印刷ー図書印刷株式会社

価格はカバーに表示されてあります。
落丁乱丁の場合はアルファポリスまでご連絡ください。
送料は小社負担でお取り替えします。

ISBN978-4-434-22091-3 C0093